战车少尉

滕军钊◎著

谨以本书献给那些在抗日战争中
为了民族解放、国家独立献出鲜血和生命的先烈们!

人民东方出版传媒
People's Oriental Publishing & Media
東方出版社
The Oriental Press

图书在版编目（CIP）数据

战车少尉 / 滕军钊著. -- 北京 : 东方出版社,
2020.5
ISBN 978-7-5207-1434-1

Ⅰ.①战… Ⅱ.①滕… Ⅲ.①长篇小说－中国－当代
Ⅳ.①I247.5

中国版本图书馆CIP数据核字(2020)第057687号

战车少尉
(ZHANCHE SHAOWEI)

责任编辑：邹蒙 王璐
出　　版：东方出版社
发　　行：人民东方出版传媒有限公司
地　　址：北京市东城区朝阳门内大街166号
邮　　编：100010
印　　刷：永清县晔盛亚胶印有限公司
版　　次：2020年6月第1版
印　　次：2024年6月第3次印刷
开　　本：787毫米×1092毫米　1/16
印　　张：17
字　　数：240千字
书　　号：ISBN 978-7-5207-1434-1
定　　价：68.00元
发行电话：(010) 85924640

致读者

抗战老兵滕周权，湖南张家界人。2015年，90岁高龄时，作为当时该市在世的唯一抗战老兵，他受邀参加了中国人民抗日战争胜利70周年大阅兵活动，在抗战老兵方阵中接受检阅。七十多年前，他是中国驻印军（总指挥史迪威、副总指挥郑洞国）总指挥部直属战车部队的一名普通士兵。这支部队是国军精锐中的精锐，国民政府称之为战车部队，美军称之为装甲兵团。在兰姆伽（Ramgarh）经过美军安排的集中训练后，他被定为8号战车射手，军衔为上士，开赴缅北战场，先后在孟拱（Mogaung）河谷、密支那（Myitkyina）、八莫（Bhamo）、腊戍（Lashio）等地作战。

烽烟滚滚的战争岁月，有诗为证：

战车驾云荡缅北，敢为祖国破倭贼。
兰姆饮马磨长剑，驼峰破云逐日月。
将士公墓接天宇，绝域苍茫铸死节。
铁甲远征何其苦，一寸山河一寸血。

滕周权在八莫作战时负伤，被空运至位于雷多（Ledo）的空军医院接受手术治疗，归队后被提拔为车长，军衔为少尉。战事结束时被提拔为中尉，但因归国心切，未来得及领受军衔，便同一百余名战友开着十轮大卡车，满载军火经中印公路回国。到达昆明后，他奉命马不停蹄地运载军火物资支援广西抗战。本书主人公滕周健，就是以滕周权为原型塑造的，小说以他这几年的主要事迹为线索创作而成。在这几年中，他经历过空前的苦厄、惊心动魄的险遇和奔波，目睹了无数战友慷慨赴死，众多英烈埋骨他乡。

悠悠岁月不饶人，更有战争催人老。

小说客观地再现了那个特定年代的社会状态，比如中国百姓的生灵涂炭、人民的无私支持、国民党上层的各怀心思、热血青年的抗战救国、缅北战场的浴血奋战、地下党的力图变革、地方势力的倾轧堕落、印度下层人民和华人华侨的悲苦无助等。这些叙述，昭示一个腐朽糜烂的世界必然要被共产党领导的世界所取代，昭示做亡国奴会失去做人的权利。

小说中的许多情节是真实的，大多数人物是真实存在的。在情节处理上，作者讲究历史的真实，不遗余力地追求那个时代的特色以及时代精神；有时候又以含蓄的手法，契合人物的发展轨迹。

小说的旨意主要是弘扬保家卫国精神。弘扬保家卫国精神，反对侵略战争，是对在民族解放战争中为国家献出生命的先烈们和流过血汗的英雄们的最好怀念，对于提振民族自尊心和自信心，也有很大的作用。铭记历史，珍惜现在，开创未来，中华儿女有信心战胜一切困难，实现中华民族伟大复兴的中国梦。

作者对主人公进行了长时间采访。访谈中，他提到刘放吾将军和仁安羌大捷。通过他的回忆，我们可以看到，在抗战最后关头，在那个不被普遍关注的远征前线，中国远征军与美英盟军紧密合作，打出了中国人的士气。在异国他乡的抗日斗争中，刘放吾将军不仅打出漂亮的胜仗，更为战车学生兵树立起一面旗帜。这面旗帜，就是刘放吾精神，就是中国远征军精神。

抗日战争中涌现出来的真人真事，如果能够通过细节刻画与描写得到一定程度的呈现，则更能让生活在和平年代的广大人民群众感受到安定平稳的生活来之不易，更加珍惜像刘放吾将军和滕周权先生这样一批又一批将军和士兵为和平付出的努力。

作者期望本书的出版能让更多的人感受到波澜壮阔的历史画卷，能以真实的信息来感动人、感染人、教育人、鼓舞人！

谨以本书献给那些在抗日战争中为了民族解放、国家独立献出鲜血和生命的先烈们！

本书被确定为张家界市迎接中国共产党“十九大”重点作品。慈利县委县政府以及县文联对本书出版给予了大力支持；作者供职的慈利县人民医院和张家界市作协，也给予了大力支持。省作协创研室主任容美霞、市作协主席石绍河、县一中退休教师姜公元、省老兵之家慈利负责人柳向荣，对本书的修改提出过中肯意见。在此一并致谢。

滕军钊

2019 年 1 月 16 日

目　录

第一章　她死在我效命疆场的第一天 / 001

第二章　前面是大山，身后是故乡 / 035

第三章　前方在鏖战，战车兵在加紧训练 / 069

第四章　加速我们的飞轮，前进！前进！前进！ / 099

第五章　河谷深处，天在旋转，山在摇晃 / 129

第六章　要狠！要快！吹冲锋号！ / 159

第七章　别了，印度！别了，盟军弟兄们！ / 193

第八章　你要我等多久，我就等多久 / 225

尾　声 / 261

第一章

她死在我效命疆场的第一天

/战车少尉/

“这个女战友，可以算是我众多快要凋落的梦魇里最伤感却又最清晰的一个了。

“她最不该死，却死了。她死在我效命疆场的第一天。

“她是和我同去印度的战友中唯一的女性。只一声割心剜肉般的枪声，就把她断送在了异域深处……”

那天，大家将秦玉华抬至江边，洗净血迹，又抬着她缓缓向指挥部走去。滕周健扶持着她温软的身体，端详着她凄楚的面容，陷入对往事的回忆之中……

第一节

“砰”的一声，枪响了，秦玉华软软地倒在地上，魂断孟河岸边。

“回忆旧时人，多少战友成白骨。可以这样说，在缅甸的岁月是伤痕重重的梦，让我坠入其中，挣扎不出来。”这是多年以后，当波澜壮阔的战争烽烟渐渐远去，垂垂老矣的滕周健逢人所说的最多的一句话。他停顿一下，揉了一下浑浊的老眼，继续哆哆嗦嗦地说：“这个女战友，可以算是我众多快要凋落的梦魇里最伤感却又最清晰的一个了。”

“她最不该死，却死了。她死在我效命疆场的第一天，时间是在1944年的上半年。她的不幸死去，掠去了我对战场上两小时作战经历的全部记忆。

“她不是死于同敌人搏杀，不是死于训练事故，也不是死于疾病，而是被自己人枪杀的。

“自古红颜多薄命，她也没有躲过这一劫啊！唉，人死如灯灭，说这些有……有什么用呢？……唉，她长得那样美，又是那样善良。她的目光是那么温柔亲切，她用她那双乌溜溜的眼睛朝我望上一眼，我就……”

他的浊泪骤雨似的连续滴下来，“她是和我同去印度的战友中唯一的女性。只一声割心剜肉般的枪声，就把她断送在了异域深处……”

她被枪决的罪名为“有丧国体”。她静静地躺着，妩媚的脸蛋斜嵌进沙滩里，乌溜溜的大眼睛，已成为失去光色的眸子，但好像仍然要望穿眼前一汪秋水，短发、鼻梁与眉尖上，沙粒散落；似乎凝着一层柔滑膏脂的嫩白的脖颈下，沃着一摊血，沙土、衰草和头发凝结成团，如垫在脑后的红色枕头。岸边高耸着一排榕树，河水静静而忧伤地流着，阳光随流水荡漾。对岸河堤上飘荡着轻淡的白色雾霭，人们能呼吸到一股潮润的气息。

不久，又有命令传来，要将她的尸首扔进河里喂鱼，不准埋入中国将士公墓！

“到了缅北，生死两茫茫——仗打到哪里，公墓就修到哪里。如若顾念生死，最先见到阎王的就是你。”

滕周健说完这句话，望着潮湿而灰暗色的天空，凝滞的空气因为那段身处绝域的军旅岁月的刻骨铭心的回忆显得更加沉重。啊，天苍茫，水浩荡！当年，十万中国驻印将士在那里纵金伐鼓，逶迤的旌旗下是血染的土地。牺牲的将士，一律被埋在中国公墓里，但可怜的秦玉华却被剥夺了这个资格。

在那些军法处的人看来，大敌当前，将士们在战场上不惜抛头颅洒热血，奋勇作战，驱逐日寇，只有牺牲的将士们的躯体才配埋入中国公墓，而“罪孽深重”的秦玉华却在这样的时刻与美军联络官诺恩谈论个人感情，甚至卿卿我我，丧失中国军人的脸面，丢尽中国的国格。这样的女人，怎么能葬入抗日将士的公墓呢？

但在战车营的弟兄们看来，秦玉华实在没做过什么有辱国格的事：她是联络官，其工作就是和美军沟通和联系。天长日久，滋生感情，不是很自然的事吗？因为发生在战火纷飞的战场上，才显得有些突兀，不合情理。倘若在和平年代，有谁会对她和诺恩少校的关系说三道四呢？说她和他干了见不得人的勾当，有证据吗？退一步说，即使有，也是你情我愿；说她有辱国格，更是无稽之谈。

她是和这些战车营的弟兄乘坐同一批次飞机抵达印度的唯一女兵。出国前，他们一起在重庆训练数月，凝集了非常深厚的战友情谊。在印度，她被分到总指挥部当联络官，虽然平时往来有些疏远，但弟兄们还是觉得和她有连缀在一起的别样亲情，毕竟他们和她来自同一部队，是不可分割的一个整体。他们认为，即使她犯了军法，应受军法处置，也罪不至死。所以，本来将秦玉华枪毙已让在基地值守的战车营官兵们愤愤不平，听到这个不准葬入公墓的刻薄命令，他们的肺更是快被气炸了。

“咋回事嘛，同样是中国人，为啥子不能埋在中国公墓里嘛？”罗和睦瞪着一双诚实勇敢的眼睛大声嚷道。他是重庆人，白净方脸盘，浓眉，个子不高，但身材结实，向来快人快语。

一脸络腮胡子的陈安道，外表看起来凶，实则性情温顺。他还有一个特点——不苟言笑。他望着沙滩上蜷缩的遗体，连连摇头叹息。

罗和睦话音刚落，众人就七嘴八舌地议论开了：

“多有才华的妹子啊！”

“是啊，说英语就像说中文。”

“这样的知识分子，本来就少得很嘛。”

“怎么搞的嘛，没有死在战场上，倒死在自己人手里了。她犯了什么罪？不就是和诺恩少校喝喝酒、跳跳舞什么的，丧什么国体？”弟兄们的话有如火上浇油，让罗和睦越发激动，他说话像打机关枪一样急促，眼睛里像要喷出火来：“就是有什么出格的举动，也不至于是死罪哟！”

这时候，从战场回到基地的滕周健刚刚扯开牛肉罐头的封口，正准备吃，突然听到这个令人震惊的消息，喉咙里犹如梗了一块骨头，再也没有一丝食欲。本来他在战场上消耗了大量的体力，此刻饿得只差瘫倒在地了。他愤恨地用力扔出牛肉罐头，奋力地往河滩方向飞奔。

他跌跌撞撞地跑着，跑得上气不接下气。当他从蔓草丛中一大步跳到沙滩上时，因用力过猛，身体陷落进去，松软的沙粒没住了膝盖，因而两脚被牢牢缚住，随即身子前倾，像被砍倒了的一棵椿树，结结实实地摔在沙滩上。他大叫一声“玉华”，热泪就像倾盆大雨一样，霎时涌流出来，双眼模糊，眼前的一切立即猛烈地旋转起来。

众人见状，连忙朝滕周健飞奔过去，七手八脚将他扶起来。因为饥饿难耐，体力不支，他费了好大劲才站稳。他觉得喉咙里干得冒火，但水壶里已经没有水了，罗和睦连忙把自己的水壶递给他。滕周健狂饮了几口，感觉喉咙里好受了一些，嘶哑的声音变得正常了，看东西不再旋转了。可当他看到秦玉华蜷卧的身体时，眼泪就又扑簌簌地流下来了。弟兄们也难过得抹泪。

滕周健咧开嘴，声音颤抖地说：“玉华啊，要你不到印度来，你偏要来。出国就是送死来的，你还是要来……”

第二节

在这次上战场之前，滕周健做了一件重要的事，就是给父母写诀别书。这天吃过早饭，他铺开信纸，写下了下面的话：

父亲、母亲大人：

你们好！

当你们接到此信时，我或许已为国捐躯了，捐躯地点是在英美盟军配合下的中国驻印军反攻缅甸北部日军的前线。为抵抗日本帝国主义侵略，挽救民族危亡而死，值！只有赶跑日寇，才能避免沦为亡国奴的命运，才能重新过上祖祖辈辈沿袭的自在日子。

几年内，敌人在缅印和我国云南、黔桂调集重兵，妄图向西闭塞盟军援助的陆上通道，向北直逼重庆。眼下战斗空前惨烈，我远征军已经牺牲数万将士。面对严峻形势，各地青年学生争相弃学从戎，奔赴抗日前线。

打仗就有牺牲，父亲母亲千万不要难过。幸运的是，我死后，一个叫罗和睦的弟兄会把我的骨灰寄回来。这样，我就能一直陪伴二老了。他和我同在战车营。这是我和他约好了的。他牺牲了，我同样会这样做。

问爷爷奶奶及弟弟妹妹好！

滕周健写完信，不禁浮想联翩，来了诗兴，于是就在信的末尾写了四句诗：

战车驾云荡缅北，敢为祖国破倭贼。
兰姆饮马磨长剑，驼峰破云逐日月。

他念了几遍，觉得言犹未尽，搜索枯肠却想不出下文，便把罗和睦叫来。罗和睦提不出半点意见，却对这封信大大恭维一番，说句子朴质自然，没有艰深的辞藻和晦涩的典故，所谓好文章，就是这种平常的文章。

滕周健拿出统一印制的信封，寄信人地址一栏有“中国驻印远征军战车营”字样，写好收信人地址、姓名，将信装入信封，不封口，然后将信交给营部保存。

接到出击命令，滕周健和车长、另外两名弟兄登上8号战车，并入战车群，和步兵弟兄一道，在夜幕中向阵地开进。前方，榴弹炮、山炮、速射炮正在向敌阵猛烈射击，炮声隆隆，火光冲天，烟尘滚滚。

战车部队负责肃清公路沿线火力点，为步兵冲击扫清障碍。射手滕周健接收着副驾驶位置上的通信兵传来的指令，向指定目标开炮，又按照车长观察到的敌情报告，快速作出反应。当步兵呐喊着冲向敌阵时，战车严密监视敌人动向，随时进行火力支援。滕周健全力以赴，没有丝毫喘息机会，他的精力集中在两个动作上了，一是旋转炮塔，上下左右移动炮筒，使炮口精确瞄准目标，二是按动发射按钮发射炮弹。全套战术动作按照规范操作，做得有条不紊。

归途中，身体放松，滕周健感到胳膊酸软，双腿肿胀，头脑里激荡着一种莫名的兴奋，以至于开口说话都变得结巴了，脸憋得通红。他说：“今天，我终……终于报了仇了，我的族……族兄，终……终于可以瞑目了。”缓了一口气，他接着说：“那些在慈州县城……被日本军机炸死的百姓，也可以……可以瞑目了。”通信兵说：“我也解了心头之恨了……”车长趁机鼓动说：“作为有血性的军人，就是要多杀敌人，为死难的百姓和殉国的将士报仇雪恨！”

滕周健一打开话匣子，话就多起来。他继续感慨地说：“通过这次战斗，我获得了宝贵的经验，那就是要想赢得一场战斗的胜利，每个官兵都要有那种战斗至死的精神。仁安羌战役战至白热化阶段时，指挥军队的刘放吾团长明白此战已经无路可退，只能同日军决一死战。他指挥各营、连长官率部反复冲杀，不断打退敌人疯狂的反扑。在向敌人发动攻势作战时，流淌在他血液中的战斗至死的精神，使他和处在逆境中的 113 团爆发出巨大的能量。我们战车部队，也只有像刘团长那样绝地求生，破釜沉舟，在战场上打出威风，才会赢得声望，实现‘冲开滇缅交通’的战略目的。”

他的话赢得大家一片叫好声。

河滩上，他摔倒后站起身，忍住痛楚，一瘸一拐向秦玉华的遗体慢慢挪去。看着静静地躺在沙滩上的秦玉华，滕周健自言自语地说："玉华呀，上面指示女兵不准出国，你不听，你……你，真是个犟人啊！"

罗和睦将刚才的牢骚又重演了一遍，末了问滕周健："长官不准她埋入公墓，怎么办？"尽管有时候他话无遮拦，怨气十足，但还不至于鲁莽。但凡有事，他总是把滕周健当成主心骨。

滕周健看了涨红了脸的罗和睦一眼，又环顾四周，意识到大伙儿盼望他拿个主意，因为很多人都知道他是郑总指挥的小老乡。他知道这事处理起来比较棘手，要是和郑总指挥抬杠，恐怕不会有好果子吃；要是不去找郑总指挥理论，弟兄们这里又交代不过去。略一沉思，他斩钉截铁地回答："评理去！到指挥部找郑总指挥评理去，不埋公墓，我们战车营不答应！"

众人吼声如雷："对，不埋公墓，我们战车营不答应！"

滕周健望着弟兄们激越的面孔，冷静地说："为了避免到了郑总指挥那里把事情搞砸，咱们还是从长计议一下吧。"

众人七嘴八舌地讨论起来。

"绕过军法处，直接找一号长官是一着妙棋。那些军法处的人，把嘴说破也是不会听咱们的只言片语的。郑总指挥就不同了，他是个讲仁义的人，……再加上我们有他的小老乡滕哥……"

"咱们不能一味地发牢骚……"

滕周健适时地作了总结发言："对，他是我的老乡，但首先他是咱们的统领。我觉得到了他那里，也不要再纠结秦玉华是不是该枪毙的事了，因为咱们也不清楚她究竟犯了哪些事，这也许永远是个谜。咱们可以说的只是从感情上同情她，觉得她不该被扔到河里去，只请求将她葬在公墓里。只要郑总指挥同意，咱们的目的就达到了。"

大家纷纷点头说好，于是将秦玉华抬至江边，洗净血迹，又抬着她缓缓向指挥部走去。滕周健扶持着她温软的身体，端详着她凄楚的面容，陷入对往事的回忆之中。

第三节

上一年，也就是 1943 年下半年临近年末的一天，滕周健从工作了大半年的军政部不辞而别，坐上朝天门码头的轮船过江，去江北鸳鸯桥远征军教导一团报到受训。一登岸，滕周健就觉得他来到了一个不同于以往的新环境中，这里艳阳高照，而在长江之南则是阴云密布。他已经改了姓名，加入到远征军阵营，再也没有人认出他来了，所以，他再也不用草木皆兵了。

码头上挑担的摊贩不时发出叫卖声，几只喜鹊在一棵高大的岸柳上撒着欢儿扑腾，从梧桐树上飘下的落叶打着旋儿表演轻盈的舞蹈，一户人家的黄狗高昂着头追着一只白母鸡兜圈子，一切都是那么赏心悦目。滕周健迈着嚓嚓响的步子，一路穿街过巷，不到一个小时，就来到了教导一团驻地。

浓荫匝地的院子里摆着一排桌子，桌子上竖着一个纸牌，上书“新兵报到处”。有一个女军人站在桌子旁边，这会儿没有新兵报到，她把桌上的记录本码放整齐，然后静静地坐下，双目深沉地凝望着悬挂在两颗玉兰树间的大红标语。那标语是：“热烈欢迎热血青年加入驻印远征军共赴国难！”不远的训练场上，多个方队正披挂一身汗水练习队列，“一二一”的口号声此起彼伏。

后来，女军人站了起来，在玉兰树下踱步，微微风动，斑驳的光影在她富有青春气息的身上流泻荡漾。在标语前，她停下脚步，仰望着一个个直击心灵的文字，内心产生了戚戚之感。标语绸布的一脉红，投射在她娇美白皙的脸蛋上，显得十分动人。

滕周健瞥见桌上“新兵报到处”的字样，他想从报到开始，就要给人一个新兵的印象，于是连忙立正敬礼，大声说道：“报告长官，新兵滕周健前来报到！”她用手掩嘴哧哧笑着说：“哎呀，笑死我了，我哪是什么长官？”滕周健也笑了：“哦，你是新兵？也要去印度？”

“是的，我是新兵。我想去印度。不过，去不去得成，要考核合格，体检合格，还得经过上峰批准。”

她看着滕周健一脸真诚的表情，补充说：“上次有一批人，考核合格了，不料身上长了疮，被淘汰下来了；还有几个人，身体没问题，但上峰不批准他们出国，说是国内的什么部队看上他们了。”说话间，她的大眼睛忽闪着，那双又大又亮的眸子熠熠生辉。

滕周健一听吓一跳：“是吗？我还以为报了到，训练完了就可以出国了。”他心里想，到时候去不了印度，该如何是好？自己究竟会有怎样的命运呢？既然来了，就别东想西想了，想也没有用。

他掏出录取通知书，递给女军人，女军人在一摞记录本里找到了他的名字，收了通知书，给他办理入伍手续。在各种单据上，她都签上自己的名字“秦玉华”。滕周健见她写的字很娟秀，就对她的脸仔细看了几眼：秀靥艳比花娇，玉颜艳堪春红。想到这里，他的心脏“扑扑”跳着。他在宪兵部队和弟兄们肆无忌惮地谈论女人时，心脏也从没有这样紧张地跳动过。

他出神地看她的纤纤素手握笔疾书，小心地斟酌了字句，称赞道：“字写得漂亮，字如其人。”秦玉华调皮地说：“哟，你还不如直接说我漂亮。”滕周健嘿嘿笑着说：“我说的是真话，我的字……，我在军政——”

“军政？”秦玉华昂起头问，闪烁着她的眸子，“你在军政部工作？”滕周健情知说漏了嘴，只好自圆其说：“不是，我有一个亲戚在军政部，他送我到朝天门码头。他说……他说，我的字写得也好。”说完脸上已经汗涔涔了。

“哦，你来头不小嘛。”秦玉华说着，露出白玉似的皓齿嫣然一笑，把军服领取单递给他，“领了军服去宿舍，在那里还要领生活用品、分配房间。”

滕周健带着刚才的兴奋劲儿，穿上刚发的灰布棉军装，在宿舍里看《入伍须知》，得知教导团共有三个营，两营男兵，一营女兵，训练时间为三个月，期满由昆明坐美军飞机去印度。这时候，有两名军人大汗淋漓地走进宿舍，一个络腮胡子的大汉，一面脱军装，一面朝滕周健瞅，瞅了几眼之后，拿了条毛巾往浴室里跑去了；另一个军人个子矮点，白净面皮，进来之后坐在滕周健对面的床沿上，端详着滕周健。滕周健抿嘴笑了一下，军人这才问道：“新来的吧？”滕周健“嗯”了一声，问道：“你是重庆人吧？”军人问：“你怎么知道的？”滕周健故意说：“报到时，秦玉华告诉我的。”军人又问：“你和她认识？”滕周健将错就错答道：“是的。还有，我听你口音，就知道你是重庆人了。”

军人对滕周健顿时有了兴趣，问：“你对重庆咋这么了解呢？”滕周健编了一套话说：“不瞒你说，我在重庆已生活多年。因为县城遭受日本飞机轰炸，我死里逃生，初中没读完，只身来到重庆投奔我的姨妈，在我姨妈家学做裁缝，预备缝衣为生，但裁缝这个细致活儿我干不了，没过多久就到茶馆里当伙计去了。后来看到街上贴的告示，招学生兵去印度抗日。我自认为有点文化，就报名了，没想到被录取了。”他胡编乱造了一通，有意隐去了当宪兵的经历。

军人凑上前关切地问：“参军这事，你姨妈，还有你爸爸妈妈都知道吗？”滕周健答道：“姨妈不知道，她还以为我在茶馆里干活呢。爸爸妈妈也不知道，知道了，我就去不了印度了。”那名军人若有所思。

滕周健怕冷场，又和他套起了近乎：“在重庆，我认识很多重庆人，也认识很多重庆兵。国难当头，重庆人义无反顾地拿起枪杆子，加入到驱除倭寇的行列。”军人内心受到感染，说道：“是的嘛，川军，川军，无川不成军嘛。”滕周健接着他的话问：“有一句话叫‘无湘不成军’，你听说过吗？”军人答道：“听说过，远征军第113团团长刘放吾，就是湖南人，他训练出的士兵战斗勇猛，意志坚强，所以打出了仁安羌大捷的战绩。”

滕周健在军政部工作时，就对刘团长和他带领不足一团兵力缔造举世闻名的仁安羌大捷了解颇多。因为有共同的话题，两人一见如故，谈得甚为投机。军人凑在滕周健耳边问：“你怎么认识秦玉华的，是亲戚还是同学？”滕周健尴尬地笑了笑，一时语塞。

这时，络腮胡子洗完澡回来了，冲军人喊：“罗和睦，快去洗，澡堂没人了！”军人答应一声走了。络腮胡子走过滕周健身边，没有同他搭话，上床倒头便睡。滕周健觉得有些疲倦，也和衣而卧。

下午，滕周健走出宿舍，来到训练场观阵。草地上，以连为单位，有的在练习队列，有的在练习枪械射击，有的在练习投弹。对于他来说，这些都是他在宪兵部队训练过的科目，通过训练考核没有一丝悬念。身体条件这一块，也没有什么问题。他所顾虑的就是秦玉华所说的“上峰批准”环节。

第四节

第二天，滕周健开始接受训练。他暗暗告诫自己，自己是一个刚刚入伍的学生兵，不是一个训练有素且有两年多兵龄的宪兵。这真有些难为他，这些动作本来已经很娴熟地掌握了，但却要装出不得要领的样子，向左转时他故意向右转，齐步走时他存心跑步走，逗引弟兄们发笑。看到他拙劣的表现，长官为他开起小灶。不过，他长了一个心眼，当留意到其他的新兵掌握了动作要领后，他也像变戏法似的，在同样的时刻学会了这个动作，从来不拖弟兄们的后腿。这使得长官很满意，认为他有一定悟性，脑袋瓜还不笨。滕周健对自己的表现也是自鸣得意。

罗和睦和络腮胡子陈安道早来一个月，已经在训练场一隅练枪法了。与昨天不同的是，今天训练场上多了几个方队的女兵，大部分在进行队列训练，一个小分队在练习单兵战术动作。训练中，滕周健一眼瞥见了秦玉华在持枪匍匐前进。

队伍解散后，滕周健一人急匆匆地往宿舍跑去，准备到澡堂冲凉。快要到宿舍门口时，一名女军官迎面走来，盯着他看了一会儿，问道："咦，你不是滕周健吗？"滕周健吓得直冒冷汗，表面却佯作镇静地反问她："你……你，认错人了吧？"女军官诧异地说："你是驻扎在万州的宪兵十一团的滕周健，我怎么会认错？"

滕周健见来人揭了他的老底，恨不得撒腿就往大门外跑，但理智制止了他的冲动。在这偌大的军营里，根本没有逃脱的可能。他僵直地站在那里，再向女军官扫视一眼，觉得她有些面熟，但想不起在哪儿见过。

女军官见滕周健有些迷惑，笑着问他："你不认识我了？你帮了我很大的忙噢。"滕周健"哦"了一声，恍然大悟："瞧我这记性！想起来了，你是刘姐。对，刘姐。"女军官眉开眼笑地说："对啊，想起我了？对，我是刘彩芬——你怎么到这儿来了？"滕周健心里安稳下来了，老实答道："想出国打日本鬼子。"刘彩芬笑着说："哦，你算是来对了，我们要在印度成立机械化部队，国内还没有这样的部队呢，装备全部来自美国，所以对兵员的文化素质要求很高。"

滕周健“嗯”了一声，问：“刘姐，你怎么到这儿来了？”刘彩芬说：“我的家就在这儿呀。我的夫君，就是你们的团长。”滕周健大笑道：“哟，好啊，巧得很哪。我去年到了你爸爸那儿，他说你嫁人了，没想到，你嫁了我们吴团长，成了吴太太。”刘彩芬笑盈盈地说：“没想到重庆这么小，我竟在家门口和你不期而遇。”

滕周健一看遇到的是自己以前认识的人，他趁机请求吴太太，不要让包括团长在内的所有人知晓他当宪兵的经历。吴太太答应了，嘱咐他好好训练，争取早日出国杀敌。滕周健点头，暗想出国的事有了刘彩芬这个靠山，应该是十拿九稳了；现在要做的，就是好好训练，争取获得教官的好评。

这天晚上，教导团三个营集中进行政治学习，首先讲了各种纪律，然后讲了一个战例——仁安羌解围战。教官花了一个小时，娓娓讲述了刘放吾团长打败数千日军营救7000英军的整个过程：

刘放吾团长率领的113团面对的是战斗力很强、配备也很精良的日军第33师团，师团长是陆军中将樱井省三，他手下的一个步兵联队长是作间乔宜。他们不但有战车和大炮，还有一队飞机。

1942年4月18日凌晨，113团在英军一个重炮队3门重炮和一个战车队12辆18吨战车的掩护下，向宾河北岸的日军采取两翼包围态势，开始攻击。这样一来，敌人包围了英军，我军包围了日军，日军腹背受敌，势至不利，但仍恃其精良配备负隅顽抗，同时以巨炮及飞机向我军阵地猛烈轰炸。我军以昂扬斗志、必胜信念以及猛烈火力，除施以两面夹击外，并向敌正面反复冲杀，直到午后四时，敌军伤亡惨重，终于放弃阵地，纷纷涉水逃窜。当天晚上，我军一面占领各个要点，彻夜固守，以防敌人反攻，一面派出小股部队向当面之敌作扰乱攻击。

19日凌晨，刘放吾团长指挥全团趁黑渡过宾河，扑向日军阵地。战斗较18日更为激烈，113团士兵与日军短兵相接，凭借平常精良的训练与日军展开厮杀，将生死置之度外。日军多年来与中国军队作战几乎都是采取进攻态势，充满骄兵心态，第33师团自仙台编成离开日本后，从中国内地、东南亚一路横扫过来，没有打过败仗，从来没有遇到敢这样主动向他们发起进攻且战斗力十足的中国军队，原本占兵力优势的日军尽被打蒙了头。

日军指挥官迅即调集兵力增援，拼命将113团阻截在宾河南岸距离最后一道封锁线敦贡村约一英里的阵地。从早上8点到午后1点，两军顶着超过40摄氏度的高温酷热对南岸制高点501高地展开数次拉锯。每次阵地丢失，日军即以大队飞机和火炮向我军阵地猛烈轰炸和炮击，其侧面包抄的增援部队在战机大炮掩护下也全线向阵地反扑。随着战事进展，日军兵力不断投入到501一线，两军继续展开白刃肉搏，在高地及周边数座小山头间反复冲杀，战斗趋于白热化。

血战至午后一时，刘团长终于指挥113团攻下日军设在宾河南岸的第二道封锁线，占领控制整个战场的501高地，再于午后三时攻入最后一道封锁线敦贡村。自此，油田区全部为我军克复，英军主力得以突围，被俘官兵及被困英美传教士、记者和家眷等亦陆续被救出。战至黄昏，日军被彻底击溃，纷纷溃逃至仁安羌镇区南部，等待师团主力救援。撤退途中，英军遇到接应的113团将士，感激之情溢于言表，有的涕泗纵横庆祝生还，有的则握拳高呼：中国万岁！

整个仁安羌解围战，刘放吾团长指挥所部113团，以不足一团仅800余人兵力，在一部分英军战车、重炮协同下，击溃拥有优势兵力之日军，击毙日军700余名，俘虏日军3名，掳获敌旗帜、武器弹药等甚多，救出被困数日之英军7000余人、为数甚多的马匹，另有被俘被困之官兵、英美记者、传教士和英军眷属等500余人均已安全脱险，并夺回被敌军掳去之英军辎重及汽车百余辆，均悉数交还英方，缔造震惊中外之仁安羌大捷，实为我远征军入缅作战史上最光荣之一页。

在这场解围战中，113团也付出营长张琦、连长顾纪常、刘竹秋、庄陶等共202人牺牲，318人负伤的代价。

教官总结说："诸位，这次战役的意义和影响，鄙人认为，有这么几点：这是自鸦片战争以来，中国军队在境外的第一次胜利，让世人消除偏见，对中国军队的战力刮目相看；打破了日本鬼子不可战胜的神话；因为成功解救英军，赢得了英国人的尊重，这些英军得以保存有生力量，以利再战。"

熄灯后，滕周健躺在床上，很快进入梦乡，梦中来到一个遥远的国度，那里山高林密，荒无人烟，他和战友们驾驶战车，向前线隆隆开进。突然，一条大河横亘眼前，通行的桥梁被敌人炸毁，河对岸的敌人正在向这边疯狂开炮射击。在这千钧一发之际，滕周健发动战车，向对岸猛冲过去，战车竟飞越了宽阔的河面，像飞机一样稳稳降落在敌人阵地上，敌人被吓得呆若木鸡，滕周健很淡定地发射炮弹，阵地上瞬间尸横遍野。滕周健用余光观察，发现弟兄们也越河来到了他的身边，炮火更加猛烈，敌人很快被消灭了。

滕周健从迷糊中醒来，发现被子滚落到床下面去了，制造的响动惊扰了所有学员。

第五节

营地旁有一条具有别样历史意义的茶马古道，是从山崖下垂下来的。路面上，石块星罗棋布，大小不一，千百年来，马踏人走，石头溜光圆滑，有的已经破碎。古道右侧是平缓的坡地，竹林婆娑，沿竹林顶端望过去，是涂山南麓，半山腰上战壕错综，一直伸展到复兴关以东。古道左侧，呈扇面布局的悬崖高耸入云，一脉江水从悬崖的臂弯里浩浩荡荡奔涌而来，形成横无际涯的宽阔水面。

滕周健望着河岸问罗和睦："这里名叫鸳鸯桥，那就应该有两座桥，怎么一座桥也看不到呢？"罗和睦答道："在涂山脚下的一条小溪里，隔数十米远，有一大一小两座石桥，故称鸳鸯桥，不过，早就毁掉喽。"滕周健只是随便问问，没想到罗和睦对这里的掌故非常熟悉，不由得对他刮目相看。罗和睦受到鼓励，又口若悬河地补充道："听说我们脚下的江北城，在清朝时规模宏大，光城门就有十座，现在城池了无踪影，城门一座也没有了……"

对谈了三两句，话题就转到了秦玉华身上。滕周健问："她来了多久了？"罗和睦答道："两个月不到吧，我也说不清，反正比我先来——你问这个干什么？你不是早就认识她了吗？"滕周健答道："随便问问。"罗和睦说："我对她别无所知，只听说她哥哥在台儿庄战死了。这几年，她一直生活在逝去哥哥的阴影里。她的言谈举止，总萦绕着一股涂抹不去的忧郁，连笑容里也潜藏着一丝苦涩。"滕周健惊道："哦？"罗和睦说："到这里来之前，她还是川南女子大学的学生，闻知招录驻印学生军，她决然地报了名，父母想保住这根独苗，拼命阻拦，但没有拦住。"滕周健说："古有木兰代父从军，今有秦玉华……"罗和睦激动地说："女子尚且如此，吾辈热血男子，更应冲锋在前！但我还是认为，战争是男人的专利，女人无论从哪一方面说，都不适合这项暴力血腥活动……”

“来鸳鸯桥之前，你和秦玉华一样，在学堂读书？”

“是的，我在中学里读初中。”

“咱俩差不多。”

罗和睦愤懑地说：“若不是日本鬼子太猖狂，放不下一张平静的书桌，我还在学堂安心读书，来这里做什么嘛？”滕周健感同身受地说：“我也是气不过才当兵的，日本飞机把我老家县城炸得七零八落——唉！走了不少弯路，到现在才当上兵。”说完，他意味深长地一笑。罗和睦幽怨地说：“你不知道，日本鬼子炸重庆多么凶暴，房屋成片被炸毁，炸死的、烧死的以及躲在防空洞里闷死的人，数也数不过来，老百姓流离失所，咱们学生也是东躲西藏……”

往前走，起伏的山峦延绵无尽，古道弯弯绕绕，消失在苍茫的群山之中。这里，无疑是鸟瞰铜锣峡谷的最佳位置，目之所及，重岩叠嶂，水势泱漭。滕周健心里浪花翻滚，时下的抗日洪流不是正如泻穿铜锣峡谷之江水，有不可阻挡之威势吗？

滕周健笑问：“不知陈安道醒了没有？”罗和睦答：“他不是瞌睡大，而是有心结。”滕周健问：“他同秦玉华一样，有家仇？”罗和睦答：“不是，他原是在军队里喂马的。”滕周健笑了：“弼马温？”

罗和睦说：“他是陕西人，小学毕业那一年，遭遇大饥荒，为减少一个人的口粮，他只身一人到南方谋生，不料半路被匪徒打劫，抢去他仅有的盘缠。还好，匪徒只为钱，不图命。陈安道脱离匪徒视线之后，在惊恐中一路狂奔。饿了，就啃食地里的玉米棒子；困了，就蜷缩在稻草垛子里歇息。就这样，他挨到一个小镇上，正好一支从前线败退下来的骡马辎重部队临时驻扎在这里。当官的看他长得膀大腰圆，问他愿不愿意喂马，他说愿意，就这样留了下来。”

罗和睦接着往下讲："一天，他正在给马匹铡草，场院里人声嘈杂，就走过去看，原来是连部抓回来一个逃兵，大家你推他搡，将那人的衣服撕得稀烂。连长命令班长狠狠地打他，于是一班士兵轮流用棍子抽他的屁股，一棍一棍地抽打，那个逃兵痛得嗷嗷叫唤。陈安道不忍心看下去，就回到马厩里继续干活。场院里棍子的抽打声一声紧似一声，逃兵的呻吟声渐渐低下去了。有人高叫着，'别打了，没气了！'几个士兵像拖死狗一样，把他拖到草棚里，丢弃在草堆上。陈安道喂完马匹，跑过去看，发现逃兵还有气，胸部在微微起伏，喂了几口水后，问话，能答应。

"第二天，连长准备将逃兵埋掉，班长报告说还没死，连长便跑到营部，问营长咋办。营长说他亲自处理。草棚旁边搭起了台子，营长集合队伍，站在台子上训话。训完话后，营长命令十多个士兵依次抡起扁担击打那个逃兵，任凭怎样打击，逃兵始终没吭一声，最后班长上前，抄起扁担，向逃兵头部猛击。只见逃兵腿脚突然伸直，头部后仰，不动弹了。班长报告逃兵死了。营长厉声说，'今后，谁要逃跑，抓回来，就是这个下场！'陈安道远远观看，心境凄凉。他不明白，要他死，给他一枪就可以了，为什么要如此惨无人道地折磨他。

"他发誓要逃出这个魔窟样的部队。终于在一天夜里，他如愿以偿。后来，他来到潼南私立中学读初中。"

滕周健问："他后来是从这所私立中学考到远征军的吗？"

"是的。"

"他不是因为那件事对军队有心结吗？为何又要参军呢？"

"唉，那样惨无人道的部队毕竟少有嘛。"

"我说出来你可能不信，他当兵的目的，就是混口饭吃。至于为什么参加远征军，那是因为他认为日本侵略者就是让他吃不上饭的罪魁祸首。"罗和睦补充道。

第六节

说来奇怪，此后的每次训练，滕周健的每一个动作都非常标准。尽管他每时每刻都在小心翼翼地掩饰，但还是事与愿违。他的一招一式已经脱离了头脑的羁绊，动作迅速准确，姿态端正，精神振作。还有，他们在队列上有一些动作和宪兵的有一些差别，滕周健听到口令后，本能地做出了当宪兵时的动作，例如行举手礼，注视受礼者时，宪兵部队要求眼睛瞪圆，而在这次训练中无此要求。

长官在训练时没有揭穿他，而是在休息间隙悄悄对滕周健说："一看就知道你不是一个刚入伍的学生兵。"滕周健一脸窘态，留心观察长官的表情。但怎么看，都只看出善意。

一天，吴团长将滕周健叫到他的办公室，问他道："小鬼，能告诉我吗？你以前是干什么的？"滕周健一听大惊，支支吾吾地说："报告长官，我以前……以前，在保安团……保安团干过。"吴团长哈哈大笑道："哎呀，你瞒我干什么啰？你怎么对我这样不放心呢？你告诉我实情，我能把你怎么样？我不但不坏你的事，还要保护你呢！"一个团长把话都说到这个份上了，滕周健心想，不好再瞒下去了，再说也瞒不住，一旦团长失去耐心，追查起来，他就是欺骗长官，问题就严重了。团长看起来是真诚的，但他的葫芦里究竟卖的什么药，滕周健弄不分明，所以仍然不敢说出实情。

僵持了几分钟后，滕周健见搪塞不过去，只得言辞恳切地说："报告长官，我……我确实有过短暂的从军经历，所以，这些科目我都训练过。如果有可能的话，我想早日出国作战，以实现杀敌报国的夙愿，请长官考虑我的请求。"吴团长说："好吧，你的意思，我明白了。"

滕周健怀着忐忑不安的心情，找到刘彩芬，把团长召见他的事说给她听。他对刘彩芬说："吴太太，这可怎么办呢？团长说我不是学生兵，问我的来历。你知道的，我原来是宪兵，在码头上执勤，还为大人物担任过贴身卫士。因为上不了战场，我厌倦了，不想在宪兵里混了，就跑了。"刘彩芬安慰他说："不要紧，反正你过几个月就要出国了，谁也查不到你。再说了，团长问你的来历，没有恶意，这点，你可以放心。"滕周健舒了一口气说："谢谢你。如果你愿意的话，帮我请求一下团长，看能否让我早点出国。"刘彩芬答道："好，我一定把你的想法转告给他。"

没过几天，长官通知滕周健，要他停止军训，改调女兵营，帮助训练女兵。对他来说，这是一份全新的工作，除在训练场上喊口令外，还要检查女兵内务，以及熄灯后查铺。

帮助训练女兵，是他很乐意做的一件事。这一批女兵大部分为中学生，少部分为大学生，文化素质高，只是有点娇气任性。她们自己也知道，到了印度后，不是面对面同敌人交锋厮杀，而是被分配在战场以外的岗位，所以她们训练的自觉性和效果，都不如男兵。要想提高她们的训练质量，必须有个像滕周健这样军事素质较为出色的男兵为她们"加餐"，在细节上悉心指导，有时候只需那么一点小窍门，再加上女兵们又那么聪慧，往往一点就通。滕周健心里收获了成就感，自然就非常喜欢这项工作。

对于这些女兵来说，较之于那些长官，她们更愿意亲近滕周健，因为他富有耐心，没有长官居高临下的架子，偶尔她们还故意出点差错让滕周健纠正，体味其中的快意。本来性格有些压抑的滕周健，在这些同龄的青春活力四射的女兵们面前，心里逐渐阳光起来。

罗和睦说到滕周健当上女兵头的事，半开玩笑地说："我比你先来还是一个兵，你比我后来却当上了长官，看来，你是有来头的。"滕周健否认说："我哪有什么来头呀。"

两人争论了半天，最后被一个冲进宿舍的军人打断了：“有！”尖声细气的声音，是个女兵。扭头一看，不是别人，正是秦玉华。两人异口同声地问：“你怎么来了？”

“我怎么不能来？”秦玉华笑嘻嘻地答道，乌溜溜的眸子里飞扬着火热的光彩。她拍着滕周健的肩膀说：“你不要谦虚嘛。你怎么没有来头？你不是有个亲戚在军政部吗？”

“什么？”滕周健丈二和尚摸不着头脑。秦玉华说：“你忘了？你亲口告诉我的。”滕周健装作如梦方醒地说：“哎呀！不是你提醒，我还差点忘了这个亲戚了。好吧，就算我是有来头的。”罗和睦真诚地说：“不管有没有来头，你这个长官，都是凭本事当上的。说真心话，我只有羡慕的份。”

滕周健说：“好了，不说这个了——秦玉华，你来，有什么事吗？”秦玉华说：“真有事，无事不登三宝殿嘛——”罗和睦也凑过来听。

“是这样，上面有风声，说女兵都不能出国。要是这样，我就出不了国了，所以嘛，想找你——麻烦你那位在军政部的亲戚——”罗和睦打断她的话，说：“这个好办，一句话的事嘛。”秦玉华瞥了罗和睦一眼，然后对滕周健说：“滕哥，帮妹妹一个忙，行吗？”

滕周健眉头紧锁。

秦玉华跺着脚说：“我可是决心要到印度去的。”罗和睦说：“印度有什么好去的，不是取经去的，不是寻宝去的，而是受训去的，那里是训练美械军队的基地！”秦玉华焦急地说：“可我在国内也混不下去呀！”罗和睦问：“为什么？”秦玉华回答说：“你问那么多干吗？总之，你们去了，我怎么办？”罗和睦哈哈笑道：“你一个大美人，还怕嫁不出去吗？”

滕周健察觉到她有难言之隐，说：“别急，办法会有的，走一步看一步吧。”

秦玉华挥挥手，转身走了。

这天傍晚，雨雾中，一辆轿车开进营地，一个军官撑着雨伞下了车，站在车旁边，踱过来踱过去，似乎在等什么人。良久，秦玉华从女兵宿舍二楼下了楼梯，向军官走去。军官同她说了什么，秦玉华不停地摇头。军官在很长时间内没有说话，秦玉华也保持沉默，两人在雨中站着。

军官好像突然发现秦玉华没有带雨具，便伸出右手，把雨伞移向秦玉华的头顶，但被她用力推开了。雨伞从军官手里滑落下来，被风一吹，飘到一棵玉兰树下。军官没有去捡雨伞，任凭瓢泼大雨像鞭子一样抽打在他毫无反应的身体上。秦玉华的衣服也湿透了，头发贴在脸上。

军官上前几步，拾起雨伞，撑开，拉她的手。她挣脱了他的手，狠命往下一蹲，军官一个趔趄，险些滑倒，站稳后，随即又蹲在地上，向她说着什么。秦玉华连连摇头，并放声痛哭。军官叹了一口气，站了起来，俯视着哭泣的秦玉华，又环顾周围的房屋树木。

倚靠在不远处墙头的滕周健和罗和睦，都是这段哑剧的忠实观众，他们默默地凝望着在雨中表演哑剧的这对男女。后来，滕周健眼尖，发现军官的目光渐渐往这边扫过来，立即按住罗和睦的脑袋，让他消隐于墙后的草丛中。军官茫然四顾，又呆望着蹲着的秦玉华，转身，迈着军人的步伐步入车内。

汽车传来引擎声，随后在夜幕中消失了。

第七节

一个休息日，滕周健径自一人来到女兵宿舍楼，他是来找秦玉华的。

秦玉华一个人在宿舍里，正对镜梳妆，镜中人双眸含笑，绯红的脸颊袒露几分俏皮。一盒胭脂在手，她轻点红唇，然后抿了几抿，站起身，气质若兰。滕周健只觉得她比画中走出来的美人儿还好看，刹那间，他的心头堆起万千情丝，身上涌现无限柔情，有如碧波荡漾。

秦玉华说：“走吧。”滕周健问：“去哪儿？”秦玉华说：“去你宿舍。”滕周健问：“有事？”秦玉华说：“没有。”两人下楼。

还没到宿舍，罗和睦老远就笑道：“半天不回来，原来是接‘林妹妹’去了。”秦玉华羞涩地掩口而笑。

罗和睦回忆起雨雾中的情景，问秦玉华：“那个开着轿车接你的军官是谁？”秦玉华一头雾水：“接我？开着轿车？哪有这样的事！”罗和睦讲起他看到的情景，秦玉华否认道：“不，你看错人了，那绝对不是我！”“没有，没有看错，”罗和睦说着，做了一个下蹲的动作，“那个军官想拉你上车，你死活不肯，蹲在地上，这样——”秦玉华白玉似的脸涨得通红，极力否定说：“没有的事，有人开车接我？可能傍晚光线不好，你看错人了。”

滕周健心想，这个女人不认账，其中必有隐情，就在她背后向罗和睦挤眼。罗和睦便止住话头，换了一副笑脸，问道：“玉华妹，今天来此有何贵干？”秦玉华答道：“没啥事，道个别。”罗和睦说：“上面怜香惜玉，禁止女兵出国，玉华妹，可喜可贺呀！”

“贺什么呀，待在这个人不人鬼不鬼的地方，有什么好啊！有人醉生梦死，有人趁机发国难财，还有人造谣生事……”秦玉华哀怨地说，双手捧脸，“呜呜”地哭了起来，“与其待在这里，真的不如去印度啊！我的家仇，也不能报了。”

陈安道吼道：“我替你报！我最恨日本鬼子了！没有饭吃，没有衣穿，就是……”陈安道突然冒出一句话来，倒是出乎滕周健的意料。

罗和睦见秦玉华十分难受，悔恨自己和她争执，忙安慰她说：“别哭了，我们一定为你报仇。”滕周健说：“一定为你报仇，出国就是报仇去的。”

秦玉华擦了擦泪水，不停地点头。

出征那天，场面宏大。二十多位赴印学生兵整齐列队，披红挂彩。出发时间到了，学员们随着口令，迈出了走出国门的步伐。新兵们排着整齐的队伍，在营门两侧鼓掌欢送。长官们纷纷走出营门送别，吴团长和太太刘彩芬挨在一起站着。刘彩芬向滕周健挥手，想到他此去九死一生，一滴泪珠潸然落下。滕周健也向刘彩芬挥手。挥手之间，他想起了在万州跟踪她、和她认识，继而托付曹云胜，将她平安送到三斗坪的情景。正是因为帮了刘彩芬的忙，他的命运才出现了一系列转机，从宪兵部队顺利脱逃，并在她父亲的安排下，在军政部任职大半年，还在第一时间获得招收驻印学生兵的消息，在鸳鸯桥训练这段时间，又得益于刘彩芬的帮助，才扫除了被人猜疑的危险和出国的障碍。

这都是以前的事了，滕周健呼吸着晨光中清新的空气，慨叹人生多风雨，前路无坦途。当他的心绪平静下来，回到现实时，发现路上、村庄田野上，甚至房子的屋顶上，百姓们三五成群站立着，他们的身体有如被鸦片蚀空了那样瘦骨嶙峋，脸色蜡黄，好像刷了一层黄漆。他们有的在窃窃私语，有的毫无表情地盯着小分队。滕周健望着这些饱受战火蹂躏的百姓，心里有说不出的难受。

小分队走出沿江岸分布的街巷，步入朝天门码头，宽阔的江面赫然入目。江上樯帆林立，舟楫穿梭。江边码头密布，人行如蚁。今天码头上的人流比平时多了一倍。重庆各界群众和学生聚集在此，欢送小分队乘船远征。

小分队威武霸气地向走上码头，顿时，欢快的锣鼓敲响了，震天的鞭炮炸响了。

学生们齐声朗诵诗歌：

假使我们不去打仗，
敌人用刺刀杀死了我们，
还要用手指着我们骨头说：
“看，这是奴隶！”

接着演唱了一首耳熟能详的抗日救亡歌曲：

旗正飘飘，马正萧萧。枪在肩，刀在腰。热血似狂潮，好男儿报国在今朝。……。戴天仇怎不报？不杀敌人恨不消！

在悲壮激昂的歌声里，人们的口号声此起彼伏，声震云霄：
“打倒日本帝国主义！”
“远征军万岁！”
“要种族不灭，唯抗战到底！”
“还我河山！”
……
小分队在船头列队，向各界群众敬礼，表达抗敌的意志和决心。

第八节

汽笛一声肠已断。

滕周健已经快两年没有坐过民生公司的轮船了。这一次与前几次乘船的心情完全不同。以前，他仅仅是在万州和涪州来回往返。时过境迁，除了对一些重要的事情他还有深刻印象外，其他的事都如过眼烟云，随风飘散。

有人说，没有往事的人，是一具没有灵魂的躯壳。滕周健扪心自问，觉得自己太像这样的人了。然而，一个卑微的生命，怎么能改变这样的状况呢？庸庸碌碌，是他愿意的吗？这一次，他因为负载了太多的东西，头脑变得非常锐敏；因为承担了庄严的使命，灵魂增加了深度和广度，一切往事都将留在心中。

滕周健在船上凭栏远眺，余光中他发现船尾站着一个女军人，背对着他，正在俯瞰江水。滕周健觉得这个身影非常熟悉。于是，他轻步上前想认个仔细，就在这时，女军人探知脚步声，迅疾扭头，两人对视，滕周健差点“啊呀”叫出声来，女军人急忙用手指抚唇吹了一口气。

滕周健压低声音问：“你怎么来了，不是不让女兵出国吗？”秦玉华慌慌张张地回答说：“不，不是……不是出国，是去昆明……看我表妹。”滕周健说：“哦，正好同路——你表妹在昆明做什么？”秦玉华说：“读书，在西南联大。”滕周健问：“你买了座位吗？要不，我们坐一起吧。”秦玉华说：“不了，谢谢，我买了，进去看看吧。”

滕周健跟随她躬身走了进去，舱里光线昏暗，除了角落里几个头戴毡帽、身穿长袍的人外，全为士兵。他们或挤坐在座位上，或躺卧在过道上，舱内拥挤不堪，几无立足之处。大多数士兵瘦弱不堪，精神委顿。滕周健问一士兵何故如此，士兵沉默未作答。

滕周健忙把秦玉华拉出舱外，对她说：“不要待在这里了，这里危险。你看，这些士兵很可能患了某种疾病——要是瘟疫，怎么得了？”秦玉华说：“放心吧，他们不是得了瘟疫，是饿成这样的。”滕周健说：“有几个士兵全身搔抓，坐卧不宁，是不是患了皮肤传染病？”秦玉华答道：“是的，得了疥疮。”滕周健问：“长官们怎么不给他们治疗？”秦玉华说：“不知道，没有药吧。”滕周健再次劝她说：“还是到我们舱里去吧，有座位——没有的话，挤挤也比这里强。”秦玉华摆了摆手说：“不，我就在这里吧，到了你们那里，问我为何离开鸳鸯桥，我还得费口舌解释。”

滕周健正要走，一位军队长官从烟雾袅袅的甲板上走过来，朝舱内吆喝道：“弟兄们，开饭啦，开饭啦！”

饭菜端来了，滕周健见是一瓢稀饭，菜只有榨菜、酸辣椒水，不禁皱紧眉头。国难当头，正是用兵之际，身为国家柱石的士兵饭菜尚且如此，黎民百姓的饮食就更不用说了。

滕周健回到自己舱内坐下，罗和睦火急火燎地问他：“干什么去了，半天不见你的人影？”滕周健附耳低语，把他遇见秦玉华的事说了一遍，又说船上国军士兵食不果腹，非常凄惨。罗和睦稍一沉思，便有板有眼地说：“国军待遇悲催，我早已闻之。原因是多方面的，抗战多年消耗严重，还要加上敌军掳掠，外援匮乏。一句话，正如陈安道所说，日本鬼子是万恶之源！”

中餐端上来，米饭，菜有四种素菜，有一点肉末。相比那一舱国军士兵的伙食，有天壤之别。本来味道不错，滕周健却吃得不是滋味。罗和睦见他食不甘味，用筷子敲碗边，打趣地说：“咋了，想秦玉华了？”滕周健叹了一口气说：“我不是这个意思。”罗和睦问：“那是啥意思？”滕周健放下筷子，一五一十地说：“我想起了一个当航警的朋友，叫曹云胜，他是南京人，从南京逃难到万州，本想参加抗战的国军以报家仇，却因撑不住饥饿当了航警。”陈安道补充说：“这不奇怪，很多人当兵，就是为了混口饭吃。”罗和睦说：“还是叫秦玉华过来吃饭吧。”滕周健说：“我答应过她，不叫她的。她说下船的时候才会过来，和我们同车去昆明。”罗和睦说：“好吧，那我们自己吃吧。”

饭后昏昏欲睡，大家醒来时已近黄昏，滕周健揉了揉惺忪的睡眼，问：“快到目的地了吧？”罗和睦看了看岸边密集的房舍，说道：“是的，个把钟头就到泸州了。快去找秦玉华，下船后走散了，就不好找了。”滕周健觉得有理，就窜出舱门，向船尾跑去。

泸州蓝田坝汽车轮渡码头，秦玉华边走边回头看船，没走几步，船已消隐在浮浮摇摇的暮云深处，如在画里梦中。滕周健怕她掉队，拉起她的手，被她挣脱了，又拉，还是挣脱了，就如手拿一条滑溜的泥鳅。

两辆军用卡车不知何时已停在码头上等候了。滕周健加快了脚步，跃进车厢里，又伸手将秦玉华拉上了车，再伸手拉陈安道，陈安道摇头，自己攀上了车。只有罗和睦还没上车，他对滕周健讪笑道：“快拉呀，不然我上来了。”滕周健伸手的一瞬间，他已闪电般上了车，手扶顶篷说道：“逗你玩呢，你只要照顾好秦妹妹一个人就行了。”一车人放肆地笑了，秦玉华也笑了。

军用卡车亮起车灯，一路穿街过巷，向前飞驰。那天街道上灯火通明，一队队国军士兵，急匆匆地在街上行进。

他们高唱着抗日歌曲：

向前走，别退后，生死已到最后关头。同胞被屠杀，土地被强占，我们再也不能忍受。亡国的条件，我们决不能接受。中国的领土，一寸也不能失守……

第九节

汽车开进昆明，停在东南郊巫家坝机场内的兵营里。

秦玉华默默地走出机场，滕周健跑上前问她：“去哪儿？”秦玉华答道：“表妹那儿，怎么啦？”滕周健欲言又止。秦玉华问：“有事吗？”滕周健说："没有——路上当心。"秦玉华答道："嗯。"

她默默向前走，回头又看了滕周健一眼，才匆匆走了。

罗和睦在后面嬉笑着说："想和她一起去，又没有胆量。"滕周健幽默地说："本来打算一起去的，因为怕你们俩迷路，就折回来了。"

昆明无疑是个繁忙兴隆的大都市。街上行人摩肩接踵，各个阶层的中国人、金发碧眼的外国人，将街道挤得水泄不通。引人瞩目的是一群南洋技工，他们是从国外回来支援抗战的侨胞，穿着羊皮夹克和黄色卡其布裤子，两条裤腿正面各有一个大口袋，右手中指上往往戴着象牙戒指。这样的打扮，使得人们在很远的地方就能认出他们。

滕周健望着天上的星星说："咱们回去吧。"罗和睦疑惑地问："回去干啥？还没有走几公里呢！"滕周健解释说："连日来非常疲惫，还是早点回去休息要紧，明天要体检。"罗和睦问："这么棒的身体，还担心体检不过？"滕周健说："身体上倒是不怎么担心，要紧的是一个好的精神状态，因为给我们体检的是美国军医，我们不能在美国人面前丢脸。"罗和睦问道："不是也有中国军医吗？"滕周健说："有，初检是中国军医，复检是美国军医。"罗和睦说："滕哥的意见是对的，早点休息，免得搞成萎靡邋遢的样子，在美国人那里出丑。"

第二天一早，三人随着队伍精神抖擞地来到体检处。中国军医很快就给他们体检完了，全部合格。在复检处，他们发现，美国军医要严格得多，前一拨人进去后，美国军医连说："Take all clothes off."滕周健忙问："什么意思？"翻译官说："脱光衣服。"滕周健问："短裤也要脱？"翻译官说："是的。"滕周健从小就怕羞，担心地问："短裤脱了，不就都露出来了吗？"罗和睦不以为然地说："脱光就脱光呗，有什么大惊小怪的！"滕周健说："也是，反正没有女人。"

他们进去后，脱得一丝不挂。美国医生说："OK，come here."又打手势，好让他们明白意思。三人站好，美国医生走过来，开始为他们检查。冷不防滕周健“哎呀”一声，仓皇跑出门外，有如遇到蛇咬，罗陈二人不明就里，也急忙狼狈窜出。美国医生跨出门外，看着他们，耸肩摊手，一副迷惑的样子。

罗和睦问：“你跑出来干什么？”滕周健耳语说：“有女医生在里面呢。”罗和睦说：“怕什么，有啥不好意思的，还会吃了咱们不成？已经走到这一步了，离成功只有一步之遥了。倘若美国人生气，给咱们一个难堪，岂不前功尽弃？”滕周健说：“说得也是，那我们再进去吧。”罗和睦嬉笑着说：“想通了？昨天还说，不要在美国人面前丢脸呢。”

三人大大方方地裸身入内。美国医生用汉语说：“来吧，孩子，面向我站好！”片刻后说：“转过去！”三人任其摆布。当男医生说“OK”时，滕周健瞥了一眼近旁的女医生，女医生的蓝眼睛也向他扫过来，他赶紧避开这目光，由于心里发凉，身上还起了鸡皮疙瘩。

穿好衣服，女医生拿出一个印戳，在三人手臂上一人戳了一下，手臂上就有了一个明显的蓝色印章。滕周健问：“这是什么意思？”翻译官解释说：“两天后，就凭这个印章登机。”滕周健问：“不需要别的手续了？”翻译官说：“不需要了。”滕周健问：“洗掉了怎么办？”翻译官说：“几天之内，任凭怎么洗，都洗不掉。”

学员们有一件事不理解，那就是除身上的衣物外，所有行李均不能带上飞机。有人问，换洗衣服也不准带吗？长官说，不准带，这是命令！他们无奈，只好把包裹交给长官处理。因此，滕周健精心准备的衣帽鞋袜，也带不上飞机了。他想，留在兵营里也好，国内的抗日将士可以用得上，他们可以穿得暖和一点。

滕周健对罗和睦说：“勒令我们交出行李也好，盖印戳也好，这都是纪律，纪律还是得遵守的。不管发生了什么事情，我总觉得，我是幸运的，我们三人都是幸运的，有机会去印度接受先进的训练。可惜的是，我的一些朋友，却因各种原因去不了。”

罗和睦问：“你是指秦玉华？”滕周健说：“她算一个，还有曹云胜，还有……”罗和睦提议说：“咱们明天去西南联大找她吧，反正还有一天时间，战友一场，也是一种缘分，说不定这次一别，就再难见到她了。”滕周健说：“这主意不错，但如何找到她呢？没个确切地址，就像大海捞针。”

这时候，一位学员领着一个身材高大的军人走进营房，告诉滕周健说，这位兄弟满营房找他，他就带他来了。滕周健稍微把眼睛往上一抬，正好和来人的目光撞个正着，在他惊讶地说出话来之前，来人迅步上前，拍了一下他的肩膀。他伸出手去，握住了那只粗壮的大手，大喜过望地说：“哎呀，曹云胜，你怎么来了？”

曹云胜回答说：“哎呀……”

“我还以为再也见不到你了呢！”

罗和睦马上明白这位兄弟是谁了：“你就是传说中的曹队长？”

曹云胜点了点头。

陈安道补了一句：“刚才还在念叨你呢。”

“我知道滕哥会念叨我，就赶过来了。”曹云胜喝了一口水继续说，“我真担心阴差阳错，我来之前，你们就出国走了呢！”“你迟一天来就……我们明天的飞机。”滕周健指着印戳说，“看，这是通行证。”

曹云胜紧紧握着滕周健的手说：“飞机飞到喜马拉雅山的一刹那，要特别当心哪！”

滕周健心里“咯噔”一下，张了张嘴，但没有说话。

罗和睦看了滕周健一眼，插话说：“驼峰之路虽然充满危险，但你这么说，恐怕言过其实吧。”

曹云胜斟酌了词句说：“这……这，我到云南这几天，凡是碰到的人，无论士兵、百姓，都是这么说的。”

陈安道坐在一旁，默不作声。

曹云胜赶忙把话题转移到这几天的行程上。他告诉滕周健，第二天就接到了他的信，他向长官请了假，马不停蹄地往昆明赶。这次没有白来，在郊区，碰上了卫立煌的部队招兵，他就报名了。听完他的自我介绍，长官们二话没说，就录取他了。因为部队明天就要开拔到前线去，他只得马不停蹄地赶过来，期望能够碰个面。

滕周健大声说：“好！我们从印度打过来，你们从滇缅边境打过去，两路夹攻，看日本鬼子往哪里逃！”曹云胜说：“好！我们哥俩相逢的那一天，就是日本鬼子彻底完蛋的那一天！”滕周健说：“不过，敌人狗急了要跳墙，一定要注意安全。”曹云胜说：“好，既要消灭敌人，又要保护自己。”

“你知道吗？你护送过的那位，她叫刘彩芬，是一位将军的女儿，”沉默了一会儿，滕周健又开了口，眼睛望了一下机场上空盘旋的飞机，“后来成了咱们教导团吴团长的太太。”

“哦。”

罗和睦对滕周健说：“你最好的朋友来了，到馆子里撮一顿去。”滕周健说：“好，咱们一起去吧。”曹云胜连忙摇手说：“不，我不饿。”滕周健提议说：“那就看场电影。”曹云胜又摇手说：“算了，没时间了。”滕周健说：“这样吧，你把部队番号告诉我，我从印度回来后，好去找你。”曹云胜摇头说：“我还不知道番号，我们是补充的兵员，到了部队才知道番号。”他看了一下手表，又说，“时间不早了，我要走了。”滕周健嘱咐他说：“兄弟，好好活着！回国后我再来看你！”曹云胜点了点头，抱拳说：“弟兄们，就此别过，后会有期！”三人也都抱拳说：“后会有期！”

曹云胜走了几步又转回来说：“弟兄们，飞机飞到喜马拉雅山的一刹那，要特别当心哪！”

第二章

前面是大山，身后是故乡

/战车少尉/

王老师在送别心爱的学生时说：“你的人生选择是对的，我原来在课堂上所讲的实业救国论，在国难当头时是无法落实到行动上的。”

团长凶暴的脸，那个被执刑的军人咬紧牙关的脸，从那以后一次又一次地浮现在他的脑海中，看来这一辈子是无法抹掉了。

在宪兵部队的经历让滕周健大失所望，他决定离开。在刘将军的帮助下他来到军政部，当上了司书。

几个月后，滕周健接到了驻印远征军的录取通知书……

第一节

时间回溯到 1939 年。

那年，滕周健考上了初中。开学这天，他背着铺盖和换洗衣服，走了 50 里山路，一路风尘来到慈州县立中学报到。县立中学位于巍峨南山一个支脉的山腰部，校内古木参天，林荫遮道。数栋红砖三层小楼，依地势镶嵌掩映于林木之中。这所中学因培育了众多济世之才而颇负盛名。一条弯曲错综的条石路，从县城观音街一直通到校门口。

当他来到县城观音街，准备踏上这条转弯抹角的条石路时，迎面走来了一支游行队伍。顿时，窄小的观音街上奔流着一股浩浩荡荡的响声震天的洪流，有身穿旗袍的女人，有穿着短装的男子，还有小孩和老人；有戴帽的，有没有戴帽的。他们手里拿着小旗子，边走边向站在路边的人分发传单。沿路有很多人加入进去，男女老少皆有。

领头的是一个穿着蓝色旗袍的女青年。她拿着铁喇叭筒在队伍前面高呼道："打倒日本帝国主义！"

游行队伍振臂挥舞旗帜，齐声呐喊道："打倒日本帝国主义！"

女青年高呼道："抗战到底！"

人群振臂道："抗战到底！"

一会儿工夫，滕周健周围就成了人群的海洋。这人头攒动的海洋，使他情绪高昂，血液有如煮开了的水一样沸腾起来了。他放下行李，抓起水壶，“咕嘟咕嘟”灌进几口水，咬牙切齿地自语道：“该死的日寇，怎么好好的日子不过，非要跑到别的国家杀人越货呢！”

滕周健的班主任老师叫王章恒，瘦高个，颧骨突出，山羊胡子，戴着瓜皮帽和金丝眼镜。接手这个班没几天，他就把每个学生的情况摸得一清二楚了。全班学生中数滕周健最穷，他穿的是自家纺织的粗土布衣，用蘸水笔，下雨天打赤脚。王老师看在眼里，记在心上，暗中给滕周健买了衣服、靴子和钢笔。为防止他自卑，班会课上，还有意表扬他：“同学们，大家都是全县选拔来的优秀学生，来到本校，如小河之水汇入大江。无论过去如何辉煌，都不要再提了，好汉不提当年勇，成绩只能代表过去。现在所应做的是，立足当下，放眼未来，努力学习，争求上进，掌握报效祖国的本领。我认为大家应做到以下几点：第一，把字写好，字写不好，谈何把书读好？我看，我们班要数滕周健的字写得最好，就像刻的钢板，一笔一画何其工整！他做的课堂笔记，就像一本本教科书。”

滕周健红着脸笑了。

王老师接着说：“这第二呢，要把身体练好。行军打仗，杀敌报国，没有好的身体，如何吃得消呢？尤其是眼睛要好，在战场上——”他做了一个举枪瞄准的动作，滕周健跟着举“枪”瞄准——

“没有好的视力，尤其是男同学，行吗？”王老师双眼灼灼地从左到右扫视全场。

“不行！”同学们响亮地回答。

第二节

上学没几天，宁静的县城就响起了空袭警报。一天，一架苏联战斗机因油尽迫降在放马洲河滩上，慈州军民救下了飞行员。同学们成群结队去看这架飞机。迷彩色的机身和尾翼，在阳光照射下分外耀眼。

战争阴云压城，百姓们惊恐万状，纷纷收拾细软逃离县城，躲进南山里。同学们在老师的带领下也离开学校，隐藏在后山上一个大石洞里躲避敌机袭击。

大家刚藏好，东山方向就飞来一架机身上有个太阳标志的日机。日机自东向北转弯，再斜向西。这架飞机离开后不久，六架日机从西边山峦呼啸而来，都如喝醉了酒的老鹰，扇起大翅膀，机头对着慈州县城，喷射出一串串火舌，肚子里又扔下一颗颗炸弹。北门江边、观音街、农贸市场以及警察局和煤场，响起闷雷般的爆炸声，房屋纷纷倒塌，烟尘滚滚，火光熊熊。

在后山居高临下的位置，全校师生一览无余地目睹了县城蒙难的惨景。日机飞走许久了，大家还没有回过神来。男生瞪着惊恐的眼睛看着瓦砾般的景象，女生伤心地哭着。王老师颓然道："同学们下山吧，先吃饭，不要饿坏了肚子，吃完饭再作打算。"

吃完饭，学校的决定也传达下来了。为防备日机轰炸，校方决定停课三天，大家想回家的，可以回家，附近有亲戚的，可以投奔亲戚，总之，要确保安全。三天之后返校，根据形势发展，再决定是否复课。

同学们很快离校了。滕周健三步并作两步来到观音街口，这里已经变成人间地狱，断壁残垣，遍地瓦砾，数处浓烟还未熄灭。警察、民工和救护队正在抬运满身血污的伤员，几十具遗体等待掩埋。一条被炸断后腿的黑狗想倔强地站起来，可是试了几次都没有成功。它竖起前腿，绝望悲戚地望着滕周健。

滕周健和黑狗四目相对时，一个黑脸汉子喊住了他，定睛一看，是县救护队的高志军，从浓烟中进出，红脸变成黑脸了。高志军问他去哪儿，他说学校临时停课躲空袭，他准备回家去。高志军拉住他，告诉他说他族兄滕金豪被炸伤了，刚才已送医院救治，医生说伤势严重，救活的希望很渺茫，因为高志军知道患者的住处，医生要他下班后立即去伤者家里一趟，告知伤者家人火速来医院见最后一面。高志军得知滕周健要回家，就嘱托他代替自己完成这个任务。

滕金豪在县立中学食堂做饭和烧开水，上午从观音街煤场拉一车煤去学校，半路被弹片击中腰部，脊柱断裂，被发现时倒伏在田埂上，脸色惨白，奄奄一息。一车煤散落在土路上和稻田里，车厢板被打穿，破了个大洞，一个车轮也被打瘪了。

滕周健完成了这个任务。返回县城医院时，滕金豪已断气。抢地痛哭一阵后，他和逝者的长子、兄弟一道，在观音街后面的树林里砍了两棵小枞树，用藤条和棕绳绑扎牢实，做成一副担架，将滕金豪安放好。高志军加入其中，四人抬着担架没入山林中，悄无声息地往家走。

月亮在云影里滑行，远山如魅影，一种鸟发出凄惨的叫声，犹如鬼哭。这条路，他们都走过多次，每一处曲里拐弯都烂熟于心，今夜却似进入迷宫，加上乱石塞道，枯枝障路，误入歧途达五六回。最后，总算把死者送到了家。

三天后回到学校，王老师告诉滕周健，慈州青年抗敌工作团上午在街头进行抗日救亡宣传，下午来学校演讲，有个女团员叫袁生梅的，想找几个同学，晚上和她一起上街书写抗日标语和张贴宣传画，已经有几个同学答应去，问滕周健去不去。回答说当然去。说话间，一个女青年在不远处招手。王老师说，袁生梅到了。

滕周健望了望那位女青年，很是面熟，好像在哪儿见过。猛然想起，开学那天，走在游行队伍前面，拿着铁喇叭领头喊口号的，不就是她吗？只见她齐眉的刘海，闪亮的眸子，秀美的脸蛋，既柔媚，又有一股英气。再见之时已是另一番情形了。

第三节

县政府征兵处摆放着一张桌子，坐着一位表情丰富的军官和一位面相冷淡的医官，应征者寥寥，场面冷清。那位军官看见一个小孩子走了过来，闲得无事便找他聊天。

滕周健觉得这位军官和善，于是向他咨询道："宪兵是干什么的？"军官回答说："宪兵就是军队里的警察，维持军队纪律，保障军令执行，还协助地方维持治安。"滕周健说："这么说，宪兵不打鬼子啰。"军官回答说："是的，一般不执行作战任务。"滕周健失望地说："可我要当兵就是为打鬼子呀——我要为兄弟报仇。"军官问："你兄弟怎么啦，抗战牺牲了？"

"他被鬼子的飞机炸死了，"滕周健说，他感觉泪水已经在眼眶里打转，"就在前不久，日本鬼子轰炸了县城……"想起族兄的惨死，他不禁悲从中来，险些哭出了声，他多么希望一当上兵就奔赴战场，为那些遭受轰炸的死难者报仇啊！

军官唏嘘地说："慈州轰炸我早有耳闻，可怜了这一方百姓。"

滕周健暗想，只有当兵才能学到杀敌本领，至于打鬼子，来日方长，总能找到机会的。主意打定后，他对军官说："我报名！"

"怎么，你要当兵？"军官愕然问道，"我还以为你是看热闹的呢。"

滕周健再次清晰地表达了他的想法："我要当兵！"军官比画着说："可你……你的个子，还没有枪高啊！"

这时候，坐在旁边的医官挑剔地问："小孩子，你拿得起一把枪吗？"滕周健回答说："不要紧的，我身体长得快。"医官问："你多大了？"滕周健回答说："十五岁。"医官皱起眉头问："这么小，吃得起苦吗？"滕周健响亮地回答说："吃得起！"

"真的？"医官说，露出不相信的表情，"这可不是说着玩的，从这里到我们团在万州的驻地有一千多里路，除了有半天水路外，全靠步行，很是艰苦，你吃得消吗？"滕周健提高声音回答说："吃得消，我是山里人，走惯了山路的。"

见小孩子报名参军的意志很坚决，那位眉清目秀的军官一双大眼睛里开始闪闪地放光了，而医官的表情依然冷淡如冰。两人围绕收与不收争得面红耳赤。他们的争吵声引得远远围观的人们纷纷聚拢。

军官在人潮旋涡的中心抢白医官说："你咋这么不相信人呢？童言无欺，就凭这一点，我相信他在路上不会犯难的。"

人们马上明白两人为什么争吵了。他们与滕周健素不相识，却不约而同地站在他一边，替他说好话。

"多好的苗子，把他招了吧！"

"小伙子是诚心诚意当兵的，又愿意吃苦。"

滕周健听着这些暖心的话，因为感动，眼中飞出了一滴热泪，眼眶里还有泪水涌动。

沉默了很长一段时间后，军官又高声地说："这个兵你不收，我收！"说完这句话，他拿起茶杯，喝了一口水。滕周健灵机一动，走上前去，弯下腰，拎起放在桌子下面的开水瓶，拔开瓶塞，先往军官的杯子里倒水，又往医官的杯子里倒水。

杯子里的水冒着热气，医官拿起杯子用嘴吹吹热气，向滕周健望了一眼后，对军官说："好好好，依你，路上出了麻烦，不关我的事。"

医官顺坡下驴的话说得很轻，滕周健却听见了。他觉得如吃了一颗定心丸，脸上浮起一丝甜蜜的微笑。

滕周健到班主任那里辞行，一向持重的王老师竟然给他倒了酒，举杯说道："我看出来，你心有大志向，不会做一天和尚撞一天钟，不达目的不罢休。祝愿你凭着这股劲，到了军队里刻苦训练，到了战场上狠狠打鬼子，为惨死的中国人报仇！"

滕周健和王老师碰了杯，干了杯中酒。

王老师接着说："这第二杯酒，祝愿你活着回来！"

滕周健端起酒杯一饮而尽。

王老师手指着酒瓶说："这剩下的酒，留着你回来喝！"滕周健喘了一口气说："谢谢王老师，我一定平安回来，喝上这意义重大的酒。"接着他又补了一句，"我命大，不会死的。"

王老师在送别心爱的学生时，这样说道："你的人生选择是对的，我原来在课堂上所讲的实业救国论，在国难当头时是无法落实到行动上的，只有打败了侵略者，实现了和平才能办到。"滕周健默默地念叨着恩师的这句话，决心义无反顾地投入到保家卫国的洪流中去。

几天后，在熹微的晨光里，滕周健和慈州十几个新兵背起行囊，踏上去四川从军的征程。这条小路通往四川方向，宽约尺余的路面上铺满衰草、落叶和藤蔓，在这连绵起伏的山岭间蜿蜒盘旋，有如缠绕的青蛇直达天际。

面对万丈深渊，滕周健没有叫一声苦，他神情坚定地往上爬。峭壁很高，非常消耗体力，当初在征兵处招他进来的军官和医官偶尔回头看他——经过了多天的步行后，医官已经收起了奚落他的语言，转而用眼神鼓励他。

有几天，夜色正浓时他们依然在行军，虽有火把照耀前行的路，但在悬崖绝壁上行走还是很困难。然而，他和他的队伍已经逐渐接近一座山的顶峰了。他的身后是故乡，前面是连绵不绝的大山，头顶上是天空。

走到一处平地，军官招呼大家休息一下再走。军官名叫余希穷，担任中尉，他看到滕周健坐在石头上喘着粗气，关切地问："累了吧？"滕周健知道医官在旁，可能会看他的笑话，就轻描淡写地说："这点累算什么，一天走百里山路太平常了，在我们那儿，人人都能走这么远，不然怎么叫山里人？"其实，此时他已经精疲力竭，不光腰腿发痛，脚背和脚底也肿得像个馒头，脚踝还渗出了鲜血；不光目眩、耳鸣，还有头晕。

余中尉看着他不服输的劲头，很是怜惜这个孩子，从医官那里拿来纱布绷带为他包扎，鼓励他说："小滕，你的毅力真不赖呢，我们差不多走了一半路了。你挺过了这一半路，剩下的一半路就好走了。"滕周健咬紧牙关笑了。余中尉问："你是不是因为族兄的不幸遭遇，给你的伤害太深了，所以，你下定决心，一定要弃学从军，不达目的不罢休？"滕周健点了点头。

这天，他们来到一个热闹繁忙的古渡口。这个渡口青石板铺道，宽敞舒缓，河两岸长满了古朴苍劲的枫杨，河水悠悠，水清沙白，九曲潆洄，云烟浩渺。

过河来到干净的沙滩上，余中尉命令集结队伍。他站在队伍前面，欣喜地对大家说："弟兄们，过了这个渡口，我们就到了四川的地界，再翻过一座山，就到达目的地万州了。我和医官把大家安全送到驻地后，就完成任务了。这几天，大家连续行军，不怕苦不怕累，尤其是滕周健。"他对着医官说："我没有看错吧。"

医官大声笑着，做了一个鬼脸。

众人哈哈大笑，笑声飞到了山那边的万州。

第四节

宪兵第十一团新兵训练学校隐藏在树林中，十分幽静。有数栋两层楼的木房子，白石灰墙面，墙上写满了标语：不说谎、不作假、守本分、尽职责。学校最前面是操场。周围平畴绿野，疏朗空阔。

新兵报到后，除去身上的粗布衣和烂草鞋，换上了簇新的宪兵军装。领了课本，分别是《内务规则》《宪兵实务》《政治实务》《警察实务》《外事实务》《司法实务》《法学通论》。又领了笔记本、钢笔、三角板和量角器。

每天的安排是：上午在室内上课，内容是课本内容；下午室外训练，内容是军事体育、步兵操典、射击训练。

早上，滕周健早早来到教室，黑板、讲台、课桌、宽大的木格玻璃窗和浅蓝色窗帘，与慈州县立中学的教室没什么两样。他摩挲课桌，庆幸自己有机会再次走进教室学习。所学内容无论是什么，只要对今后的人生有所裨益就行。

上课铃响了，一个军装笔挺、戴金丝眼镜、下巴溜光的教官走上讲台。他扫视一遍所有学员，颔首，就口若悬河地讲开了："五湖四海的弟兄们，鄙人热烈地祝贺诸位光荣地成为宪兵部队的新鲜血液，成为宪兵大家庭的一员。"学员鼓掌，教官向学员挥了挥手表示谢意，继续说道，"鄙人也荣幸之至，戎马半生之后，得以履行教官之职，和弟兄们一起度过一年的难忘时光……”

下午，新兵们在操场上演练队形。滕周健昂首挺胸，行进、停止，然后正步走……

这种半天上课半天操练的生活既规律又严谨，滕周健很满意这样的生活。从这样平淡的生活中他咀嚼出了充实与知足，从这样忙碌的工作中他寻求到了快乐与精彩。白天的疲劳，在一夜睡眠中就被洗刷掉了，脑力和体能均得到恢复。因此，当起床号吹响时，他总是精神抖擞地从床上一跃而起，早操、洗漱、早餐，然后带着学习用具来到教室恭候教官到来。金丝眼镜教官风趣的谈吐、严肃的执教态度，都让滕周健叹服。

不知不觉半年过去了。

一个星期天的上午，一阵急促的紧急集合的哨声在操场上响起。学员们从宿舍火速跑入操场，列队，等待长官训话。站在队伍前面的长官未曾谋面，身材魁梧，国字脸，目光炯炯。金丝眼镜紧挨着这名长官站立，笑容可掬地对大家说：“学员弟兄们，告诉大家一个好消息。由于诸位学员多数读过中学，有一定文化基础，接受能力强，所以，原计划一年的科目内容，经过六个月紧张的学习训练，业已全部完成。鄙人非常荣幸地告诉诸位，今天就是大家毕业的日子。下面，有请团长训话。”

团长拍了拍巴掌，高声说道：“可喜可贺，从今天开始，诸位就是‘党国’军人了。‘党国’利益高于一切，身为‘党国’军人，自当为‘党国’效力，但是——”团长大喝一声，“带上来！”只见四个荷枪实弹的宪兵押着一个被五花大绑、撕去领章的军人过来。团长声色俱厉地指着那个被捆的军人说：“这个‘党国’军人的败类，竟然在执行任务途中脱逃，是可忍，孰不可忍！给我拉出去毙了！”

宪兵推搡着那个咬着牙的军人走了。一会儿工夫，山谷里响起沉闷的枪声。学员们都被这突如其来的一幕吓得噤若寒蝉，面如土色。

从新兵训练学校毕业后，滕周健被分至一营，驻涪州。他背着一大摞笔记本——他的全部家当，搭车去营部报到。由于受到枪毙逃兵事件的刺激，连日来，他一直心绪不宁，噩梦频发。下车后，滕周健走在涪州的街上，走在前途未卜的人生路上，不知道什么样的命运在等待他，寻思要眼观六路、耳听八方，敏思慎言，以免招致不测之祸。

营部设在一个大地主宅院里，四合院结构，规模宏敞。在营长办公室，营长饶有兴趣地翻看着滕周健的学习笔记，连声对其他军官说，这个小鬼不错嘛，你看看，字写得多漂亮。军官们凑拢来翻阅，也啧啧称赞。滕周健紧张的心绪缓和下来，但还是拘谨地站着。

“坐嘛，站着干什么，比高矮吗？”营长向他招手说，“这样吧，小鬼，你先在营部干几个月‘警务军事’，熟悉熟悉环境再说。”滕周健问：“长官，‘警务军事’是干什么？”营长回答说：“就是在营区值班，登记案情，管理档案材料。”滕周健不喜欢这份工作，直截了当地说：“我不想坐办公室，坐办公室憋屈，我想搞外勤——”

他突然意识到冒犯了长官，马上采取补救措施——把后面的话用舌头拉回到喉咙里，并从椅子上站起来，“啪”地立正，回答说：“坚决服从命令，长官！”

在场的人们看出来，滕周健心悸了，额上冒出了冷汗；在场的人们还看出来，阔脸的营长勃然变色，但没有发作，又换上了一副笑脸。

每天，滕周健就在营部左侧一楼第一间房子里上班，对他来说，动动笔杆登记案件，以及对档案进行分门别类，是一个轻松活儿。他将分内的工作做得有条不紊，因而深得营长的赏识，其他军官也给予他不错的评价和礼遇。可以说，由于获得了好评，他着实沾沾自喜了一段时间。

当最初的激情过去之后，头脑逐渐冷静下来，他对这里的一切有了更加客观的看法。他发现这里的人际关系非常单调乏味，上下级之间、战友之间只是冷冰冰地例行工作接触，工作交接一旦完成，就立即掉头离去，不肯多留一秒钟，不愿多说一句话，大概是害怕横生枝节吧。但滕周健是一个情感丰富的人，又处在了激情四射的花样年华，他想收获那一刹那的心灵契合，想得到一份浸润骨髓的感动。可在壁垒森严的宪兵部队，这样的想法只能是一种不可企及的奢望。

时间一长，滕周健的心中积累了千千结。他内心蕴藉的情感，需要一个适宜的出口来排解和疏导，但这个出口在哪里呢？不久，他就找到了这个出口——向院里的一棵香樟树诉说自己的心事。这是一棵气势雄伟的香樟树，树上百鸟鸣唱，鸟声婉转奔放。望着这些自由的鸟儿，滕周健生发出了一种感慨，觉得自己羁旅于行伍，已经生出几许与年龄不相称的斑斑老气。

一天，滕周健整理好了一份档案，正倚在门框上，瞅着香樟树上的一对鸟儿出神。这时候，营长大踏步地走了过来，笑眯眯地说："小鬼，你赶快收拾东西。"滕周健打了个冷战，问："收拾东西去哪儿？"

营长笑得更欢了，整张脸就像一个尖朝上底边老长的三角形："小鬼，别紧张嘛，好事呀。团长看上你了，点名要你去学习'特务常识'，时间两个月。"滕周健如释重负，眨了眨眼睛问道："长官，什么是'特务常识'？"营长收拢笑容，解释说："近来治安形势严峻，一个重要原因是帮会势力插入其中，到目前为止，重庆的袍哥有大小香堂近百个，另外青帮和洪门发展也很快，所以帮会的力量越来越不可小觑。有些人犯了事，帮会的舵把子一商量，说沉潭就沉潭，王法在他们那里就是一纸空文。很多案子因为帮会卷入，最终查不下去，只有不了了之。'特务常识'就是学习帮会组织的那一套章程，也就是'海底'，包括帮规帮约、隐语暗号等。这些知识在查办帮会案件时，会用得上。"

滕周健想，真是天助我也，终于可以离开这个寂寞的地方了。他立正敬礼道："谢谢长官栽培，我一定好好学习！"

就这样，滕周健从营部驻地涪州来到团部万州，学习帮会章程。

第五节

学成回到营部，已经是一层秋雨一层凉的时节了。在这个秋天，滕周健当上了上士班长，开始带班出勤。

一天夜晚，滕周健带着一班士兵，全副武装地在地官街巡查旅店。地官街位于重庆郊区。相对热闹繁华的市区，一条小河之隔的地官街仿佛是另一个世界，几家旅店、几家饭馆、几家茶馆，另加几家杂货铺，就是这条街的全部。天一黑，街上少有行人行走，铺面伙计呵欠连天，旅店住客甚为寥落。只花一袋烟工夫，除街尾的孙氏客栈外，所有旅店都巡查完了。

孙氏客栈虽没有占据有利的地理位置，往前几步就是乱坟岗以及低矮的山峦，后方则是连绵起伏的群山，但因为老板娘有几分姿色，热情泼辣，加之服务周到，颇有人缘，到此投宿者众多。滕周健因工作关系，和老板娘很熟络，称她孙二娘。

滕周健带领宪兵进行一番例行检查，没有发现异常情况，就带队离开了孙氏客栈。正要走，他发现二楼一女子面熟，苦思冥想，还是想不起是谁。他想弄个明白，于是不动声色地对士兵说："你们几个，先回去吧，我忘了跟孙二娘说一件事了。"

看到一个宪兵军官折返上楼，这个女子便离开阳台，进入房间，虚掩房门。滕周健站在门外打量女子，只见她短发齐耳，一条花白围巾围在脖子上，上身是无领满襟浅绿上衣，腿上是蓝布大筒裤，脚上是紧口千层底布鞋。房间内灯光有些昏暗，女子侧身站着，低着头默不作声，面目一时辨认不清。只见旅客登记簿上写着：陈四妹，湘西人。

滕周健问道："你叫陈四妹吗？"女子微微抬头，用深沉的眸子望了望滕周健，然后又垂下了头，轻声答道："是的。"

一抬头一低头，滕周健已经认出这名女子是谁了。他看着那几个弟兄消失在视野中，才推开那扇虚掩的房门，走了进去，又反手将门关上，女子随之往后退了几步，站定，头仍低着，眼睛看着地面，身子仍斜着。他不由自主地向前走了一步，女子紧跟着又后退一步。

两个人就这样站着，谁也没有说话。他向前迈了一小步，预备放低声音说话。这次，女子没来得及后退，他话已出口："你，你是不是袁生梅呀？"

女子掩饰不住惊愕的表情，抬头凝视着滕周健。她实在想不起来，这个头戴大檐帽、箍着"带班巡查"字样臂章的宪兵军官姓甚名谁，不知道他怎么会认识自己。

见她迷茫地看着自己，滕周健微微一笑道："慈州县城，书写抗战标语的事，不记得了？"

"哦，你是那个学生，滕周健？"袁生梅如梦方醒，露出柔媚的笑容。此刻，她已从慌乱中恢复了平静。

滕周健咧开嘴笑了，伸出手示意袁生梅："坐下吧，坐下说。"

袁生梅坐在床头，长舒了一口气。滕周健坐在椅子上。

"你不是去长沙吗？怎么到重庆来了？"

"我男人谭徽强被国民党杀了，我在长沙待不下去了。"

"哦，是这样。"

一阵沉默。

袁生梅眼泪长流，后来竟然抽噎起来，泪水滴在地板上。

“谭徽强是共产党吗？”

“是的。”

“你也是共产党吗？”

她擦了一下眼睛，看了滕周健一眼后说：“是的。”

“我在慈州遇见你时，就有一种预感，觉得你是共产党。今天终于得到了证实。”

“你的预感是正确的。”袁生梅轻轻地点了一下头，“那一年，组织上派我到慈州组织抗日救亡活动，你的班主任向我推荐你时说，你学习好，人品好，办事认真，更重要的是，你是一个非常可靠的人……”

滕周健捕捉到了她的弦外之音，立即说道：“我不会出卖你的。你已经看到了，我把我的弟兄们都支走了。再说，现在是国共合作抗日时期。说实在话，我虽然对共产党了解不多，但我认定你们不像某些人所说的那样……总之，你尽管放心吧。”

短暂的沉默后，他转而问道：“你们不是才结婚不久吗？他怎么被抓的？”

“被人出卖了。”她回答说，又长舒了一口气，“我连夜逃了出来，躲在乡下姑姑家里探听消息。没过几天，长沙城里有人带信给我，说满城都贴了告示，谭徽强已经被枪毙了。我觉得躲在姑姑家里也不安全，就坐车到这里来了。”

“可这里也很危险啊！”

“我想伺机从这里取道去延安。”

“哦，这倒是个不错的选择。问题是你去不了啊，宪兵第三团守在去延安的卡子上，这可是个拦路虎啊！”

“那可怎么办呢？”袁生梅一听急了。

“这样吧，你先找个安全的地方住下来再说。住在这当口不安全，再遇到宪兵盘查就麻烦了。我和这里的老板娘熟，她听我的。我让她安排你住到内室去，和她家的姑娘住在一起。”

“也只能如此了，感谢你了。”

“谢什么，我不帮你帮谁？”

袁生梅擦干泪水，滕周健带着她下楼，对孙二娘说：“老板娘，麻烦你一件事，这位陈四妹是我的表姐，小时候见过的，已经十多年没见面了。她来这里寻她的姨妈学裁缝，不巧姨妈回娘家去了，要个把月才能回来。我想让她和你家姑娘住在一起，吃住都算我的，你看行吗？”孙二娘笑容可掬地说：“老总吩咐，一定照办，请老总放心！”随后吩咐伙计将袁生梅的行李搬到内室去了。

滕周健见事已办妥，转身离去。

回到营部，尽管疲劳，但还是没有入睡，他左思右想，也想不出一个为袁生梅脱身的妥善办法。他想亲自带她通过第三团的防区。可是，除了执行公务，实在找不出去第三团的充分理由；到了那里，能否确保放行也难以预料。不错，那里是有几个在宪兵学校和他一同受训的弟兄，可这些弟兄遇事都得听命于长官，长官不许通行，弟兄们又有什么办法呢？一旦事情暴露，不但袁生梅性命不保，自己恐怕也会扯上“通共”的嫌疑，难逃厄运。

想到这里，他脑海中浮现出团长那张杀气腾腾的国字脸来，后背抽出一口凉气。但如果不亲自护送，那就要找一个得力可靠的人，代替他来完成这个艰巨任务。可眼下，哪里找得到有如此神通的人呢？如果一时难以将袁生梅送走，那么，夜长梦多，她和他的危险系数，将会随着时间的延长越来越大。

几天后，滕周健穿着便衣来到孙氏客栈，在内室里，他见到了袁生梅，她正在和小姑娘玩老鹰抓小鸡的游戏。小姑娘没有人看管，袁生梅恰好成了照顾小姑娘饮食起居的合适人选。这几天的相处，小姑娘由生疏逐渐到亲近，已经喜欢上了和蔼可亲的“陈阿姨”。孙二娘一看女儿这样依恋“陈四妹”，也乐不可支，安心在前台打理生意。

滕周健见袁生梅平安无虞，心里稍安。他蹲下身，递给小姑娘一块甜糕，然后微笑着对袁生梅说，他已物色好一个合适的人陪同她去延安，不过要过几天才能同那人见面。袁生梅一听事情有了眉目，连声称谢。

滕周健说此话的目的，当然是宽慰袁生梅的。如果把眼下的困境向她和盘托出，她说不定会如坐针毡，从而极有可能选择冒险出走。一旦出走，必将凶多吉少，这将是滕周健不愿见到的结果。他知道凭自己目前的能力，没有办法为袁生梅解危济困。

他转身踱到地官街上，特地来到一所茶馆，同熟识的袍哥伙计耳语，要他留意孙氏客栈的动静，一有风吹草动，立即向他报告。

过了几天，他又来到孙氏客栈。袁生梅正握住小姑娘的手，教她写字。滕周健一冒头，小姑娘就对袁生梅叫嚷道：“陈阿姨，卖甜糕的叔叔来了！”滕周健忙从口袋里摸出一块甜糕，往小姑娘口里塞，笑着说：“今天的甜糕卖完了，只剩这一块了。”又饶有兴趣地端详着纸上勾画出来的字，称赞袁生梅道，“教得不错嘛！”袁生梅得意地说：“可不是嘛，我还是个大学生呢！”滕周健低语道：“你恐怕还要等几天才能走，那个人刚回来又出去了，没碰上。”袁生梅“嗯”了一声。小姑娘高声问：“陈阿姨要去哪儿？我也要去。”袁生梅哄着小姑娘说：“囡囡乖，阿姨哪儿也不去，留下来陪囡囡。”

袁生梅看了一眼吃着甜糕的孩子，走近他小声说：“告诉你一个好消息，我的事，已经有了眉目了。这几天，我同有关方面联系上了，他们正在安排，不过，还需要你助一臂之力呢。”又附耳低语了几句。滕周健听完后说："行，没问题。"

一天黄昏，滕周健正在岗亭值班，这时候，走来一个浓眉大眼的汉子。他来到岗亭，从上衣口袋里掏出一张名片，双手递给滕周健。滕周健接过名片一看，心起微澜，预感到地下党派的人到了。

他抬头打量来人，从上至下一身玄衣打扮，黑礼帽、黑长衫、黑长裤、黑长靴，气宇轩昂。汉子微微一笑说："老总不认识我了？兄弟我是袁生梅的表哥呀！"滕周健暗想，果然猜得没错，这下，袁生梅可以脱离险境了。滕周健双手抱拳说："哦，不知兄弟来此，有何贵干？"汉子说："前日给表妹谋得一份工作，表妹已如约前来，住在距此地不远的一家旅店里。兄弟我想动用老总的军车，将她接回敝所，不知肯赏脸否？"滕周健豪爽地回答说："行，区区小事，何足挂齿！"

司机将吉普开来，滕周健和汉子跳上车，直奔孙氏客栈。见到孙二娘，滕周健说明来意，要求结算"陈四妹"吃住的费用，孙二娘坚辞不受。

来到内室，小姑娘玩得累了，正在熟睡。袁生梅在假寐，被脚步声惊醒。她看了一眼浓眉汉子，心里一阵狂喜，眼泪扑簌簌地流了下来。汉子拿出一套女装嘱其穿上。换装毕，在华丽的紧身旗袍的映衬下，袁生梅光彩照人，像换了一个人似的。

在宪兵岗亭挥手告别后，袁生梅跟着汉子渐行渐远。

第六节

几个月来，宪兵十一团各项工作取得了一定的成绩，团部从每个营抽调一人，撰写各种汇报材料，并将所有工作成绩汇总，形成公文，准备差人送到重庆宪兵司令部去。派谁去完成这个任务？大家觉得有一个人最合适，因为别看他年龄小，人却很机警。这个人就是滕周健。

果然，滕周健顺利地到达了司令部，送达文书，并得到了长官签发的公文收据。大功告成，剩下的事就是怀揣收据返回部队了。来一趟战时陪都不容易，他很想在重庆城区闲逛一番，欣赏、领略这个战略大后方城市的发达繁华。但他又怕耽搁，担心在此节外生枝，还是觉得赶路要紧。他在城区街道上步履匆匆地走着，无意间来到了轮船码头。

码头上人群熙熙攘攘，几艘民生公司的大轮船正在靠岸。滕周健细瞧轮船上的“民生”字样，猛然想起这就是卢作孚的船队。卢作孚可是个风云人物，早在宪兵学校，滕周健就听金丝眼镜老师说过他的壮举。他曾组织几十艘轮船，冒着日机的轰炸，抢运滞留在宜昌的几万吨工业物资，一百余名员工被炸死，数十人致残。怀着对此人的敬佩之情，滕周健决定搭乘民生公司的轮船返回团部。

上船时，一个抱着婴儿、提着一大包东西的少妇走在滕周健前面，看她吃力，滕周健就说：“我帮你提包吧。”少妇扭头瞥了一眼滕周健，莞尔一笑道：“不了，谢谢。”她一手抱婴儿一手拎包裹，径自一步一拐地走向座位，坐下后将包裹用腿护住。这时候，船上伙计走过来问她：“太太您好，可以帮您把包裹放在货舱里吗？那里有专人照看，挺安全的。”少妇同样予以婉拒：“不了，谢谢。”

滕周健坐在这位少妇后面不远处，同旁边的人有一搭无一搭地闲聊，不时用眼瞄一瞄那位少妇，少妇中分的长发披散在白皙的肩上，姿态优雅。

船行数小时后，少妇抱着婴儿昏昏入睡，滕周健也禁不住劳顿，一时有些倦怠。他起身准备买一份饭吃，也抖一抖来袭的瞌睡虫。从少妇面前经过，见她紧闭双目，长舒睫毛，似乎睡意正浓，胸前的婴儿包得紧紧的，没有露出面目。

吃完饭，滕周健回到船舱，此时少妇已经醒来，正在用餐，吃完后将饭盒交给茶房带走。除了小解，她始终没有离开座位半步。滕周健还注意到，她没有给婴儿喂过一次奶，端过一次尿，更离奇的是，他没听见过一声婴儿哭闹。

到万州码头已是薄暮时分，汽笛响起，乘客纷纷起身离座，呼儿唤女，背负行李下船。滕周健早早登岸，在码头一隐蔽的角落，观察少妇的动静。少妇走过木板上岸了，一手抱孩子，一手提行李，一步一扭，费力地攀登着石头台阶，在半路歇息一阵，娇喘微微。她来到交通旅社前面，踌躇半晌，然后走进去买了一个床铺，接着走进房间，掀开蚊帐，将婴儿襁褓放于床上，再带上门，去上厕所。

滕周健看准时机，疾步进入房间，拉开蚊帐，解开包卷的小棉被一看，里面哪里是什么婴儿，原来是个洋娃娃！他迅速包好棉被，走出房间，来到走廊上。

这时候，少妇已经上完厕所，进入房间了。滕周健上前敲门，少妇拉开门，见是一位带宪兵臂章的军人，瞪大了眼睛，露出惊恐之色。滕周健问："请问小姐，你叫什么名字？"他故意不称呼太太，而说小姐。她定了一下神，理了理凌乱的头发，反问道："你是干什么的？"滕周健冷冷地说："宪兵巡查的。"

她沉默一会儿，从衣袋里摸出一张名片递给滕周健，名片上写道，国民党中央训练团教育长刘树义，少将军衔。少妇提高了声音说："我叫刘彩芬，这是我爸爸的名片，他在中央训练团训练校级军官，我曾是'战时工作干部训练一团'第一期的学员，现在，我又在他那儿受训。"

滕周健吓了一跳，不得了了，遇到了一个大官儿！他舒展笑容，换了温和的口吻说道："哦，刘将军的千金，刘长官，失敬失敬！"又说，"我刚才巡查到此，听见您的房间里有婴儿的哭声，故上来看看——”

刘彩芬心里“咯噔”一下。

“刘长官，您从重庆只身一人来到万州，十余小时的船程，又带着那么重的行囊，想必已经鞍马劳顿，是不是随我到团部休息，让我们团长为您接风洗尘呢？”

刘彩芬心想：这人好厉害啊，难道一路上都被他跟踪了？于是，她也换了口气，柔媚地笑道：“小兄弟，谢谢你的邀请，这次行色匆匆，就不麻烦你们团长了吧。”滕周健说：“好的，天色已晚，刘长官早点歇息，我还要赶回团部交差，失陪了。”迈步要走，刘彩芬喊住了他：“等一等，小兄弟！”

“有什么事，刘长官？”

“是这样，我要到三斗坪去，怎样走既安全又省时？”

滕周健想了想说：“坐民生公司的‘湾牛’号轮船去最保险，那条船上的航警我都认识，因为经常和我们一起打篮球，负责人叫曹云胜。”刘彩芬笑道：“真是人不可貌相，你竟然会打篮球。”滕周健笑着说：“海水也不可用斗量嘛——这条船明天天亮就会到这里，我因有公务，不能送你去三斗坪，但我会把你送上船，让曹云胜把你送到目的地。”刘彩芬感激地说：“谢谢你，小兄弟，我听你的！”滕周健说：“我明天一早就过来，陪你去见曹队长。”

第二天天刚蒙蒙亮，滕周健来到交通旅社时，刘彩芬已经起床了，梳洗打扮停当，已与昨天判若两人，一头波浪状的头发，送来缕缕清香。出门时，她一身轻装，扔掉了掩人耳目的婴儿包裹。

二人来到江岸时，东边才露出鱼肚白，一弯残月镶嵌在天际。“湾牛”号轮船静静泊岸，码头上空无一人。

滕周健上了‘湾牛’号，曹云胜正手枕后脑躺在值班床上，睡眼惺忪，听见脚步声，翻身坐起，铁板床被压得“嘎啦”一响：“呃，是你呀，这几天球场上没看见你，去哪儿了？”滕周健说：“出差去了，昨晚才回来。”曹云胜问：“大清早来找我，所为何事？”滕周健将所托之事说了。曹云胜说：“没问题，你的事就是我的事。”

滕周健来到甲板上，招手示意刘彩芬上船。刘彩芬款款离岸走上甲板。

曹云胜盯着刘彩芬看了一会儿，见她举止不俗，好奇地问滕周健：“老兄，这是你什么人？”滕周健笑而不答。曹云胜又问：“是你表妹？”滕周健摇了摇头。再问：“那她是谁？”有打破砂锅问到底的架势。滕周健看看手表，还是没有回答他，只说：“曹兄，不耽搁你了，我回去了。”曹云胜拉住滕周健说：“急什么，离开船还有半个钟头呢！”

滕周健一挣脱，飞身上岸，曹云胜脚一蹬也上了岸。两人迎着红日站立。

曹云胜怅惘地说：“一来就要走，就不知道兄弟我活得郁闷，天天在船上来来去去，看着巴掌大的一块天地。”又嬉皮笑脸地说，“这几天没见着人，原来是会相好的去了，你小子艳福不浅哪。”滕周健甩了一下手说：“哎呀，别开涮了，就是太阳从西边出来，我也不会有什么艳福的。”曹云胜问：“那你说，大清早带个女人过来，是怎么回事？”

看其纠缠不放，滕周健就把从重庆到万州一路上的事还原一遍，嘱托道：“这个女人来头不小，路上一定要小心伺候，千万不能有丝毫差池！”曹云胜双手叉腰说：“好的，我把她安顿在值班舱，这下老兄该放心了吧。”滕周健点头，又附在他耳旁低语说：“一路上，你不要盘问她去三斗坪干什么，不该问的别问。”曹云胜说：“好，兄弟记住了。”

曹云胜乜视着一株岸柳，突然又想起什么，说：“令人气愤的是，前天晚上，宪兵执法队又枪毙一个逃兵，你知道吗？”

“我才回来，不知道。”

“那个兄弟天天叫嚷着要打日本鬼子，被长官训斥一顿，就舍命跑了，但第二天就被抓回。坑先挖好，半夜里悄悄拉到坑边杀的。这位兄弟死得太不值了！”

滕周健不敢表达对此事的看法，只是悲愤地望着那棵柳树。曹云胜没有察觉到这一点，仍在一旁流泻自己的情绪：“国破家亡之秋，吾辈没有拼杀在疆场，倒在此地空耗生命，在长官面前唯唯诺诺，在弟兄面前谨小慎微，唯恐生出祸端。”

日军进攻南京时，曹云胜家的房子被敌机丢的炸弹炸垮了，一家人除他外都死于非命，他水性好，跳入江中泅渡过河，才侥幸活下来。他跟随逃难的人流一路跋涉来到万州，沿路靠施舍的稀饭度日。本来，他是想当兵上战场抗日复仇的，结果没等到国军招兵，却为了解决饥饿问题考上了航警。

他讲了当兵前逃难路上亲历的一件事，日军抓住了一个国军士兵，当着数千百姓的面，凶残地将他开膛破肚，然后斩首，以震慑抗战分子。他心有余悸地说：“要杀就痛快地杀嘛，一颗子弹就够了嘛。一个大活人哪，生生地剖腹挖肝，丧尽天良！”

后来，他打听到国军丢了南京，又丢了武汉，眼睛喷血，坐卧不宁。这几年，敌机从头顶飞过轰炸重庆，“嗡嗡”声不绝于耳，让他的意志变得消沉。他加入到酗酒赌博的警员中，在浑浑噩噩中堕落下去。

一次，航警局和宪兵队举行篮球赛，他结识了滕周健。得知他的遭际，滕周健怒火中烧，但劝他节制怒气，戒酒戒赌，锻炼身体，以图将来，君子报仇，十年不晚，日寇再嚣张，也有完蛋的一天。在滕周健的影响下，他变得隐忍和稳重起来。

第七节

送走刘彩芬后，滕周健急匆匆地走过万州的几条街道，宪兵队的巡逻车从身旁驶过，后面跟着一辆小轿车，还有几辆巡逻车。落地的银杏树叶被奔驰的车流卷入空中，有如断线的风筝，颤颤悠悠地飞舞。

宪兵学校方向响起了上课的军号声。这会儿，金丝眼镜或许正在口若悬河地讲他的《宪兵实务》了吧。他说过，宪兵也是可以抗日的，只是要等上峰的命令。问题是，上峰什么时候才会下命令呢？他的脑际接着浮现出团长怒气冲天的国字脸来，心里不禁打了一个冷战。他不知道谁会成为下一个可怜的枪下鬼。

滕周健来到团部，团长不在，副官告知，团长要他仍回涪州营部，维持警备治安。滕周健心里暗喜，回涪州，这不是自己所期望的吗？待在团部，总觉得有一双狼一样的眼睛在暗处盯着自己。这种恐怖心理，不言而喻，始于那次宪兵学校毕业典礼。团长凶暴的脸，那个被执刑的军人咬紧牙关的脸，从那以后一次又一次地浮现在他的脑海中，看来这一辈子是无法抹掉了。

这次被抽调到团部撰写公文，为了冲淡这种恐惧心理，滕周健除了把心思埋在学习和写作上，就是和曹云胜带来的航警队队员打篮球。接触日久，他发现曹云胜虽文化不高，但有血性，是个兄弟。他劝曹云胜改掉发牢骚的毛病，隐忍对待周围的人和事，以免祸从口出。后来，曹云胜自暴自弃的玩世态度有所改观，两人成了无话不谈的知心朋友。

人生没有知己，觉得寂寞难当；有了知己，就会豁然开朗。

滕周健渴望离开团部这个令人窒息的地方，但却舍不得和曹云胜分开，然而军令是不得不遵守的。滕周健遗憾时间急迫，此时此刻，曹云胜正在去三斗坪的江面上，所以没有机会同他话别。这次分别之后，不知在短时间内能否再次相见。

滕周健再次坐上民生公司的轮船去营部。由于民生公司规定，普通舱的乘客可以到官舱溜达，那些达官贵人往往掌握着高层秘闻和时局走向的最新动态，因此，听他们谈论能获得许多有价值的信息。这次，滕周健在官舱里得到一条与重庆轰炸有关的消息，说是这大半年来，到重庆轰炸的日本飞机越来越少了。有人分析这是件好事，说明日军的炸弹已经耗尽，又不能生产足够的炸弹供应需要，这就意味着日本气数将尽；有人不以为然，说炸弹供应充足，只是飞机调往别处执行任务，因而轰炸重庆暂时放缓。两拨人争得面红耳赤，谁也说服不了谁。

江面开阔，江风冷冽，阴沉的天空里，不期然飘下三两片小雪花。这些小雪花摇晃一阵后，落在甲板上化成数滴水珠。滕周健心想，下一场大雪才好呢，大雪封门，也会阻隔敌机起飞；大地一片白，盖住人世间的污浊，就会还人们一个清朗世界。要是年底前，日机一直不来，笼罩在战争阴霾下的百姓就将会有一个祥和的春节过了。然而，过了几个江湾后，就再也没有看到雪花的影子了，阴暗的幕帐拉开，太阳的光线从云层罅隙里丝丝缕缕射了下来。滕周健心里一紧，天气好转可不是件好事。果然，当只差个把钟头就到涪州时，防空警报突然响起，轮船急忙隐身于小河汊，从涪州方向隐约传来了爆炸声。

不一会儿，一架涂着膏药旗的飞机从一团黑云的边缘绕了过来，“嗡嗡”声由远及近，忽然一个俯冲，从肚子里扔出几颗炸弹，机关枪也吐着火舌。江对岸依山而居的村庄里，一栋民房轰然坍塌，升起一团浓烟，火光在烟雾中伸出了狰狞的爪子。有人大声呼救，人们不顾一切地跑向那座炸塌了的房子，凄厉的哭喊声有如防空警报破空而来，刚才还唾沫横飞的官舱乘客像被套了嘴笼子的驴，一时鸦雀无声。

警报解除后，轮船继续前行，在涪州靠岸时，汽笛萎靡地叹了一口气，像是哀恸卑微的亡灵。被薄雪掩盖的涪州码头，尸体枕藉，工兵营、宪兵队、救护队的弟兄正在清理现场。滕周健加入到抬运尸骸的行列中。围观的百姓有人走过来辨认死者，一个老太太正在人堆里抹眼泪。

在码头上忙碌到傍晚，回到营部的宅院里，滕周健疲惫不堪，匆匆洗了一个澡后即呼呼大睡。第二天开始带班巡查，旅馆、轮船、码头、街面，都是他巡查的范围，偶尔还为大人物提供安保服务。只是，在码头上巡查时，那些死难者惨苦的形状，会像电影镜头那样在他脑海回放。

第八节

一天，滕周健和弟兄们照例在涪州码头上执勤，一个国民党将军从船上下来了。弟兄们都感到很奇怪，只有将军一个人，没有随从；事先没有接到通知，这个小地方会有大人物来。这位将军独自一人到这里干什么？

只见他径自走到一位执勤的弟兄面前问："你们哨卡上有没有一个叫滕周健的？"弟兄回答说："有啊，他就是我们班长。"将军问："他在这儿吗？"弟兄回答说："在的。"

滕周健有些疑惑，他不认识那位将军。

将军迎着他走来，笑容满面地说："哟，你就是滕周健啊，你帮了我很大的忙。"滕周健一头雾水，问："将军，我帮了你什么忙啊？"将军说："哦，船上说。"

滕周健跟着将军上了船，一老一少在检查室坐下。

将军说："上次我女儿带了点私货，在你这儿出了问题，多亏你帮忙，她得以顺利到达三斗坪。”

“哦，将军您是刘彩芬的父亲？”

将军回答说：“是的，我叫刘树义。”

滕周健的心脏“咚咚”狂跳起来，额上沁出了米粒大小的细细密密的汗珠。他定睛看着刘将军，刘将军和颜悦色地看着他。

少顷，滕周健问道：“刘将军，您这次来，有什么事吗？”刘将军欠了一下身说：“我是专程来感谢你的。”滕周健露出惊愕的表情，说：“这点小事，用不着感谢啊！”刘将军指着面前的一个竹筐说：“我给你带了猪肉、鸡肉等东西，都装在这个筐子里，你把它带走吧。”

滕周健再三推辞不受。

刘将军立刻瞪起了眼，脸上暴起一道道青筋，说：“那你看着办吧，你要的话就拎下船去，不要，我就丢到水里去了。”

见刘将军发脾气了，滕周健连忙道歉，接受礼物。

看到他收了礼物，刘将军满意地点了点头，递给他一张名片，说道：“我住在复兴关，你到重庆了，就来这里找我。”滕周健喜滋滋地说：“好啊，等有机会去重庆，一定拜访您。”

这时候，刘将军走出船舱，四下看看，确信无人后对滕周健说：“实话对你说吧，宪兵看起来很风光，什么事情都敢管，什么人都敢得罪，其实是没有什么干头的。”见滕周健露出疑惑不解的神色，刘将军继续说道，“这是因为你当不了军官，永远只能是普通士兵。当军官需要进军校，这个机会你永远不会有。”滕周健问：“那我该怎么办呢？我又不能逃跑，逃跑抓回来就是个死。”

他本来想告诉刘将军，有一个因要求打日本鬼子而舍命逃走的弟兄被抓回来枪毙了，可话到了嘴边却没有说出口。

刘将军说：“你到我那里去吧，我给你找份工作。”

滕周健想问这工作是不是打日本鬼子，但是不敢把潜藏的这个心思透露出来，只回答一声说：“好的。”

刘将军握着滕周健的手说：“就这样说好了。”见有从下游来的民生公司的轮船徐徐泊岸，他就对滕周健说：“时间不早了，我该回去了。”

于是，滕周健拎着竹筐，同刘将军一起下船，然后送他上了回重庆的轮船。

复兴关位于重庆西郊，为一战略制高点，“据水陆要冲，东下夔荆，西窥成都，南走滇黔，北通汉中”。关右石壁之上，“复兴关”三个大字十分显眼。

望着这几个大字，滕周健心想，比原定时间早到了。他是开小差来到这里的。执行完一次特别保卫任务后，他对一班弟兄说，你们先回去吧，我要去姨妈家看我的表姐，她在那里学裁缝，已有大半年没见到她了。

这个谎撒得天衣无缝，没有人不相信。滕周健还说，回转至少需要三天时间，因为姨妈家在郊区，从市区要坐十几分钟的汽车，还要走一段小路。这当然是滕周健要的小聪明，将开小差的危险降到最低程度。实际上，他和弟兄们分别半小时后，就到了复兴关关口。

滕周健决定开小差逃出宪兵部队，是作了激烈的思想斗争的。春节过后，军校来营部招了两次生，录取名单上都没有自己的名字。招生简章上清楚标示是公平公正公开招录，实际干的是营私舞弊的勾当。考试举办了，审查表也填得有模有样，最后录取时他却名落孙山。第二次更离奇，军校的人根本不按招录程序办理，而是神不知鬼不觉地将人带走，就算招生完成。

滕周健大失所望，看来刘将军说的是真的，即使在宪兵部队待一辈子，也没有出头之日。去找刘将军？他心里却很忐忑。他肯真心帮忙吗？

倘若他是个游戏官场之人，平时信口开河惯了，见人说人话，见鬼说鬼话，怎么能兑现自己的承诺呢？或者见了面，他却假装不认识，到时候自己骑虎难下，那问题就严重了，一旦被抓回来，就只有掉脑袋的份了。但滕周健在冥冥之中觉得刘将军不像是个阳奉阴违、两面三刀之人，他面目和善，话语真诚，是个可以信托的长者。自己的命运，说不定会从他那里出现转机呢。他心想，如果刘将军肯帮忙，不管等着他的是怎样的命运，哪怕是上刀山下火海，他都会勇敢面对的。

思前想后，他决定孤注一掷，赌一把，找刘将军去！

复兴关内，每个建筑单元布局大致相似，均以广场为中心，一栋栋红砖楼房环绕四周。每处广场都聚集着教官和学员，教官或在训话或作演练，学员或静听或练习。滕周健向一位学员打听刘将军的工作及居住场所。

刘将军在授课办公室见到滕周健，格外高兴，他立马向同事交代几句，就对滕周健说："走吧，到我住所去。"

住所离得不远，下了一个坡就到了，两人边走边聊。滕周健惶恐不安地对刘将军说："我是偷偷跑出来的，这一跑，就回不去了。"刘将军说："我知道你的处境，既然来了，就不用回去了，我给你找份事做。"

听到这样的答复，滕周健心里平静下来了。

刘将军说："离开宪兵部队好，宪兵部队没有出路。我介绍你去一个地方，军政部，是管全国陆军部队的。我的一个同学，叫陈启明，在那里当总务厅厅长，是个中将。我写个条子，你去找他。"滕周健说出他的顾虑："我一个人去，他那么大的官，会不会见我呀？"刘将军沉思了一会儿，说道："这样吧，我明天送你去。"

第九节

第二天上午，刘将军带着滕周健到了陈厅长的办公室。

寒暄了一阵，刘将军说："我带来个小鬼，你为他安排个职务。"陈厅长看了一眼滕周健，满口答应说："好的，老同学嘛，这个面子要给的。"

陈厅长看到滕周健写得一手好字，非常高兴，给他安排的是司书之职，待遇相当于少尉，这个工作就是草拟文件稿，比如长官要给哪个军官升职，就让他拟个稿子，长官批准后再发出去。

在军政部工作了一段时间，滕周健虽然表现突出，但他依旧担心宪兵身份暴露。这种忧虑一天也没有消停过，因为只要有人认出他的宪兵身份，他立即就会被捕，等待他的是什么结果可想而知。

一天，滕周健得知上面下了一个通令，说凡属宪兵出身人员，各单位、部队一律不得录用，否则按收容逃亡罪论处。

这下，滕周健就像做了贼似的，不，就像犯了死罪似的，惶惶不可终日。他沉思默想，陪都重庆是军警宪特人员最集中的地方，躲得过初一，躲不过十五，说不定哪一天，自己就会被识破，就会被逮住。这样看来，重庆绝非久留之地。如果有机会离开重庆，是再好不过了。但现在，希望实在过于渺茫。他仔细排查在军政部所认识的每个同事，至少目前，还没有人知道他的出身。陈厅长，他知道吗？他认为对他可以放心，因为他即使知道，也会心照不宣。

滕周健牢记刘将军的话，好好工作。他把对平易近人的陈厅长心存的感激，化为工作上的动力。他以兢兢业业的工作状态掩盖内心的焦虑不安，简直成为一个工作狂，而且还经常帮助其他同事，天长日久，大家对他生出一分敬意。他在获得同事认可的同时，心里却异常冷静，说话极其慎重，正如他在宪兵部队期间那样，唯恐说漏了嘴被人抓住把柄，也很少跟同事私下交流。这导致他在军政部工作了几个月时间，对同事的面目却甚为模糊。

春节期间，滕周健把敬业的表现发挥到了极致。同事们或者回家，或者出入舞厅等娱乐场所，可他却没有回家的欲望，也没有消遣的兴致，而是留下来值班。

1943 年春节刚过，国民政府立法院就公布了新修订的《兵役法》。这里面有很重要的一条，就是鼓励青年学生参军，规定学生服役期间保留学籍，这使得青年学生特别是大学生消除了对学籍的顾虑。

滕周健热切关注着征召学生兵的动态，因为他心里正在酝酿一个想法，自己已经年满十八岁，而且文化程度还不错，应该可以以学生身份报名参军。只要参军成功，奔赴抗日前线，一来可以逃出重庆这个是非之地，二来也可以实现自己杀敌复仇的夙愿。

一天，他将公事干完后，为了度过剩下的时间，开始整理一个久未启封的文件柜。在一个抽屉里，整齐摆放着一摞旧报纸。他随机抽出几张，发现上面全是报道一场战役，以及美英荷等盟邦对这次战役的反响。

这场战役是一年前打的，叫作仁安羌大捷。刘放吾团长领导的 113 团以寡击众战胜强敌，解救了英军一个师，扬威国际，为国争光。因为日本发动南进攻势，席卷东南亚，美英荷等盟邦在连续败退中，士气低落。仁安羌的胜利无疑给中国军队打了一剂强心针。报纸上说，美国报纸都以显著的位置，刊登了中国远征军克复伊洛瓦底江仁安羌油田及救出英军的消息。各方认为此战为真正的中国之战。

一篇报道引述了刘团长对战斗的追忆：

以午前 8 时 30 分至 1 时许最为激烈。敌人曾以大队飞机及炮兵，向我部队作猛烈反复轰炸和炮击；敌人步兵，在其飞机大炮掩护下，也全线向我反扑。幸赖我将士用命，前仆后继，与之反复冲杀，数次肉搏，卒将顽敌击溃。

在字里行间，滕周健了解到，刘放吾是黄埔军校的毕业生，湖南桂阳人，参加过淞沪会战、武汉会战。合上报纸，他觉得自己眼前展开了一幅真正的人生画卷，心绪难平，决心一有机会就离开军政部，像铁血团长刘放吾和浴血奋战的113团的英雄们一样驰骋疆场，杀敌报国。

转眼到了夏天，从中国驻印军和滇西远征军那里传回消息称，由于战事惨烈，士兵减员多，迫切需要大量兵员补充到前线去。但文化素质较低的兵员却不能满足战场需求，这是因为缅北战场无论是印度一侧还是中国一侧，都在使用美国提供的新式武器，掌握新式武器的使用及维护方法，文化程度低者不能胜任；再者，为了协同作战，军官和士兵都存在外语交流的现实需求。国民政府鼓动知识青年应征入伍，一份份征兵通告从军委会、军政部等部门发往各省，知识青年志愿当兵的热情被调动起来，陪都重庆走在了各地前列。

这天，滕周健上班时，接获一份《关于征召青年学生组建驻印军战车部队的通告》，通告大意是，为配合盟军反攻，特征召青年学生奔赴印度，组建远征军战车部队，凡年满18周岁、具有初中以上文化程度者，均可报名应征。

一阵狂喜从他心底迸发出来，这真是天赐良机！他决定抓住这个千载难逢的机会，报名应征。而且，他把名字改了，用化名报名，防止别人认出自己。

不久，滕周健接到了录取通知书。离开军政部时，他给陈厅长留下一封信，大意是：感谢这大半年来陈长官对自己的关照，由于自己年少驽钝，时刻担心工作失据，给长官丢脸，只好选择告退，若有不敬，尚祈长官原宥……

第三章

前方在鏖战，战车兵在加紧训练

/ 战车少尉 /

经历了驼峰航线的生死之旅，滕周健和战友们向目的地兰姆伽奔去。路上，美军少校诺恩邂逅了秦玉华，他说和秦小姐一见面，就被她的美貌倾倒了。

在这个印度腹地的训练营地，战车兵们进入美国汽车学校学习驾驶。滕周健私下里同驻印军副总指挥郑洞国见了面。刻苦训练的同时，印度贫民萝莉一家的凄苦生活、华侨徐老板的肝胆相照……都给他留下了深刻的印象。

第一节

1943 年年底，当滕周健所在的小分队从重庆鸳鸯桥来到昆明巫家坝机场，并于第二天全部通过了体检后，第三天，凭手臂上的标记，小分队登上了美国的军用运输机。坐飞机，这是大姑娘坐轿——头一回，大家兴高采烈地在飞机上走来走去，这儿摸摸，那儿瞧瞧，有如过年看庙会，畅快地笑着乐着。

在飞机起飞前几分钟，发生了一个小插曲。一个人趁人不备，悄无声息地摸上了飞机，在舱门稍作停留，旋即跑至机头，紧挨着滕周健坐下。滕周健一看吓了一跳，不是别人，正是此前一起受训的秦玉华！

秦玉华将头发剪成平头，军帽一戴，不仔细辨别，会以为是个男的。滕周健焦急地问："你怎么来了？你…… 你连上峰的命令也敢违抗？"罗、陈二人瞅着秦玉华，像瞅一个怪物。秦玉华将手指放在嘴唇上，滕周健于是压低声音说："我们…… 我们都是送死去的，你——"

正在这时，舱门外有人喊道："是不是有个女兵上飞机了？"

秦玉华摇头摆手，向滕周健眨眼睛。滕周健会意，高声回答说："没有！"

这人"噔噔噔"上了舷梯，头往里瞧，身体遮住了光亮，舱内的光线更暗了，舱内瞬间静息无声。

秦玉华急忙隐身，头伏在滕周健膝盖上，手紧紧捏着他的裤缝。

滕周健的心脏狂跳起来，他对着舱门的方向大声说：“长官，你到别处看看吧，这里没有女兵！”

众人也高声喊道：“长官，这里没有女兵！”

长官没再吱声，惊险的一幕过去了。

舱门徐徐关闭。飞机引擎响了起来，机身震动了一下，飞机开始滑行。滕周健急忙招呼道：“弟兄们快坐好，当心摔倒！”众人立即坐在帆布椅子上，拉紧帆布带。

“我变成一只鸟了，哈哈。”升空后，一位敦实的弟兄向大家分享着内心感受，“快看哪，房子像甲壳虫，公路像一条白线，河流只有一指头宽了。”

“哎呀，你压在我身上了！”有人大叫道。

其实，大家都感觉到一股力量，使人的上半身向后仰靠，有的人借机故意推挤后面的人，有的人反制这股力量。这样，两排座椅上，人人后仰。有人受不住挤压，试图从座椅上站起来，旁边的人赶快把他拉住：“莫动，飞机飞平了就好了。”有人看出危险了：“不要离开座位，离开座位就会摔到尾舱里去，会撞破头的。”

这时候，滕周健突然发现机身像抽筋一样颠簸了一下，随即他的后背离开椅子压向舱壁，头磕在冰冷的舱壁上咚咚作响。他用双手本能地抓住椅子想坐正身子，但无法办到。他看得分明，对侧的弟兄正死命揪住帆布带，防止身子滑落，但还是有两名弟兄从座椅上像溜冰一样，伴随着恐惧的喊叫，跌到了舱板上，发出如油桶滚过的声音。两人猛扑到座椅上，抓住帆布带不松手，才没有造成进一步损伤。

秦玉华吓得面如土色，右肩背紧压在滕周健的左前胸上，他默默地忍受着。

有人骂道："这破飞机，真折腾人！早知道受这份洋罪，就不来了——美国佬怎么不弄几架质量好的飞机来？"

有人认为飞机质量好："要是不好，这样扭来荡去，就散架了。"

罗和睦认同这个观点，高声说："这是风大造成的。这么大的风，只这么颠簸几下，说明飞机性能是可靠的。"他得出结论，"不用担心，安全肯定有保障，美国人都替我们考虑好了，不用担心！"

经过几次颠簸后，机舱里传来呕吐的声音。呕吐物装在统一的纸袋里，以便清理。罗和睦笑着说："我有先见之明，吃得少，要不也呕了。"

飞机在往上爬升，一股股凛冽的寒气从舱壁的孔道中灌进来，凌厉地刮在乘员身上。衣着单薄的弟兄冷得直打哆嗦，呼出的气体化作了一片片白烟，手冻木了，脚也冻僵了。

滕周健问秦玉华："你冷吗？"秦玉华回答说："不太冷，你看我穿得厚厚的，为了不让长官认出我是个女的。"滕周健说："我也还好，棉军衣里除了衬衣，还有毛背心。不舍得扔在机场里，派上了用场。"他问罗和睦："你冷不冷？"罗和睦回答说："冷。"滕周健说："要不，我把毛背心——"罗和睦打断他的话，大笑道："得了吧，就凭你那干柴样的身板——保住自己就是万福了。我的身体结实着呢，挺得过去！"

寒风一点没有消停的意思，仍旧肆无忌惮地咆哮而来，好像魔鬼的爪子撕扯着每个乘员。滕周健见状喊道："快，堵气孔！别让冷风吹进来。"罗和睦大声说："是的，堵气孔！不然每个人都会冻成冰块的！"敦实的弟兄哭丧着脸说："拿什么堵啊？机舱里什么东西也没有。"

滕周健左看右看，突然有了主意，说："帽子，军帽！"

挨着孔道的弟兄急忙摘下帽子，揉成一团，往孔道里塞，只听得"哧溜"一声，军帽立马就被气流吸走，掉下飞机了。再塞一顶，又被吸走了。塞帽子的弟兄哀叹道："天哪，堵不住啊！咱们只怕要被冻死了。"旁边的人斥责他说："别像丧门星似的，动动脑筋想想办法嘛！"滕周健灵机一动说："把帽子展开！对，把帽子包在拳头上。"

这个办法好，洞眼被成功地堵上了，效果立竿见影，风小了！塞帽子的弟兄连声称赞说："这个办法好！"又吆喝道，"多来几个弟兄，把剩余的口子也堵住。"大家齐心协力，轮番上阵，滕、罗、陈三人也加入其中。经过一番努力，舱内温度降得没那么厉害了，但还是冷得钻心。

滕周健叹了口气说："这么冷，这么颠簸，怕是世上最凶险的空中旅行吧？"罗和睦说："是的，不过今天还算幸运，没遇上鬼子的战斗机。"大家笑着说："鬼子也怕冷。"罗和睦赶忙纠正说："不是鬼子怕冷，是美军航空队把他们打怕了，不敢来骚扰我们了。"

说话间，机舱里突然暗了下来，滕周健环顾四周，舱内灯光依旧，外面却漆黑一团。一会儿工夫，窗外有亮光透进来，一忽儿又黑了。不久，窗外变亮，有丝丝缕缕的光线从天际射进舱内。恍惚之间，太阳似乎着急要从云团里拔出身来，云团却不想放过太阳，拉扯它，按压它，有如水鬼揪住落水者。

有人站起来，往窗边走，准备欣赏这拨云见日的胜景。猛然，飞机好像要整饬这人的不合时宜之举，剧烈摇晃起来。说时迟，那时快，那人以闪电般的速度返回座椅，才躲过一劫。

飞机翻过来滚过去，有如在荡秋千、耍杂技，如此三番四次，众人吓得魂飞魄散，拼命抓住帆布带，瞪大了惊恐的眼睛。滕周健只觉得胃内翻江倒海，他昂起头，忍住头晕目眩，不停地做吞咽动作，以压住呕吐的势头。处在机尾的几个弟兄就没有那么幸运了，纸袋里已装了半袋秽物。

飞机摇摆停止，秦玉华也变成了一个霜打的茄子，面无血色，呼吸微弱，楚楚可怜。滕周健怜惜地说："唉，叫你不要来，你非要来自讨苦吃啊！"罗和睦笑着对滕周健说："要不，等到了机场，你们俩不下飞机，再搭乘飞机回去。”滕周健白了他一眼说：“就你会说话。仗没打就回去，可能吗？”秦玉华浅笑说：“我的专业是英语，当个翻译什么的都可以，不会吃白饭的。”敦实的弟兄高声说道：“大姐长这么漂亮，其实不用干活，往那儿一站，男兵们立刻就有劲头、有精神了。大家说，是不是啊？”众人哄笑道：“是！”

没过多久，飞机又经历了一阵冰雨的洗礼，舱外不断传来炒豆般的声响。雨停后，舱内变得透亮，太阳好像就在头顶，无数尘埃在束束光柱中起舞，飞机终于得以在湛蓝清澈的天空中平稳飞行。

罗和睦分析说：“飞机快着陆了，因为已经飞离雪山多时了。弟兄们，就要下飞机了，好好休息一下吧。”陈安道说：“是要打个盹了，要不这个熊样，怎么见人？”。

远方的山脉在白色的积云上露出高耸的顶峰，太阳在茫茫云海上投射出硕大的光晕。飞机下面，伊洛瓦底江在茂密的丛林中滚滚流淌，流过中国第一远征军血染的热土。往西，是令人毛骨悚然的超过一万英尺高的Naga 山——Naga 是山中居住的食人部落的名字，也就是俗称的野人山，是驼峰航线上最凶险的地形之一，数万中国将士鲜活的生命，曾在这里因饥饿和疾病（主要是伤寒）化作累累白骨，至今魂灵不散。

滕周健最先醒来，他站起来向窗外看去。哇！他有点不相信自己的眼睛，飞机竟然离地面很近了，一片广阔的原野呈现在眼前，低矮简陋的房子前面，有坐着冥想的老人，有跑来跑去玩耍的小男孩，有女人顶着盆子在村子里行走，有小女孩在井边打水。滕周健心想，要是没有战争，这该是一片多么祥和的土地啊！这样想着，机身颤动了一下，起落架的胶轮触地，众人都从睡梦中醒过来了。

印度东北部阿萨姆邦的汀江机场到了。

第二节

“将来回国之后，有人问你对印度首站汀江的印象，你怎么说？”

“第一是下飞机失聪，我看见落地之后，弟兄们都在张嘴说话，就是听不见说的内容，这才判断出大家的耳朵都失聪了。这种因为空中与地上的气压差造成的失聪，好半天才能恢复过来。第二就是洗澡，这恐怕是我平生头一回洗这么长时间的澡了。我们老家的规矩，当新郎官才洗得这么彻底呢！”

随着美国军医的命令“take all clothes off”，弟兄们纷纷脱光衣服，走进帐篷。滕周健将脱下的衣服找一处干净地方放好，又特地折叠了那件毛背心。迈步入内之前，他还回头瞥了一眼衣服的位置，防备出来拿错。

“怎么洗呀，一个澡盆子也没有？”“真是个乡巴佬，没看见那一个个淋浴喷头吗？”“洗淋浴，奢侈啊！”“杨贵妃在华清池，也没有洗过淋浴啊。”拧开阀门，水花四溅，弟兄们一面洗，一面开心地交谈。

“我洗好了。”“我也洗好了。”两个弟兄关好开关，揩着身上的水珠，走了出来。

“No，no!”美国军医对他俩说道。两人不解地望着军医。联络官解释说：“你们洗的时间太短了，洗上二十分钟才符合要求，要把头发上及身上的污垢都洗得干干净净。”“什么？洗这么长时间，这要浪费多少水呀？”两人不情愿地转身，又打开阀门洗了起来。

洗完澡，美国军医拿着高压水管走过来，向每个赤裸的弟兄“扫射”。滕周健嚷道：“已经洗好了，还要洗吗？”罗和睦也不解其意，问：“洗澡还有这种洗法？”联络官解释说：“这不是洗澡，是喷洒消毒水。”众人恍然大悟，哄笑着上前接受喷洒。联络官说：“一个一个来，一窝蜂影响消毒效果。”

滕周健问：“消完毒了，可以穿衣服了吗？”联络官回答说：“不行，还要打预防针。”滕周健问：“打预防针？预防什么呀？”

“预防传染病呀，这你都不懂？”联络官未回答，罗和睦抢先开了腔，“打了这种针，今后即使感染了，也不会得病了，因为身体有了抵抗力了。身体一直处于健康状态，才不会影响战斗力。”他继续很内行地说道：“得了某些传染病，如果没有有效的药物治疗，就只有等死，所以预防这些传染病，就变得非常重要。

打完针，穿上崭新笔挺的军装，大家好像都变了个人似的。罗和睦赞叹说：“人人都是新郎官啦！”滕周健笑着说：“新郎官能穿得这么好？”众人围着滕周健问：“新娘子，新娘子怎么不见了？”有人拖长声调喊：“秦玉华——”

“哎！”秦玉华答应着，从另一座帐篷里袅袅婷婷地走了出来。这时候，天边喷出一道灿烂的霞光，将天空染得红彤彤的。在霞光映衬下，一身戎装的秦玉华有一种难以言说的娇艳之美。

滕周健将她拉到一边，悄悄地问：“这里没有人追究你出国吗？”秦玉华摇了摇头，说：“没有啊，兴许这儿的长官压根儿不知道这条禁令。”滕周健叹了一口气说：“噢，鞭长莫及啊！好的，没有就好。”

晚餐的主食是统一供应的罐头，猪肉的，牛肉的，想吃什么拿什么。弟兄们认为这也很新奇，不免议论纷纷。

“我有点纳闷，美国人为啥对咱们这样好呢？一来就把我们从内到外收拾得干干净净，包咱们不生病，又包吃包穿？”

“是呀，比亲兄弟还亲哪！”

“肯定是上峰同他们说好了，他们才这样对待咱们的。”

陈安道一边津津有味地吃罐头，一边说：“国内国军的伙食，真叫一个差，我最有体会了。杂粮米饭一锅煮，没有任何副食。饭里因为有霉米、沙子、石子、粗糠、稻壳、稗子、老鼠屎和虫子，所以叫‘八宝饭’……由于敌人封锁，炊事兵用命送来的饭，到阵地上已经馊了。如果送不来饭，大家就只好就着咸菜，吃大饼或炒面……穿的更不用说了，破破烂烂，就像一个乞丐。唉，造孽啊！”他长叹一声，结束了自己的发言。

吃完罐头，滕周健觉得头晕。很多弟兄也有类似症状，有的脸上、脖子上还起了红疹子。联络官看过，说是打针造成的过敏反应，休息休息就会没事。

晚上温度有所降低，躺在床上，盖上两条毛毯，刚好不冷不热。滕周健做了一阵支离破碎的梦，一会儿握着新式武器痛歼日本鬼子；一会儿和秦玉华在一条无名的河边散步；一会儿一个人长途跋涉，远远看见父亲拄着锄头站在地头，在拆阅他的家信。

正当滕周健感到走得热汗直冒时，他猛然惊醒，原来是暖烘烘的太阳从帐篷门里溜了进来。算算时日，在鸳鸯桥写的家信，父亲应该收到了。还有一封是写给曹云胜的，在昆明两人相见，曹云胜告诉过他，收到信了。此刻，曹云胜在哪里呢？是不是蹲在战壕里和日本鬼子干起来了？

早餐后，秦玉华跑来找滕周健，邀他们出去走走，看看印度的田野和村庄。滕周健不好拒绝，站起身来。罗和睦等几人坐着未动。滕周健问：“怎么，不去吗？”罗和睦眨巴着眼说：“你们俩约会，我们去干什么？”秦玉华“噌噌”几步跨过来，一把拉起罗和睦说：“走嘛，走嘛。”又回头示意陈安道等人一起去。

大家簇拥着秦玉华出了营房。一位高大身材、蓝眼睛的美军军官迎上前来。秦玉华介绍说：“诺恩少校！”诺恩笑容满面地竖起大拇指说：“中国军人，顶好！”滕周健也伸出大拇指说：“美国军人，顶好！”诺恩指着秦玉华，用不太流利的汉语说：“秦小姐是我见到的第一个中国女军人，一见面，我就被她的美貌倾倒了。”秦玉华脸上飞起一片红霞，看得出，她很受用这句恭维话。

滕周健一下愣住了，没想到这个美国人这么直白，让人起鸡皮疙瘩的话也可以随便说。

第三节

一个风日晴和的早晨，汀江火车站，学生兵们登上火车，风尘仆仆地赶往下一个人生站点。

坐在座位上很久了，火车差不多就要开了，秦玉华还没有出现。滕周健心想，是不是那个美国大兵把她套牢了，她脱不了身了？再一想，不会吧，她不至于这样没有骨头吧，她的哥哥战死沙场，她还要为哥哥报仇呢！他问罗和睦："秦玉华怎么没来，是不是没有接到通知呀？"罗和睦茫然地摇头，推测说："她呀，本来就是编外人员，就在汀江不走，也有可能啊。再说，她正和那个少校打得火热呢……"他看了滕周健一眼，突然意识到了什么，立即掐住话头。

滕周健嘴唇动了动，没有作声。他扭过头去朝车门方向看，哎呀，真是"说曹操，曹操到"，秦玉华春风满面地从车门口探出头来，船形帽戴在头上，风姿绰约。罗和睦笑道："滕哥，你女朋友来了。"滕周健"呵呵"笑了，连嘴都合不拢了，两只眼睛眯成一条缝，但他看到紧随其后走上来的人时，笑容一下子僵住了。罗和睦注意到了这一细微的变化。

诺恩笑得嘴巴大张，使人想起战机上的鲨鱼头形。他挥手招呼道："弟兄们，早上好！"罗和睦站起来，故意露出诧异的神色，问道："少校先生，你怎么来了？"诺恩兴致未减地说："朋友，你应该这样问我，'什么风把你吹来了'，不是吗？"他轻轻按住罗和睦的肩膀让他坐下，用一种陶醉的神情说，"这么跟你说吧，小兄弟，秦小姐实在是太……太漂亮了，我完全被她迷住了，所以——”

弟兄们嘴里发出“嘘”声，将他后面的话压下去了。

秦玉华也用手势止住了他往下说，然后笑吟吟地解释说：“昨天忘了告诉大伙儿了，诺恩先生已经被委派到训练中心去了，正好和我们同路。听到这个消息，我是求之不得——”弟兄们都瞪大眼睛看着她，好像瞅着一个从来不认识的人似的，“我想趁此机会，向诺恩先生学习英语口语。”诺恩紧接着用蹩脚的汉语说：“噢，我也正好想拜‘密斯秦’为师，向她学习汉语口语。”

见弟兄们反应平淡，秦玉华便拉着诺恩的手朝前走，诺恩扭头笑着向众人挥了挥手。

火车的车轮在钢轨上滚动，发出“哐啷哐啷”的声音，十分沉闷。火车出站几分钟后，车厢里已经没有几个人说话了，只有秦玉华和诺恩说话的声音断断续续地传到车厢后面。

罗和睦捅了滕周健一下，问：“你是不是吃醋了？要不，弟兄们帮你揍他一顿出气！”陈安道朝罗和睦挤了挤眼。弟兄们紧攥着拳头低声咆哮说：“要得，揍他一顿！”

滕周健扫了罗和睦一眼说：“吃什么醋呀！我早就跟你说过，她不是我的女朋友。她怎么看得上我？她是大学生，我是初中生，文化程度悬殊，话能说到一块去？再说了，你看人家那风度、气质，嫁个帝王将相都没问题。唉，我和她，真不是一条船上的人哪！你们就别笑话我了。”

到达加尔各答后，换乘海船继续赶路。

加尔各答是印度的名城，他们却没有时间游览和欣赏。诺恩站在海船甲板上，指点着这座城市，对秦玉华用英语叽里咕噜说个不停，秦玉华不时发出欢畅的笑声，有如游兴正浓的异域访客。滕周健听诺恩说，加尔各答有个唐人街，住着几百年前迁移过来的华夏儿女后裔。他很想去看看这些人的长相如何，与他们这些远道而来的军人比较有何差别，但军务在身，不能耽搁，只有等待下次机会来一探究竟了。

罗和睦看出了他的心思，有心宽解他积存的遗憾。他指着海船的桅杆顶端说："你看，多威武啊！"

这艘海船硕大无朋，有十几层楼高，从船的这一头望不到那一头，气势挺拔雄伟，装饰富丽堂皇。民生公司的轮船和它比起来，有如小巫见大巫。滕周健说："我国恐怕还没有这么上档次的船舶吧。"

"应该没有，反正我没有见到。"

这时候，秦玉华走过来笑道："讨论啥呢？走，到外面欣赏恒河的景色去。"滕周健望着她说："你去吧，我有点困了。"罗和睦做鬼脸说："滕哥，去吧，妹妹的面子，还是要给的。"滕周健打了一个呵欠说："我真困了，真的。"秦玉华说："恒河哺育了印度文明，是印度的母亲河，在印度人心目中是一条至高至圣的河。"滕周健说："这我知道，好比我国的黄河长江——我在长江上来来去去两三年，两岸的风景也看够了。恒河的风景，大抵差不多吧。"

秦玉华无法，只好一个人走了，少校在甲板上等着她呢。

第四节

终于到了兰姆伽。

两个弟兄一左一右上前拉着滕周健的手，同时说："路上还顺利吧。"滕周健忙点头说："还好。"左边的弟兄说："只要安全飞过驼峰，就万事大吉了，陆地上这段路一般不会出问题。"右边的弟兄说："是的，只要不在飞机上冻死，只要飞机不失事，就没事了。”

右边的弟兄又问滕周健：“你是哪儿的呀？”滕周健回答说：“湖南的，你呢？”右边的弟兄说：“我也是湖南的。”左边的弟兄接着说：“我是湖北的。”滕周健笑着说：“他乡遇故知，有如久旱逢甘雨呀。”来自湖南的兄弟摸出一包烟说：“兄弟抽烟。”湖北的兄弟连忙拿出打火机。滕周健摆了摆手说：“谢谢，不抽。”这时湖南的兄弟忽然说：“到了。”

兰姆伽火车站，不大的一块空地上摆满了桌子，有军人或坐或站，有军人冲着两位弟兄笑，彼此很熟悉的样子，对滕周健也亲热地笑。

有卡车开过来，有人抬手示意说：“上车吧。”滕周健疑惑地问：“我去的是机械化部队，你们是……”右边的弟兄说：“我们正是机械化部队的。”

滕周健见同行的弟兄都上了车，也爬上车。

车大约行驶了二十分钟后，到达目的地。卡车开到一排宿舍前面的操场上停了下来，滕周健跳下车。回头一看，后面的卡车仍然向前继续开进。两位弟兄带着他往帐篷里走，其中一位说：“兄弟，先休息一下，稍等片刻就开饭。”一会儿，从外面进来一群弟兄，对滕周健左瞅右瞧，还喜气洋洋地笑着。

这是一餐难忘的饭食，四菜一汤。两位弟兄轮流向滕周健劝酒。滕周健问：“军营里允许喝酒？”

“喝一点没关系，不影响训练就行，不过，兄弟可以多喝点，连长特意关照了的。这两天，兄弟初来乍到，没有训练任务。”

喝了几杯，话就多了。

“兄弟，你知道吗？我们是被日本鬼子赶到印度来的。”

“如果不卧薪尝胆，背水一战，杀回国去，一旦断了粮草就困死在印度了。”

听了他俩的话，滕周健的心情格外沉重。

晚上起床解手，滕周健见操场后面的空地上，一字排开停放着一门门新式大炮，炮衣遮身。他有些失望地想，国内说得好好的，学的是战车，怎么一到这里就变卦了，改学大炮了？罗、陈二人要是在身边就好了，碰到事情好有个商量。他怪自己鲁莽，一下船就和他们失散了。他们不知被“抢”到哪个部队去了。他反过来又想，既然安排自己学大炮，那就学大炮好了，毕竟学什么都可以，只要能打日本鬼子，能报仇雪恨就行。

第二天清晨，滕周健在睡梦中被人叫醒，告诉他昨天是“误会”了，他们这一批次的学员，应全部进入机械化部队，要他立即上车去总指挥部报到。原来，驻印军副总指挥郑洞国将军，得知各部队私自“抢”兵的事，极为震怒，命令将学生兵全部送到总指挥部来，一个都不能少。

命令下达，学生兵们从各部队又集合到了总指挥部的操场上。按册点名，确认到齐后，又用车将他们送到机械化学员驻地。

在驻地，滕周健见到了“消失”了一夜的罗、陈二人。一见到滕周健，罗和睦就眉飞色舞地谈起昨天晚上的接风宴席。他说：“榴弹炮连的弟兄们对我和陈安道可好了，好酒好肉招待我们，要我俩跟着他们干，我俩死活不答应，我们说要开战车，你们那个炮我们不感兴趣……”陈安道说：“一见面，他们就给我们好吃好喝，我感觉对不起他们。”滕周健说：“我也有同感，炮兵兄弟对我也挺好，在路上拿烟给我抽，在营房拿好饭给我吃，以为我会为他们效劳，结果……”

第五节

学员们被十轮大卡车拉到机械化学员营房。一大块平地上，数百顶白色帐篷排列整齐，从中间一分为二,一边住汽车学员，一边住战车学员。

滕周健一下车就往战车学员帐篷里跑。长官叫住他，说他走错了。滕周健不解地问：“我是学战车的，为什么不让住战车兵营呢？”他不想学汽车，只想学战车，在他看来，汽车兵只能在后方跑运输，战车兵才能上战场打敌人，他害怕昨天的一幕重演。长官解释说：“学战车的，也要先学汽车，所以只能住在汽车兵营。”滕周健这才放心。

三人都被分到美军汽车学校 194 班，学校给每个学员安排了一名美国教官。

学员们列队登上“吉姆西”十轮大卡车，前往汽车驾驶训练场。下车后，每位学员领到一块圆形铜牌。按照牌子上的编号，就可找到自己的“吉姆西”了。

滕周健没想到，美国教官——一个帅气的白人小伙子早已坐在车上等候他了。“你好，我是迈克。”滕周健没有想到教官会说中文。教官接过号牌看了一下说，“没错，就是你。”滕周健敬礼上车。迈克教官笑眯眯地说：“不必拘礼，咱们已经是朋友啦！”

滕周健一坐上车，迈克就开始了讲述。他细声细气地说：“为了使学员熟悉美式武器装备的性能和使用方法，兰姆伽基地里建有很多专门学校，所有训练科目均按照美军的教学模式教学，即分讲解、示范、实习和测验四个步骤进行，咱们汽车学校也一样。今天的学习内容是熟悉仪表，练习起步和停车。在练习之前，先去看电影，再回到车上讲解、示范。”

滕周健饶有兴趣地问：“看电影？”迈克说：“对，看电影，不过，这个电影不是说故事的，是说开汽车的。”

看完电影再次回到车上，迈克对应电影，详细地向滕周健讲解各个仪表的功能和指示灯的意义，示范如何起步，如何停车。接下来是练习环节，滕周健反复练习，迈克在旁边纠正动作失误。

从训练场上传来此起彼伏的汽车轰鸣声。迈克解释说：“等所有动作练熟了，就在场上练习。采用这样的方法练习，上路行驶就会容易些。”滕周健一听急了，问：“那什么时候才能上路练习呢？学车容易学吗？”迈克看出了他的心思，宽解他说：“容易学，只是不要性急，功到自然成。”滕周健“嗯”了一声，又继续练习。迈克问：“还有什么不懂的，可以再看看电影，我也可以再示范给你看，直到你熟练掌握为止。”滕周健由衷地敬佩：“教官，你真是有耐心啊。要是中国教官，早骂起人来了。”迈克笑着说：“我也是从学徒过来的，非常理解学徒。教官从不骂我，所以我也不骂学员。再说，我们已经是朋友啦！”

那天测验，滕周健很顺利地通过了。好的开端，等于成功的一半，他抑制不住喜悦之情。

抬头望天，天上白云飘飘，星星格外大格外亮，简直伸手可及。

第六节

一天傍晚，一名军官来到汽车兵营，声称是总指挥部的，有事找滕周健。滕周健还以为是秦玉华来找他，他判断她被分配到了总指挥部。从帐篷内走出来一看，是个男的。军官笑着对他说，郑将军找他。滕周健问：“是郑洞国将军吗？”那人说是的。他连忙问：“郑将军在哪儿，在总指挥部吗？我这就去找他。”军官摇摇头说：“不，他来了，就在前面不远处，你跟我来吧。”

滕周健跟随军官走了一段路，看看已到近前，郑将军便转过身来。这是一个高大英武的军人。滕周健跑步上前，立正敬礼。郑将军亲切地问：“小鬼，你是不是叫滕周健？”滕周健响亮地回答说：“报告指挥官……”郑将军摆摆手说：“不用称我指挥官，这样显得生分。我是石门人，紧邻慈州，你就叫我老乡吧。来，坐吧。”

身旁有一块巨石，滕周健坐在石头上，郑将军也坐了下来，拉着滕周健的手说：“小滕，今天纯属老乡之间私人走动，所以这次会面，你不要同任何人讲。”滕周健说：“好。”郑将军继续说下去：“这一批学生兵的名册我都看了，湖南人没有几个，没有一个石门人，只有一个慈州人，这个人就是你，不简单的事啊。在异国他乡遇上一个家乡人，不简单啊。我感到很奇怪，在湖南师管区招兵，怎么只招了几个人呢？”滕周健回答说：“我没有在湖南报考，是在重庆报考的。”郑将军说：“原来是这样，你到重庆做什么呢？”滕周健回答说：“报告指挥官……”郑将军用眼神制止了他的这种报告式的回答方式。他于是改口答道：“我在军政部当司书。”郑将军笑着说：“哦，在军政部工作，很了不起嘛。”

得到驻印军最高长官兼老乡的赞扬，滕周健的兴奋之情溢于言表。郑将军又问他的家庭情况，滕周健一一作答。

郑将军转而问道：“兰姆伽的生活还习惯吗？”滕周健老实回答说：“吃罐头、面包有些不习惯，要是能吃上米饭、青菜就好了。不过，”他观察着长官的脸色，“这已经很不错了，强过国内伙食不知多少倍了。”郑将军说：“有人反映过这个问题，总指挥部已经作出部署，准备空运大米和昆明的青菜过来，改善官兵的伙食。”滕周健感激地说：“那真是再好不过了。”

“我过几天就要上前线了，我同你见面，也算是同老乡辞行吧。这次，我们下了决心，一定要把日本鬼子赶出缅甸。等打赢了这场战争，我就把胡子剃了。”郑将军说着，指了指蓄着的胡须，浓密的眉毛往上一扬，“要是你有什么困难，就跟营部的长官讲，他们一定会替你解决好的。”

临走时，郑将军勉励小老乡克服困难，刻苦训练，练就过硬的军事技能，以便将来上了战场，能够狠狠打击敌人。他握着滕周健的手说了一句

"战场上见"，就同那名军官大踏步走了。

滕周健望着郑将军的背影，回味着郑将军的话，心里久久不能平静。他对长官的关心和照顾感激涕零，他现在只有一个信念，即早日学会战车技术报效国家，甚至恨不得马上学会，第二天就上战场。到兰姆伽半个月，他已经能在教官的指导下驾车上路，他对自己的训练成绩感到满意。

滕周健回到营地，罗和睦悄悄问他："刚才那个军官找你干什么？"滕周健编了一个理由说："花名册上信息有误，是来找我核实的。"罗和睦问："打听到秦玉华的消息了吗？"滕周健说："没有。"罗和睦说："在总指挥部集合时就没见着，不知她去哪儿了，好像从人间蒸发了一样。有空时到总指挥部打听打听，毕竟是一个战壕里的战友嘛。"滕周健说："我会的。"

第七节

一天，滕周健看到一个褐色头发的印度人拾起了他扔下的罐头。这个人穿着破败的长衫，既无衣领也无衣袖，胡子拉碴，眼窝深陷，见滕周健的眼神里没有恶意，就紧走几步，拾起那瓶罐头，揣进兜里，又埋头挥动扫帚。

滕周健上前拍了拍他的肩膀，问道："伙计，你是不是饿了？"

印度人茫然地看着他。滕周健明白他不懂中文，就从帐篷里拿出一瓶未启封的罐头，放进他的衣袋里。印度人躬身用生硬的汉语说了一句"谢谢"。滕周健瞧着他可怜巴巴的样子，鼻子酸酸的。

罗和睦走出帐篷，正好看到这一幕，也觉得心里难受，对滕周健说："以后，我们要有吃不完的东西，只要干净，就别丢了，放在那里，让他们自己拿去。你看那个人，连开了的罐头都没舍得吃，准是家里还有婆娘和孩子。”滕周健点点头。罗和睦又说：“他还挺心疼人的，是个好丈夫。以后，他们来了，要欢迎，不要不理不睬。”

再次看到这个印度人时，大家发现他多了个帮手，他运送垃圾，一个披头巾的女人扫地。见三人走来，两人一起冲着他们笑。他们回报以笑容。滕周健立即给了这个女人两瓶罐头，女人鞠了个躬，说着“谢谢”。印度男人打着手势，口中念着“罗莉”。大家看出来了，女人是他的老婆，叫罗莉。

从这里抄近路到镇上，只有几里路。要走一段下坡路，再经过一个河道。河里没有水流，印度帮工者在斜坡上甚至在河道边搭建了一些低矮的棚子。罗莉一家的木板棚就位于河道边。

当三人路过的时候，罗莉正在洗衣服，男人蹲在旁边抽烟，一男一女两个孩子在玩沙子。罗莉看见他们三人，对着他们甜甜地笑，红头巾遮盖的双眼皮下，一双褐色的眼睛顾盼生辉。滕周健说：“如果不是皮肤黑，真是一个美人。”

爬上一个缓坡，登高望远，零散的印度村落收入眼底，都是贫苦人家的简陋房舍。滕周健踢着脚下的沙土说：“这土地太贫瘠了，一年产不了多少粮食。”罗和睦说：“岂止是农作物收成差，很多树遇上这样的环境，也根本活不了。这可以叫不毛之地了。”

从这片沙丘里横穿，过一片草地，就到了镇上。三人来到一家华侨餐馆，没料到人满为患，座无虚席。老板姓徐，祖籍山东，看到同胞前来捧场，分外热情。他抱歉地一笑说：“各位稍等！”罗和睦笑着说：“不急。菜嘛，老板看着办吧，有米饭就行。”徐老板回答一声：“好。”转身跑进里间去了。

“三位快请，桌子有了。”听见招呼，三人连忙进店坐下。徐老板已将菜端上桌子，一盘山东水饺、一碟印度羊肉、一钵豆腐脑，一盘青菜，一桶米饭，三双筷子。

陈安道瞧着桌上的美味佳肴，高兴地说：“哎呀，太丰盛了，我们来印度享福来了。”滕周健笑着说：“这豆腐脑，地道得很哪！我最爱吃了。”徐老板热情地说：“喜欢吃，再来一钵，不要钱。”又问，“兄弟是哪个部队的？”滕周健答道：“战车营。”徐老板说：“这样好不好，本店每天派伙计把豆腐脑送到军营，免得弟兄们跑路。”陈安道立即说：“要得，只是辛苦伙计啦！”滕周健说：“那怎么行？”陈安道边吃边说：“怎么不行？”他尝了一口豆腐脑，接着夹了一个水饺往嘴里送。

徐老板提议说：“兄弟们难得聚首，喝杯酒怎么样？”陈安道喜滋滋地说：“好，徐老板也一同喝点。”“一杯薄酒尽地主之谊罢了。”徐老板说，一口喝干了酒，“但使主人能醉客，不知何处是他乡。”

三人吃完饭，结账出来，在街上信步。当踱到一所当地人开的豪华影院门口时，滕周健不知什么原因，掉头就走。罗和睦问：“缺钱了？我这里有。”滕周健只好站住不动，忽然又将身子转了个方向，背对电影院检票口。罗和睦疾走几步上前问他：“你不是很喜欢看的吗？在昆明……”

正在这时，罗和睦肩头被人轻轻拍了一巴掌，一股浓重的香气被“拍”进了他的鼻孔。他扭头看见了一张粉嫩的脸，“是你？”他惊讶地说，“我还以为你失踪了呢。”

秦玉华满面笑容地同三人打着招呼，诺恩也凑上前问好。滕周健不得不转过身来。陈安道冷冷地抽着烟。

秦玉华细声细气地说：“那天在总指挥部报到后，长官根据我的特长，安排我在翻译室当翻译，将诺恩转来的文件译成中文……”诺恩笑着说：“是的，我和玉华小姐是工作搭档。”

滕周健不自然地笑了。

秦玉华瞪着明亮的眸子说："滕哥，你别笑我好不好，一个女流之辈，虽然不能亲自上前线杀敌，但也毕竟找到了投身抗战奉献青春的岗位。"

她还想说什么，滕周健对她挥了一下手说："你去忙吧。有空再来看你。"秦玉华说："好吧，我也会到战车营看你们的——你们看电影吧，好莱坞的，我和诺恩看了，值得一看。"滕周健说："不，还有事，先走了。"

"走什么！看完再走，还可以吹电扇。"罗和睦手拿三张电影票满头大汗地跑过来。

走进豪华影院，电扇一圈又一圈地旋转，滕周健却感觉不到丝毫的凉意。电影闪回一个镜头又一个镜头，他木然地坐在座位上，始终没看出什么名堂。

电影散场后，三人慢吞吞地沿街走，不觉到了总指挥部门口。滕周健望着门上的黑字招牌问："秦玉华不是在这儿上班吗？"罗和睦说："是啊，她刚才说过——想进去看看吗？"又说，"进去了，也找不到她。这会儿，她和少校不知疯到哪里去了。"

到达营地，三人都走出了一身大汗。正在打扫卫生的罗莉见状，赶忙给他们打水洗脸，并且一人倒了一杯开水。

滕周健说："华侨对我们好，印度人对我们也好啊！"

"只有自己待人好，别人才会待你好，世道人心就是这个理，没有无缘无故的爱，也没有无缘无故的恨。"罗和睦说。

第八节

这天，饭桌上多了一碗豆腐脑。

滕周健问长官："这是徐老板的豆腐脑吗？"长官说："是的，是徐老板派伙计送来的，说免费送给弟兄们吃。”弟兄们嚷道：“这哪成啊，徐老板讨生活也不容易啊！”长官高声地说：“别嚷，我的话还没说完呢。我反复讲啊，军队是有纪律的，军队禁止白吃，他才接过卢比。接过卢比后，他哭得一塌糊涂，一把鼻涕一把泪，说自己不比别的华侨，没有能力捐飞机大炮……”

滕周健听了长官一席话，心里不是滋味。那天在训练场上，他的悟性似乎比平时还要高一些，只需通一窍，其他六窍也就通了。所以，他没有花多长时间，就能娴熟自如地驾驶大小吉普车了，好像车辆成了身体的一部分。那天，教官说的“顶好”也比平时多了一倍。

训练结束时，教官让他把车开上营区公路，再从镇上开回训练场，七弯八绕，整整一个钟头的车程。这可是教官给他的从未有过的“礼遇”。

下午拿着蒲扇乘凉时，滕周健兴高采烈地谈起教官给他的“礼遇”。罗和睦说，今天他也绕了一个大圈。陈安道说，他也练了一个小时的车。滕周健听了，不自然地说：“哎呀，我还以为我的技术最强，实际上都不错呢！”

三人聊得热火朝天时，徐老板大踏步地走了过来。三人起身相迎。

徐老板笑容满面地问：“弟兄们，忙什么呢？”滕周健回答说：“忙完了，在休息。”罗和睦问：“徐老板，你怎么来了？”徐老板说：“送点山东小吃。”

打开包袱，里面是包子和煎饼，一看就好吃，令人馋涎欲滴。

滕周健掏出卢比，笑道：“真是有劳徐老板了。”徐老板推开滕周健的手说：“别，我是特意送给你们吃的。”

滕周健不答应，徐老板坚辞不受。滕周健说：“这如何是好呢？”

徐老板看出了他的心思，示意三人坐下，悄悄地说：“我刚才到营部去了，长官付过钱了，你们放心吃吧。其实，我是不愿意收钱的，弟兄们训练一结束，就要离开这里走上战场了，在疆场拼杀，为国家抛洒热血。弟兄们不顾生命，我还舍不得这点吃的？我能力有限，只能给弟兄们供应点吃的。惭愧啊，怎么好意思收钱？自从我决定为弟兄们供应豆腐脑那天起，我就没打算从中获取一分钱，但你们的长官坚决要付钱。我不知道他是怎么想的，为什么不给我机会，为弟兄们贡献力量的机会。我虽然得到了卢比，心里却很受伤。”滕周健说：“徐老板，你宽宽心，就当长官付给你的是成本钱吧。”徐老板说：“好吧。”

滕周健看到罗莉正在清扫垃圾，就送了几个煎饼给她。他看着她把一个煎饼咬了一个缺口，细细品咂，眉毛舒展开来，脸上泛起惹人怜爱的笑意。他看着她将口里的煎饼子吞进肚里后，准备再咬一口，她的嘴唇接触到了煎饼，然而没有咬下去——她把带着缺口的煎饼和另外几个煎饼包裹起来，用手揣在胸口上，向滕周健投去感激的一瞥后，急匆匆地走下斜坡，向自己的安乐窝的方向跑去。

滕周健这才想起，罗莉的老公今天没在兵营现身。他在哪里？在棚子里带孩子，还是外出了？若外出，两个孩子谁来管？于是滕周健对罗、陈说道：“我们去罗莉家里看看吧。”两人说好。徐老板说：“我和你们一起走吧。”滕周健说：“你在这里稍等，我回来开车送你。”徐老板说：“不了，抄近路回去，不远。”

四人一起来到罗莉家。两个小孩站在棚屋外，每人手里拿着一小块煎饼，撕扯着往嘴里送。见一个西装革履的男人和三个军人雄赳赳地走来，两个孩子吓得掉头就往屋内跑。小点的男孩“扑通”一下摔倒在地，“哇”的一声大哭起来。姐姐连忙蹲下身，一只手扶起他，一只手拍打他身上的灰尘。

众人进了屋，见罗莉的男人无力地半躺在用几根木头支起的“床”上，显然是病了，罗莉在给他喂煎饼吃，间或倒一口水，男人的喉咙随即动了一下。见有人来，男人慢慢地扭过头，空洞的眼神投射过来。

滕周健看到这个无助的男人，心里泛起一股难言的隐痛。他将手放在胡子拉碴的男人额头上摸了摸，额头滚烫，好像被太阳烤过的石块。“快送营部卫生队，”滕周健说，“烧得厉害。”

陈安道背上男人就走。徐老板掏出几张卢比递给罗莉，她推辞不过才接受。众人依次跟着陈安道一起回营部。

夕阳西下时的沙滩依然十分炽热，三名军人护送着患者飞奔。沙尘起起落落，罗莉牵着两个小孩远远地跟在后面跑着。徐老板拐到了往镇上去的小路上。罗莉赶到卫生队时，她的男人已经挂上了吊水瓶。

过了一两个小时，男人慢慢退烧了，沉沉睡去。两个孩子依偎在母亲身边，小男孩忽闪着大眼睛，好奇地瞅着军人叔叔。

深夜离开卫生队时，他们看到很多破衣烂衫的印度人聚集在外面，或窃窃私语，或默默祈祷。三人注意到，这些人向他们露出期盼的眼神。有人向内探看，罗莉出现在门口，向那人低声说着什么。

第二天起床后，三人发现兵营外有十多个印度男女露宿，木板、草垫或布毯铺地。这些露天过夜的人，见军人们从各个帐篷里涌出，慌忙翻身爬起，将木板拖至角落，将草垫、布毯卷起夹在腋下或扛在肩上，堆放于一处。接着，他们开始清理生活垃圾，扫除落叶，抬土平整坑洼。

滕周健问罗、陈：“你俩的罐头还有多少？”罗和睦说：“还有不少——这么多天，一直吃徐老板的，所以积攒了一大箱子。”陈安道说：“我有。”

三人抬出纸箱，将罐头分发给在场的印度人。有几个壮年后生，当即大快朵颐起来。

滕周健说：“幸亏解了燃眉之急，不然，不知要饿到什么时候。”

罗和睦说：“他们多像重庆生灵涂炭的父老乡亲啊！”

第九节

一天下午的政治课上，大家第一次获悉了前方的战况通报。对弟兄们来说，这堂课拉近了他们同缅北战场的距离。

战况通报的内容如下：进入野人山的驻印军部队，经过两个多月的拼杀，攻占了欣贝延、于帮等地。

三人针对这次通报，举行了一个小小的讨论会。天空中的明月和繁星，见证了这场讨论会。滕周健说："好啊，打出了中国军人的威风。"罗和睦说："我们一定要好好训练，争取早日加入到痛击敌人的队伍中去。我听说，刘放吾团长带领部队在国内踏踏实实地训练了很多年，才练成威震敌胆的本领，射击命中率很高。此外，顽强的战斗意志，也只能通过认认真真地训练才能磨炼出来。"

"一句话，训练，训练，再训练，久炼成钢。"人没进帐篷，声音却进来了。

"好消息！驻印军开办了华侨中小学，华侨子女有地方读书了。好事成双，还有一个好消息。以前，你们来之前，华侨犯了错误，他们对华侨随意处置，想打就打，想杀就杀，造成累累冤情。现在，华侨的事情再也不由他们管了，驻印军成立了一个专门机构负责管理。"

弟兄们都替华侨的命运出现转机满心欢喜，脸上笑开了花。

徐老板望着蓝色的天空说："在战火烧到家门口时，我的祖宗被迫携家带口逃离故土，一路颠沛流离，不知忍受了多少艰难困苦，来到这里规避战祸，以为这里是一方乐土。唉，我们这些没娘的孩子啊，走到……走到哪里都没有人把你当人看，遭白眼，受歧视。"滕周健说："我原以为你们过得风光，没想到……"徐老板说："现在你们来了，我们的腰杆才直一些了，这是我们海外游子的造化呀！你们就是我的亲人哪！亲人来了，招待亲人是本分，可你们待不了多久就要走了。相处短暂，我更要好好珍惜这场缘分。”

徐老板说完就要走。滕周健拉住他说：“不急，我跟长官说说，用车送你。”罗和睦说：“这个主意好，又多练一次车。”徐老板说：“难为弟兄们了。”

吉普车沿着营区公路不紧不慢地行驶。到了镇上，送走徐老板，车子在位于路口的英国军人商店前面掉头。这是镇上唯一一家上档次的商店，出售高档皮鞋、毛呢军服等。商店灯火通明，富丽堂皇，各国军人进出其间。

这时候，一对熟悉的身影从门口走了出来，男的穿一身毛呢军服，高大帅气；女的也穿一身毛呢军服，楚楚动人。两人偎依着越走越近。罗和睦立刻嚷道：“快看，秦玉华和少校！”陈安道说：“看见了，从商店里出来了。”

不料，滕周健猛踩油门，吉普车好像疯牛一样冲出镇口，车灯扫过一片树木和一片沙丘，拐上了营区公路。

第十节

三人在营部认真学习、训练，都不肯做留级生，否则不但有损人格，而且有损国格。一次长途训练，滕周健就将其当成驾驶考试对待。他按照动作要领，一丝不苟地连缀着驾驶动作，十轮大卡车平稳地驶出汽车学校，驶上营区公路，又缓缓驶过一座长铁桥，向他从未涉足的山区乡村开去。乡间公路蜿蜒起伏，两旁高大粗壮的树木以及低矮的房舍叠次出现又消失，不绝于耳的枪炮声从背后传来，响彻山谷。

这天上午，数十辆十轮大卡车组成的浩浩荡荡的庞大车队，威武地行进在兰姆伽的山村公路上，驾驶室内坐着中国驻印军独立战车营学员和他们的美军教官。这条长龙保持在低速行驶状态，刚进山区的路面上尚且如此，进入山区后就更不用说了，在悬崖峭壁上开凿的公路盘如蛇行，地势险要，令学员们望而生畏。

迈克说："为适应缅北丛林作战，这些复杂地形条件下的训练，对你们来说，是必要的。"滕周健坦率地说："面对这样的地形，难免心虚呀！"迈克笑着说："过了心理关，才能过技术关。"滕周健说："实话跟您说吧，在国内，很多学员连汽车都没见过，更别说开汽车了。"迈克说："如果技术不过关，就要延长训练时间。"

正在这时，有人疾跑过来大声喊道："出车祸了，快停车，停车！"

教官和学员纷纷跳下车，向出事地点跑去。出事原因简单明了，对向卡车占道行驶，学员紧急避让，猛向右打方向盘，卡车冲向了公路外侧。后面的学员临危处置不力，没有降下车速，不得已向左打方向盘，卡车冲向公路中间，对向车辆的驾驶员见此车堵住前进之路，下意识地向右打方向盘，卡车也冲向公路外侧，撞上大树，撞断了保险杠。

迈克教官评价这次事故说："对向车辆占道是主因，学员处置不力是次因，还是练得少。"滕周健心有余悸地说："如果公路外侧不是开阔地，而是悬崖，那就惨了。"迈克说："是的，今天是幸运的。"

第二天，仍然是长途驾驶，这次是去著名的港口城市加尔各答。为这次出远门，滕周健特意换了一身新军服。

路太好走了，中午时分，大家就到了加尔各答。他们把车停在汽车站后，三三两两地自由活动。三人按照事先约定，搭乘华人的黄包车去了唐人街。滕周健是来完成自己的夙愿的，他怀着强烈的好奇心，想了解这里的华人在长相上有无差别，生活过得怎样。黄包车夫以为他们是华裔美军，听他们彼此说汉语，非常惊奇。滕周健解释说：“我们不是来自美国，是来自中国，是国民政府派遣过来的，称为中国驻印军。美军和我们是盟军关系。”车夫听明白了，然后问他们到唐人街干什么，找什么人。滕周健说明来意。

车夫将他们拉到一处阔绰的会馆，向一个穿着长袍马褂的首领模样的老者耳语了几句，然后拉着黄包车走了。那位首领立即上前拱手相迎，连称“欢迎”。三人拱手答礼，连称“打扰”。首领用商量的口气说：“几位老总，先跟我看看街景如何？”三人齐声回答说：“好。”

步出会馆的红漆大门，首领带领三人在街上走走停停。唐人街有十余条之多，窄小，晦暗，随处可见餐馆商铺、药店诊所、烟馆赌场，人气旺盛，非常热闹。往前走，一条街全是中国餐馆，山东风味、广东风味、湖北风味，应有尽有。正是午餐时间，华人、印度人、欧美人纷纷进入餐馆就餐。首领笑容满面地指着这些餐馆说：“餐饮业是咱们华人重要的安身立命之本，印度人很喜欢我们做的煎饺、麻圆、小笼包、豆腐、糯米糕等风味小吃。”

前面是数个小胡同，一座座破败的院落映入眼帘，红色门庭，红色门神，红色“吉祥如意”“岁岁平安”门联。从装饰可知，这些房子系华人所有。

这时候，商会首领停下脚步与三人商榷道：“就看到这里为止吧，几位已经饿了吧。这会儿，饭菜已经准备好了——前方是数十家皮革工厂，都是华人开的，这也是加尔各答的一大特色，我们将印度山区的牛皮收购过来，在这里加工成皮革制品，再销出去。”

很快到了会馆。这座会馆的二楼有座关帝庙，分外醒目。会馆前的空地上，已经聚集了很多华人，门庭若市，好像这里要办喜事似的，街道上还有很多人蜂拥而来。人群中有位白发苍苍的老者，指着三位英武的军人问首领："他们是何方来的老总呀？"

滕周健见状，面对络绎不绝的人群高声说："同胞们，我们是中国国民政府派遣的驻印远征军战车部队，现在在兰姆伽受训——由英国负责后勤保障，美国提供武器装备并负责训练。训练结束后开赴缅北前线，清除盘踞在那里的日军，打通中印公路，保证国际援华物资顺利进入中国境内，帮助国内抗战。"

有个壮小伙问："你们不是在打野人山吗？"滕周健回答说："是的，前方在鏖战，我们正在加紧训练，日本鬼子的末日就要到了！"

华侨华人发出欢呼声，掌声经久不息。

首领对壮小伙说："好好招待国军弟兄，他们就要上战场杀敌了。"壮小伙慨然地把义务应承下来了，将一盘盘美味往桌上端。

菜肴摆满了，壮小伙还在不停地端。滕周健眼含热泪说："谢谢各位父老乡亲，到了战场上，我们一定会浴血杀敌，以报答你们的盛情。"罗和睦说："其实，从踏上印度的土地起，我们就没打算活着回去。"陈安道吞下一块红烧肉说："不成功，便成仁！"

男人们闻言，神情悲壮地看着他们。女人们在那一刻，眼里滚下泪珠。有一个穿花格子上衣的女士竟然号啕大哭起来。

第四章 加速我们的飞轮，前进！前进！前进！

/战车少尉/

诺恩少校跟随中国驻印军出征部队绝尘而去后，滕周健和战友们投入到战车训练当中。在美军教官科尼和华侨吴教官的教导下，大家的作战技能突飞猛进。

在这期间，发生了一件不寻常的事情，张营长和王美英在大战前夜举办婚礼。应秦玉华邀请，滕周健和罗、陈两位亲密战友参加了婚礼，引出了王美英翻越野人山的惨痛往事。

参加完婚礼不久，秦玉华先于滕周健他们去往缅甸前线。

第一节

回到兰姆伽，滕周健和罗和睦、陈安道一同从汽车学校毕业了。这天，学校举行了汽车学校毕业典礼和战车学校开学典礼。两个典礼结束后，他们喜气洋洋地乘车返回营地。

帐篷外的空地上，秦玉华和诺恩驻足而立。看到他们走过来，秦玉华跺着脚抱怨说："怎么才回来？我们等了有两个钟头了！"

滕周健瞟了一眼诺恩，发现他大方地向他微笑着；又扫视一眼秦玉华，发现她的目光似喜似嗔。说也奇怪，他郁积的不快好像烟云一样，一下子飘散了，于是兴奋地说："我还以为你们上前线了，见不到你们了呢！"

他这样说当然是话里有话，不料秦玉华说："是要上前线了，诺恩明天就去，我还要等一段时间，比他迟些。"

滕周健以为是句玩笑话，转而向诺恩求证："是吗？"诺恩回答说："是的，上前线。我是学山地战的，史迪威用我所长，命令我配属第5307部队，带一支美军志愿兵，去原始森林中长途奔袭作战。"罗和睦问："是在野人山吗？"诺恩说："不清楚，但我猜想，应该是在那一带，要不就是缅西、缅南。"罗和睦说："那里可是险恶之地，气候变幻多端，又有霍乱、伤寒以及疟疾等热病肆虐。"诺恩说："怕什么，你们中国军队不是也在那里作战吗？"罗和睦说："话虽这样说，但小部队穿插，不比大兵团运动，给养更困难，一旦暴露目标，可就……”

秦玉华惊恐地望着诺恩，可以看出，她被罗和睦的话吓住了。诺恩轻抚她的肩头，宽慰她说：“玉华小姐，你不要认为我是到缅甸打仗，要认为我是去那里度假。”滕周健搬出凳子，对两人说：“坐，坐下说。”又拿出罐头招待来客。

两人坐下，诺恩拿起一片牛肉放进嘴里嚼着，秦玉华望着罐头盒子出神。

沉默片刻，滕周健问秦玉华：“你不是说，你还要留在基地吗？那么，这段时间你干什么呢？”

“训练，训练使用美制武器，训练丛林战法。本来，我是和诺恩一道去前线的，考虑到盟军提供的武器不太会用，我就要求训练一段时间再去。你看……”秦玉华说，捋起衣袖，“天天紧张训练，都晒成这样了。印度这样酷热的天气，真不是人所能耐受的。”她的前臂发黑，与白嫩的上臂有着截然的分界，手掌也磨起了老茧。

罗和睦笑着说：“你这不算什么，训练强度不大，因为只是掌握必要的防卫技能，不是去和敌人刺刀见红。我们那才叫晒黑了，与印度人没什么区别了。”滕周健接着说：“是啊，全身上下都成了印度的，只有屁股是中国的。”

众人哈哈大笑，诺恩笑得一块牛肉喷出了嘴。

滕周健看着诺恩滑稽的样子，心想：他还真不是一个讨厌之人啊！他提议道：“这样吧，今天晚餐，咱们到徐老板的饭店去吃。我们三人为诺恩长官饯行，欢送他到缅甸‘度假’。”罗和睦说：“好嘛，有半个月没见到徐老板了。”陈安道简短表明态度：“好。”诺恩好像小孩子一样，雀跃着说：“太好了，‘度假’之前请我吃中国菜。我的这次旅行，无疑更完美，更令人回味！”

众人乘坐两辆吉普车抵达镇上。时间有些早，饭店里食客不多。徐老板看清是他们，急忙亲自擦桌摆椅，张罗饭菜。

饭菜摆好，陈安道连说好吃。

滕周健举杯道：“我以此杯薄酒，祝愿我们的战友诺恩出师大捷！”罗和睦举杯道：“祝愿诺恩旗开得胜！”陈安道也举杯道：“祝愿诺恩凯旋！”秦玉华倒了一杯葡萄酒，与诺恩碰杯：“祝愿诺恩大哥平安返回！”她一饮而尽，脸上飞起一片红霞。诺恩一手举杯，一手把秦玉华搂在怀里。

徐老板这时也跑来举杯道：“祝愿诺恩长官歼敌顺利！”

诺恩与众人碰杯，喝了个杯底朝天，然后说：“一些棘手的事情总要有人去做，刚好我被委派了，因为我的专业适合做这些事情。我想，我的战友和我一定会给日本人送上一份大礼的，否则，难缠的日本人是不会心甘情愿地离开缅甸的。”

滕周健激动地说：“咱们战场上见，一起痛揍日本鬼子！”

第二天，诺恩少校跟随中国驻印军出征部队绝尘而去。部队开拔后，兰姆伽训练基地一下子冷清了许多，在干涸的河滩上、纵横的山谷间的白色帐篷，一下子少了许多，官兵们龙腾虎啸般的喊杀声在萋萋荒草中渐行渐远。

原野上，深深浅浅的绿色，一直延伸到遥远的天际。

第二节

美国战车学校位于山坳里，木房子因陋就简，198 班学员就在这样寒碜的房子里学习战车理论。战车驾驶的教学方法与汽车驾驶一样，依次是看电影、教官讲解、反复练习和考核。

美制 M3A3 型 15 吨轻型战车在草坪上整齐地排列着。看完电影，美国教官立即讲解动作要领，再由吴教官翻译一遍。这个班除了美国教官外，还有一个三十多岁的中国教官，叫吴千里，是华侨。他讲解时，脸上不时露出刚毅的笑容。

全体学员听完吴教官的翻译，便钻进驾驶室，练习发动、起步、换挡、停车等动作。战车上没有方向盘，只有操纵杆，与飞机上的操纵杆相似，引擎马力巨大。

滕周健摩挲着操纵杆，心里波澜起伏。上战场的日子越来越近了。政治课上，前方的消息振奋人心，胡康河谷打了一个大胜仗，敲响了日本侵略者的丧钟，重振了远征军的军威。

吴教官和滕周健渐渐熟络起来。一天训练间隙，他和滕周健拉起了家常。他问滕周健："老家在哪儿？"滕周健回答说："湖南。"吴教官再问："洪江的吧？"滕周健回答说："不是。洪江距离我的老家不远，但我是在重庆考上远征军的。"吴教官疑惑地问："重庆？你到重庆做什么？"滕周健回答说："我在军政部当司书，看到招录驻印学生军的通知，就偷偷报了名。"吴教官说："哦，是这样。"又问，"在机关工作不好吗？"滕周健支支吾吾地说："好……不好，人浮于事，得过且过……总之，一言难尽。我觉得，其实这些方面都无所谓，我脱离那个单位，偷偷报考远征军，是因为在那里，没有抗日报仇的机会。"

吴教官竖起大拇指说："我佩服你，是条汉子！不瞒你说，我本来在南洋家境富裕，有肥沃的庄园，有优厚的工作。因为无法容忍日本肆虐中国的暴行，所以回国参军，振军救国。"他沉默了一会儿又说："只有献身抗战，才能实现我的人生价值。也许别人抗战是出于无奈，可我不同，我是自愿的。"滕周健说："我也是自愿的。唉，当我想起我的族兄以及那些死在轰炸中的同胞时，我的心里就像刀割一样难受。"

吴教官露出刚毅的笑容说："练就过硬的军事技能，才能报仇雪恨。从战场形势来看，你们这一批学员，训练时间不怎么充裕了，所以我们将会加快教学进度，你们所有学员应当更加勤勉地训练。"滕周健说："我会的。"

太阳的烈焰炙烤着训练场，炙烤着战车铁甲。铁甲滚烫，驾驶室里像蒸笼，滕周健坐在驾驶室里，长袖衫和短裤湿了又干，干了又湿。他默念整个操作流程，高度集中注意力，小心翼翼地操纵战车。启动、踩离合、换挡、转向、加油，每个动作他都要练上千百遍，直到手软腿麻为止。广阔的训练场上，战车轰鸣，烟尘蔽日。

M3A3 型轻型战车功能完善，越野性能优越，装备 1 门 37 毫米炮，3 挺机枪。配备乘员四人，前下部驾驶室两人，为驾驶员和通信兵（通信兵还负责隐蔽机枪）；后上方炮塔上两人，为射手和车长。炮塔上有炮塔旋转开关，炮塔可 365 度旋转；一个把手上有两个射击按钮，一个打炮，一个打同轴机枪。炮塔上的潜望瞄准镜是一个整体，往前一插就装好了，上面的镜片伸出去，可以用来观察车外情况。如果敌人把镜片打坏，可立即更换。车长指挥全车人员行动，协助装炮弹，还要打高射机枪。

从吴教官口中弄清战车的结构功能及操作方法后，滕周健感觉心里亮堂了许多。每天从训练场下来，虽然累得精疲力竭，但心里踏实。三人的脏衣服在这段时间都被罗莉拿去洗了。三人婉拒了几次，但罗莉坚持要这样做，只得由她。

傍晚，三人照例躺在吊床上休息，享受难得的安逸。多年以后，滕周健回忆在兰姆伽的时光时发现，在这段不长的时间里，通过交谈，三人不但加深了战友情谊，还交换了不少有价值的信息。获取这些信息，可以让人洞明世事，练达人情，提升人生阅历，随着人生阅历的增长，摆脱了身上的书生气，多了几分隐忍之心，才会逐渐接近处事波澜不惊、隐而不发的境界。所以，兰姆伽的傍晚，同样是三人人生中值得纪念的一段时光。

这天落日时分，罗和睦摇动蒲扇，将打听到的最新消息分享给另外两人：“很多美国教官都上前线去了，史迪威命令他们去的，所以美国教官才这么少，原来他们以为自己只是来这里做教官的，没想到还要出征缅甸，同敌人对阵较量。”滕周健分析说：“可能是战斗到了白热化的阶段了。”罗和睦说：“美军教官走了，我们的教学质量要打折扣了。”滕周健说：“我不这么看，撇开美国教官不说，单说中国教官，我觉得他们个个都是佼佼者，满腔都是报国振军之志，黄埔军校或者国内知名军校出身者大有人在，有的还留过洋，又都在此和美国教官摸爬滚打，军事素质相当过硬。再说，师父领进门，修行在个人。”

这时候，罗和睦从吊床上一跃而起，打断了滕周健的话：“你怎么来了？什么风把你吹来的？”滕周健扭头一看，见是秦玉华。她站在他们面前，军容整齐，英姿飒爽，笑意盈盈。滕周健一下子不知说什么好，只好重复罗和睦的问话：“你怎么来了？”秦玉华笑着说：“我不能来吗？看看你们不行吗？”滕周健问：“有事吗？”秦玉华回答说：“没有。训练结束后，回去吃了饭，洗了澡，在镇上溜达，恰好一辆美军的军车路过，我就搭顺风车来了。”

秦玉华大声说：“你们训练真玩命啊！那么高的气温，足有四十摄氏度，驾驶室里肯定像汤锅。我站在山坡上看你们训练，战车的引擎声比我们的机枪声还响亮。”罗和睦说：“没有办法呀，马上要上战场了，不抓紧训练就没有机会了。平时多流汗，战时才能少流血。”滕周健问：“你今天训练机枪了？”秦玉华说：“是的。”

罗和睦冷不丁地问：“诺恩走了，你一个人寂寞吧？”秦玉华默然不语，脸一会儿红一会儿白。滕周健白了一眼罗和睦说：“你问这么直白的问题，是让人家难堪吗？”秦玉华说：“诺恩走时对我说，离开我会感到孤单，等赶走日本强盗，他想和我到中国去。”罗和睦瞪大惊愕的眼睛问：“你说什么，他要和你到中国去？”秦玉华回答说：“是的，他亲口对我说的。他说，要不是在汀江遇到我，他不会申请到兰姆伽来，本打算就在汀江干到服役期满，然后回国。”罗和睦问：“那你是怎样想的呢？”秦玉华回答说：“走一步看一步吧。我还不能想太多，只能立足于眼下所做的事，抓紧训练。”罗和睦出主意说：“仗打完了，你可以考虑去美国呀。”秦玉华说：“去美国？那么远，人生地不熟，我……我不敢想。”

秦玉华回去后，滕周健和罗和睦躺在床上窃窃私语。

滕周健感慨道：“秦玉华真是有魅力呀，竟然使诺恩魂不守舍，从汀江跑到兰姆伽来了。”

罗和睦引用了几个例子，总结说：“历史上不乏多情的男子，不爱江山爱美人，或者爱江山更爱美人，有道是英雄难过美人关。诺恩的惊人之举表明，他就是一个现实版的情种，敢爱敢恨。”

滕周健推测说：“诺恩不来兰姆伽，一直在汀江干地勤工作，也许就不用上战场了。”

罗和睦说：“也许吧，但我听人说，人的命运在冥冥之中，早就安排好了的。这位诺恩先生，到了兰姆伽后，恐怕没有预料到会被派往战场，接受生与死的考验，以为只是当个联络官就可以了。”

第三节

原地驾驶通过了考核，下一个科目是队形驾驶。

美军教官大胡子叽里呱啦地说了一通，吴教官翻译过来是：“队形驾驶是战车训练的重要一环，战车在行军、临敌、作战时编排成一定队形，既可最大程度发挥战力，又能有效保护自身。在行军时，一般是一路纵队。在敌军情况不明时，采取梯次配置的楔形临战队形；进攻方向明确时，则采取正面宽阔的楔形临战队形。这样做的好处是，可迅速适应战场形势的突然变化，兼顾正面进攻和侧翼防卫。”

大胡子又叽里呱啦地说了一通，大意是：所有队形，均要结合战场态势、地形地貌灵活运用，切忌当成教条生搬硬套。大胡子最后说，战车部队突入阵地克敌制胜，往往有赖于诸兵种密切配合，包括前期空军支援和炮火准备，后期步兵迅速占领阵地。就战车部队内部而言，成败与指挥员的果决指挥和每辆战车的战力息息相关。

学员们迅速登上战车，练习大胡子所教的要领。战车排成一字长蛇队形，在广阔的训练场内开进，顿时战车轰隆，沙尘满天。大胡子站在山坡上，望着滚滚烟尘，难掩内心的激动，对吴教官说："哎呀，这些中国孩子，学得真是太认真了。要知道，他们入伍前，可都是一些农民、工人或学生哪，从未见过卡车，更不要说战车了……"

这时候，战车一字蛇形变换为楔形，其锐利的前锋狂飙突进，坚强的侧翼虎视眈眈，大有将敌人拦腰斩断的浩大气势。大胡子对吴教官兴奋地嚷道："噢，孩子们真是……太棒了！显而易见，这些中国孩子已经悟了战车布阵的要义。我敢说，这支'中美联军战车支队'，马上就会成长为令日寇闻风丧胆的精锐之师。这支部队投放到战场上，一定会缩短反法西斯正义战争的进程！"吴教官握紧拳头说："所言极是，我对此充满信心！不管战争进程是快是慢，中美两国人民都会赢得这场战争的最后胜利！我们的汗水和鲜血不会白流。"

遮天蔽日的沙尘向训练场外的山峦间纷纷扬扬蔓延开来，飘落在乱石遍布的河岸边，飘落在一大片长势茂盛的棕榈树中，飘落在有一辆美军吉普车行驶的宽阔石子路面上。

在这个烈日炎炎的中午，这辆美军吉普车载着秦玉华，在这条石子路面上行进，从步兵射击场回到兰姆伽镇。当经过战车学校时，秦玉华突然改变主意，决定在此下车，去看看她的战友，以宽慰寂寞惆怅的心情。吉普车戛然而止，接着又奔驰起来，消失在烟尘迷雾里。

当她出现在两位教官面前时，大胡子正指着位于前锋的战车，对吴教官眉飞色舞地说：“看，8 号车冲在最前面了。对，我没有看错，是 8 号车。驾驶 8 号车的小伙子是谁？‘密斯特滕’吗？这个小伙子简直在玩命。”吴教官对着大胡子颔首微笑，又回头对着秦玉华点头微笑。

秦玉华指着奔突的战车说：“教官先生说得没错，滕周健是在玩命。”大胡子扭头一看，欢快地嚷道：“‘密斯秦’，你来得正好。瞧我们的小伙子，多棒！他们学得太认真了，真是令人钦佩。”

“噢，对了，秦，诺恩好吗？他来信了吗？缅北传来好消息了吗？”

“他没有来信，也许是战事紧张吧。”

科尼耸了耸肩说：“噢，愿上帝保佑诺恩。”

中午休息时间到了，众弟兄从战车里钻出来，一个个全身犹如水洗一般，但都是精神抖擞，斗志昂扬。他们手拿罐头和水，一起来到学校门前的千年榕树下就餐、歇息，并热火朝天地谈论驾驶战车排兵布阵的新鲜感受。

吴教官高声对大家说：“弟兄们知道吗？刚才科尼教官对弟兄们的表现赞扬有加，他说你们已经掌握了战车攻防的要义。单是你们横扫千军如卷席的勇猛气势，就已经从精神和意志上压倒敌人了。”大胡子听完翻译说：“是的，顶好，小伙子们攻势凌厉，先声夺人，特别是 8 号车……”弟兄们的目光都聚拢到了滕周健身上，“‘密斯特滕’冲到了最前面，顶好！这样顶好！”滕周健涨红了脸，老实地说：“要在敌人的牙缝里求生存，不拼命不行啊！”

科尼塞了一块牛肉到嘴里，又喝了一口水说：“咱们突然出现在敌人的眼皮底下，敌人一定会吓得屁滚尿流，说不定会不战自溃，落荒而逃。”他做了一个狼狈逃命的动作。弟兄们被他逗得哈哈大笑起来。

罗和睦问：“科尼教官，这种战车真的有那么神奇吗？”科尼回答说：“对于中国战车部队来说，这种战车确实是个‘大个子’，它重达 15 吨，战斗威力也很巨大。它虽和日本十八师团的主战战车——97 式中型战车——战斗吨位差不多，属于同一个等次，但让人欣慰的是，M3A3 型轻型战车的火炮性能略胜一筹，500 米可以击溃 97 式，而 97 式在 300 米时才能打穿 M3A3。”罗和睦舒了一口气说：“噢，还是我们的厉害，只是要当心别挨日本的战车太近。”科尼说：“那是自然，所以一般来说，我们不怕日本战车的攻击。我们真正担心的是 47 毫米反战车炮的攻击，这种榴弹在 1000 米时，就能击穿轻战车的正面装甲。”

“那我们岂不是死定了？”

“怎么办，有没有对付这种榴弹的武器？”

科尼一脸严肃地说：“是的，这种榴弹确实让我们大伤脑筋，它一旦穿透我们的装甲，击中车里的弹药，全部乘员将无一幸免——”

弟兄们都瞪大了惊恐的眼睛。

“为了对付这种致命武器，盟军将会为驻印装甲部队配备中型战车，这种战车正面装甲厚度有 170 毫米，能够抵御日军所有反战车武器。”科尼说，他挥了挥手，示意大家别紧张，“它还有为人称道的地方，它的 75 毫米炮，可以轻松击穿日军任何战车的装甲。”

弟兄们又连声“哦哟”起来：“道高一尺，魔高一丈！”“有矛必有盾，一物降一物！”“这下日本鬼子要倒大霉了！”滕周健急切地问科尼教官：“这些中型战车什么时候到货？”科尼说：“快了。”

休息间隙，滕周健对秦玉华说：“这里太热了，你回去吧。”秦玉华不情愿地说：“回去？一个人孤单单的，好难受。”罗和睦也劝她说：“回去吧，下午好好休息一下，晚上再见，行不？”陈安道煞有介事地说：“诺恩来信了，快回去取信。”秦玉华白了他一眼说：“好吧，我影响你们训练了，我走！”她装作生气的样子向山坡下走去。

晚上，秦玉华拿着一封信，来到兵营门口，老远就喊道：“陈哥，你算得真准，比算命瞎子还准，诺恩果然来信了。”

“写的啥呀？”滕周健问，他正在用毛巾擦头发，“诺恩要回兰姆伽了吗？”陈安道凑过来看信：“英语写的，看不懂。”罗和睦说：“这是别人的私信，是秘密，看不懂最好。”秦玉华说：“有啥子秘密？喏，就这几句话，‘玉华姑娘，我们在丛林里，一直穿插，不停地穿插。今天和日本鬼子遭遇了，仗打得很激烈，很多人都死了，我没死，但腿部中弹负伤了。不过，请放心，已做包扎处理，马上会乘飞机转送后方医院治疗。’”滕周健惊问：“什么，诺恩负伤了？”秦玉华平静地说：“他说伤得不严重。”罗和睦说：“那不要紧，盟军的医疗条件不错，很快就会好的。”秦玉华说：“但愿如此，要不，往后……”

她没有再说下去，望着星空发呆。罗和睦问她：“看你魂不守舍的样子……”秦玉华心里“咯噔”一下，脸“唰”地红了。沉默了许久，她说话了，但声音弱得像蚊子的嗡嗡声：“说实话，诺恩是个挺不错的人。”罗和睦问：“还有呢？”秦玉华回答说：“做事执着。”又问：“还有呢？”秦玉华答：“体贴人。”再问：“还有呢？”“直率开朗。”继续问：“还有呢？”秦玉华被逗笑了。罗和睦笑着说：“看来，你对诺恩是情有独钟啊！”

“别这么说，我只觉得他实在，阳光，和他在一起很开心，不用那么设防，不用那么小心翼翼，而某些人，则很阴损……”

滕周健问：“你说谁阴损？……对了，想起来了，在鸳鸯桥寸滩，有一天下雨，那个开着车的军官……”秦玉华怔了一下说：“他算一个——威逼我当他的小老婆。我不从，他就恐吓我，说我逃不过他的手掌心。我说我去印度，你总不会也去印度吧。他说做梦吧你，上面的命令你敢违抗？即使你跑到天涯海角，也会被我追回去的。我寻思他会一门心思纠缠我，就假说到昆明来。”

罗和睦抢话道，“你不但到昆明了，还神不知鬼不觉地跟着我们到印度来了。这一招就是高，那小子肯定想不到，做梦也梦不到。”

秦玉华吐了吐舌头，笑了。

滕周健拍了一下大腿说：“这小子也太坑了，逼着你来了个惊险的驼峰之行。你早告诉我，我一枪崩了这小子。”罗和睦说：“是的，要是滕哥知道这件事，一定会来个英雄救美的。以后，只要遇上人欺负你，就找滕哥替你出气，诺恩也不例外。”秦玉华嗔道：“人家负伤住院了，你还开他的玩笑。再说了，诺恩哪会欺负我？唉，我真想早点上前线去，看看他恢复得怎样了。”

“你训练得怎样了？”

“差不多吧，各种单兵武器都操练过了。”

在这个异国他乡的傍晚，阳光渐渐地衰下去了。他们眼前所看到的，是一片温柔沉静的黄昏暮色，以及覆盖在原野村庄上的缥缈迷离的云影星光。

第四节

周末，战车班用整个上午的时间，教唱《战车兵之歌》。教唱这首歌的司书因为临时有事，要迟来一个小时。吴教官很会利用时间。他在这段有限的时间内，讲述和分析最新的战场形势，并要求官兵围绕战场形势进行讨论。

他说，经过血战，中国驻印军在盟军的配合下，本月相继占领孟缓、瓦鲁班、拉班；美军伞兵部队已经截断敌军补给线，胡康河谷的残余敌军大势已去，正在向南溃逃。在这一系列作战中，中美装甲部队起到了很好的配合作用。他们猛烈地扫荡敌阵，疯狂地撕裂敌人的防线，以泰山压顶的气势追歼敌军，令敌人闻风丧胆，从心理上瓦解了敌人的斗志。

弟兄们发出欢呼。吴教官扬手示意大家安静，然后继续说道，就在盟军节节取胜之际，出现了令人纠结的状况——狡猾的敌人一面在胡康谷地组织力量拼死抵抗，一面调集精锐之师攻击印度东部城市英帕尔。

听到这里，弟兄们群情高涨，热烈地讨论起来：

“这招真毒辣啊！”

“这是要我们顾头不顾尾。”

“这是在攻击我们的软肋，他们知道防守印度东线的盟军战斗力差，想拿软柿子捏。”

不料，讨论刚开始，司书就来了。吴教官要求把这些讨论搁一搁，抓紧时间学唱《战车兵之歌》。

司书面孔清秀，戴着高度近视眼镜。他和弟兄们相视一笑后，先清唱了一遍：

加速我们的飞轮前进！前进！前进！
我们是锥之尖，我们是刀之刃；锥之尖，刀之刃。
我们是“中华民国”国军新生命。
出奇制胜，冲锋陷阵，纵横扫荡，有我无敌人；
万众一心，以一当百，以一当百,万众一心，有我无敌人；
我们是锥之尖，我们是刀之刃；锥之尖，刀之刃。
加速我们的飞轮前进！前进！前进！

歌词简单易记，曲调恢宏浑厚，大家学唱了几遍就基本上会唱了。歌曲唱毕，司书挥手离去。司书走后，吴教官大声对官兵说：“弟兄们，我们不久就要奔赴疆场了。在战场上，我们要向刘放吾团长的部队学习，学习那种战斗至死的精神，绝地求生，破釜沉舟，誓将日寇逐出缅甸，实现‘冲开滇缅交通’的战略目的。下面请举起手臂，跟我高呼口号——冲开滇缅交通！”

训练场上响起声震寰宇的口号声：

“冲开滇缅交通！”

“恢复祖国失地！”

“打倒日本帝国主义！”

弟兄们齐唱刚刚学会的战歌，高呼口号，乘车返回兵营。完成每天例行的事务后，滕、罗、陈三人决定沿路走走，看看兰姆伽训练中心。他们明白，在基地的时间已经不多，他们想把这里的一切，摄进脑海里，留存在记忆里。

兰姆伽训练中心大门前，美军吉普车载着美军联络官和教官来来往往；大卡车或载着中美兵员，或载着武器装备，不断地驶进这个营地。他们三人站在通往训练中心入口的公路上，脚踩着绵软的沙砾，北向而立，仔细打量着这个营地。这条公路一端通向兰契市，一端连接赫扎里巴克。通往加尔各答的铁路，从训练中心南面经过，这条铁路非常繁忙，承载着盟军各种辎重的运输。

从来到这个训练基地那天起，大家每天都在超负荷训练，没有多少闲暇，所以很少从山谷的训练场步入这个心脏地带，有那么屈指可数的几次，也只是匆匆路过。有几次是抄小路，从河谷翻越山冈，再下一道缓坡，直接到了镇上，没有经过这个核心地带。大门前的木板照壁上，用中文和英语赫然写着“一切为了打回缅甸”几个大字。这些遒劲的大字，与其说是刻在木板上，不如说是刻在每个官兵的心中。

训练中心里，一栋栋土木结构的房子分列公路两旁，矮矮的，屋檐长长的，从南往北依次是训练中心司令部、军需仓库、过渡部队驻地。训练中心的司令官为美军准将，总教官为美军上校。司令部设直属队、步兵科、炮兵科和特种部队科。一大群美军教官，也称之为 8925 — B 临时特遣队，他们是各个兵种的佼佼者，负责各个兵种兵器、装备的理论教学和实战培训工作。由于人数众多，在司令部旁边还搭建了帐篷办公。大的仓库有三个，分属中、美、英三国军队，中国军队还有一个防卫仓库。在军需仓库内装满了训练器材，如无线电、通信设备、场地器材、战车、卡车、牲畜运输大车等，还有源源不断地运送过来的粮食、武器、弹药、被服和药品。这些军需物资按照租借法案，由美国拨付给英国，再由英国拨付给中国使用。

过渡部队驻地，驻扎着短期整训的机械运输、工程、通信、军火、医疗、兽医等部队，此外，许多美国的分遣队也来这里整训。紧挨过渡部队驻地的是露天剧场。露天剧场北面是军官宿舍，盟军负责训练的官员、教官、联络官以及来自中英美盟军的各个兵种的长官，绝大多数都住在这里，最多时有七八千人。紧挨着的是女职员宿舍。再往前是基地医院，保障训练中心数万官兵不受热带疾病的侵扰。再远处就是驻印军连片的营房，包括一个容纳一万两千名士兵的永久营地，以及两个容纳一万五千名士兵的帐篷营地。战车营的帐篷营地，就在第二个帐篷营地的西北角。

大家顺着石阶小路往下走，来到铁路桥下，然后爬上荆棘丛生的山坡。这里的地势居高临下，可以清楚地看到铁路对面训练中心的大门以及前面宽阔的公路。一队英印军士兵正赶着驮载着野炮的骡马向训练中心行进。如何将野炮顺利驮载在骡马背上，是炮兵训练的一项内容。山坡南面是滚滚恒河形成的冲积平原，地势低平和缓。

这时候，一列火车从远处驶来，驶到跟前时，速度渐渐慢了下来，每节车厢都满载着军用物资，平板上的大炮上覆盖着炮衣。

滕周健指着那尊大炮惊喜地说："你们看，这不是155毫米榴弹炮吗？"罗和睦兴奋地说："这个大家伙终于来了，盼星星盼月亮，终于盼来了，这下日本鬼子要倒大霉了！不用讨论了，显而易见，日本鬼子打不到兰姆伽来了。他们遇到这个大家伙，根本没有还手之力。"

第五节

这一天，训练内容是发射炮弹。

"打一炮试试。"吴教官讲完要领，示意滕周健攀上炮塔装弹开炮。滕周健问："打哪儿？靶子在哪儿？"吴教官指着三百米开外训练场边上的战车说："那儿，那辆战车，就打那辆战车。"

"什么，打战车？"滕周健问，几乎不相信自己的耳朵，"打什么不是打，要打战车？"罗和睦说："在山坡上画个圈，就打那个圈，不可以吗？既练了靶子，又没有损失什么。"

"不行，就朝那辆战车打，从炮塔这边打进去，看看穿甲弹从哪里钻出来。这样，我们就实实在在地感受到了炮弹的威力。"

"喂，怎么样？"吴教官说，眉毛一竖，"你不是到宪兵团干过吗？"罗和睦带着可惜的表情说："那么，就打一炮试试吧，看穿甲弹的威力，也看滕哥的水平。"滕周健憨厚地说："'三天不打鸟，牯牛射不到'，我不知道自己行不行。我试试，我试试，只是……只是，弟兄们……不要对我有太高的期望。"

他说着，攀上炮塔，跳了进去，装上炮弹，在潜望镜上观察目标，旋动按钮，将炮塔旋转到位，接着又上下移动炮管，将炮口对准作为靶标的战车炮塔。锁定目标后，滕周健按动发射按钮，只听得"轰"的一声，炮弹呼啸着飞了出去，炮口吐出硝烟，车身摇晃了一下，仿佛牧马人对桀骜的马猛抽了一鞭子，马腾跳了起来。

滕周健不知道自己是击中了，还是出了洋相。他掀开舱盖跳下战车，向目标跑去。

吴教官向弟兄们招手示意："走，一起看看去！"

弟兄们一窝蜂地向训练场的角落拥去。

科尼教官已经到那儿了，胸前挂了副望远镜。"噢，打得不错，"他竖起大拇指嚷道："'密斯特滕'打得太完美了！"

吴教官走上前，端详着弹孔，露出满意的微笑。穿甲弹从左边进入，炮塔被打歪了。他拍拍滕周健的肩膀说："行啊你，你这是一招制敌啊——是个当射手的料。”转身又对弟兄们铿锵地说，“就照滕周健这样打，一炮打中要害。”

滕周健看着被击毁的战车，惋惜地说：“好好的一辆车，一发炮弹就给……报销了，不能用了，多可惜啊！”罗和睦也说：“唉，要是在国内，怎么会拿战车当靶子打？”

科尼教官解释说：“打坏几辆战车有什么要紧的？我们是要在短时间内，培养可以作战的军人，所以，训练必须接近实战，才能达到效果。噢，我还嫌它不是移动的靶子呢。”

吴教官高声说：“弟兄们，听到科尼教官的训示了吗？我补充一句，打坏几辆战车没什么要紧的，训练出克敌制胜的本领才要紧。”

弟兄们唱着昂扬的战歌，豪气冲天地投入到射击训练当中。夜幕降临时，又转入夜间驾驶训练。在这样夜以继日的高强度的训练当中，弟兄们在战车里颠簸，没少吃苦头，额头碰破了，膝盖磕肿了，身上青一块紫一块的。滕、罗、陈三人也不例外。

半夜返回兵营，哨兵告诉滕周健，有个漂亮的女兵来找过他，好像是说有什么人结婚，这几天，她到那里帮忙，还说结婚当日，要邀请他、罗和睦和陈安道一同去祝贺。

第二天在训练场吃中餐时，三人谈论起这件蹊跷的事来。

滕周健说：“没听说她有要好的女兵呀？”罗和睦说：“几万人的部队中，找不出几个女兵，是谁结婚呢？”他掰着手指头说，“中国部队里，我只见到一个女兵，她是谁你们都知道。盟军里倒是有不少女兵，美军女护士，英军女职员，还有……”滕周健说：“说了半天，还是不知道是谁。”陈安道说：“去了就知道了。”

弟兄们从三人口中得知这桩新鲜事，也热烈地讨论起来：

“事先没有传出风声，说哪个女兵结婚。”

“在大敌当前的节骨眼上举办婚礼，太离谱了。”

滕周健说：“弟兄们猜一猜，谁同谁结婚？”

弟兄们抓耳挠腮，没人猜得出来。

吴教官问：“弟兄们想娶媳妇吗？”弟兄们哄笑着说：“想。”有人问吴教官：“你娶了吗？”吴教官微笑着说：“娶了，像我这么大年纪，没有娶媳妇就是没人要了，孩子都有两个了。”

科尼凑过来，笑容可掬地说：“噢，小伙子们，我很高兴和你们谈论男女感情的问题。在我们美国，你喜欢哪个姑娘，就只管和她拍拖好了……我也有两个孩子，年龄和你们差不多。唉，要不是这场该死的战争，”科尼教官说着，眼圈红了，大胡子一颤一颤的，“我是不会离开家人的，我会陪夫人孩子扫地、做饭、剪草坪，或者带着他们旅游观光……”

吴教官说：“是啊，谁愿意远离妻儿，背井离乡！”滕周健愤愤地说：“不把日本人赶跑，我们农民莫说娶媳妇，连平常的穷日子也过不下去。”

第六节

山脚下，张营长所在的工兵营的大门上、营舍门窗上，都贴上了大红喜字，喜庆的气氛在营房弥漫开来，在每个贺喜的来宾心中氤氲。沿墙根摆满了鲜花，红花绿叶，黄花紫叶，分外妖娆。张营长夫妻在兵营门口迎接前来道贺的客人，两人都穿着笔挺的卡其色军服，不同的是，新郎足穿半筒黑色皮鞋，衬出这位山东大汉的英武，新娘则脚穿棕色胶底布鞋，显露出这位江南女子的婉约。

两位弟兄在人群里忙碌，一位点烟，一位倒茶。由几个士兵组成的婚庆乐队，手拿中西合璧的各色乐器，热火朝天地吹奏敲打着。一位唢呐手起劲地吹着《百鸟朝凤》，诙谐的鸟叫声，欢快的调子，惹得人们哈哈大笑；张营长笑得拍起了巴掌；新娘微红的脸上，露出优雅的微笑。

九点十分，来宾在训练场和营房之间的草坪上站立。九点十八分，婚礼开始——张营长定在这个时间举行婚礼仪式，带有某种寓意。

婚礼第一项，新郎新娘就位。张营长和新娘立正，向各位来宾敬礼致意。明晃晃的太阳照射在喜气洋洋的人们身上。

第二项是鸣炮奏乐。鞭炮“噼噼啪啪”炸响，硝烟弥漫。乐队奏响张营长刻意安排的雄浑豪迈的军歌：

吾军欲发扬，精诚团结无欺罔，矢志救国亡，猛士力能守四方，不怕刀和枪，誓把敌人降，亲上死长，效命疆场，才算好儿郎。第一体要壮，筋骨锻如百炼钢，暑雨无怨伤，寒冬不畏冰雪霜，劳苦是顾常，饥咽芘与糠，卧薪何妨，胆亦能尝，齐学勾践王。道德要提倡，礼义廉耻四维张，谁给我们饷，百姓脂膏公家粮，步步自提防，骄纵与贪赃，长官榜样，军国规章，时刻不可忘。大任一身当，当仁于师亦不让，七尺何昂昂，常将天职记心上，爱国国必强，爱民民自康，为民保障，为国栋梁，即为本军光。

宾客们一起高唱这首军歌。

公路对面的山坡上，挤满了黑压压的看热闹的人群，中国军人、美英军人，以及为三国军队修建营舍和干杂活的印度人；公路上停满了大大小小的吉普车和十轮大卡车。这些看客都想一睹新人的风采。此刻，他们正指点着新人窃窃私语或眉开眼笑。

第三项，司仪高喊一拜天地，新人向在场来宾举手敬礼；二拜高堂，新人再向在场来宾举手敬礼；夫妻对拜，两人向对方鞠躬，张营长深深地弯下腰去，一躬到底，新娘不好意思地拍了张营长的背一下，又捂着嘴笑。观礼的来宾爆发出雷鸣般的掌声。

第四项，证婚人讲话。工兵团一位长官站在新郎身边说：“弟兄们，朋友们，鄙人作为证婚人感到非常荣幸。有句话说，有缘千里来相会。我要说，岂止是千里，简直是万里嘛！美英小姐和张营长相会，不就是一万里吗？你看看，一路关山阻隔，还有日本鬼子的重重封锁。我不多说啦，总之，两人的爱情历经千辛万苦，富有传奇色彩。在这里，我祝福新婚夫妇爱情不渝，幸福无疆！”人群又爆发出热烈的掌声，夹着不断的喝彩声。

第五项，颁发结婚证书。总指挥部的一位参谋双手捧着结婚证书递给新人。新郎接过证书敬礼，新娘也举手敬礼，参谋回礼。

秦玉华对滕周健说：“看见了吗？他们结婚是总指挥部批准的。”滕周健点了点头。

这时候，司仪走上前，对张营长说：“第六项，该你了，张营长，讲几句吧。”随即将手举过头顶，带头鼓掌。来客也纷纷热烈鼓掌。

张营长看了新婚妻子一眼，向大家挥了挥手，人群安静下来。只听见张营长说：“谢谢你哟，美英，我的好媳妇。我有几个没想到，没想到你会凭借顽强的毅力走出野人山，而那些比你强壮百倍的钢铁汉子却倒在了‘死亡之谷’；没想到你回到祖国后，没有听从劝告养病将息，得知我奉调印度整训，毅然飞赴印度与我相见；更没想到的是，你会在我开赴前线之际同我结婚。你不是不知道，军人随时会效命疆场的。我真是太……太幸福了，这份爱情真……真是太特别了。我说不下去了。谢谢长官，谢谢弟兄们，谢谢……”

这名山东大汉在众目睽睽之下，眼泪夺眶而出。他连忙用手擦拭，王美英赶忙扑进张营长怀里，张营长紧紧地搂住新婚妻子。

司仪见状大声喊道：“婚礼最后一项，夫妻双双入洞房！”

张营长破涕为笑，将娇小的妻子抱在怀里，向营舍跑去。宾客们在后面呐喊着、欢跳着，也向着营舍飞奔而去。山坡上的看客也呐喊着、欢跳着，奔涌到公路上驾车离去。

秦玉华见状对三人说："走吧，看看新娘子去。"滕周健正想向王美英了解她如何克服重重困难走出野人山的，就说："好吧。"

四人前脚后脚步入洞房——张营长办公室旁边的一个套间。他们四人进来时，王美英刚从丈夫怀里溜下来，连忙站直身子，不好意思地拢了拢头发。张营长也赶紧从椅子上站起身来，寒暄说："哎呀，稀客稀客，快请坐！"王美英催促丈夫说："怎么坐？快搬几把椅子来！"

张营长从办公室搬了椅子回来，四人落座喝茶。

秦玉华笑着对新娘子说："美英姐，新婚快乐呀！"王美英也笑着说："快乐——多亏你在总部帮忙，得以顺利领取结婚证，这几天又帮我整理房间，购买家具，比我的亲妹妹还亲，真是太谢谢你了！"秦玉华说："你我姐妹之间，应该的嘛。"

秦玉华只顾和新娘子忘情地说话，回头瞥见三人喝茶，慌乱地说："哎呀，瞧我这记性，只顾说话，忘了介绍了——这几位，是我在重庆集训时的战友，战车营的学员。"张营长乐呵呵地说："战车兵好啊，待在铁壳里，容易打着敌人，却不容易被敌人打着。"滕周健说："工兵也挺厉害的，逢山开路，遇水架桥。没有工兵，战车兵寸步难行。"

第七节

寒暄过后，滕周健直奔主题，问起王美英翻越野人山有什么经验。他深知她的经验，在日后的缅北丛林作战可资借鉴。

"说我有什么经验，就是高抬我了，会让你们失望的。我当时倒有一个信念，爬也要爬到祖国去，这个信念支撑着我坚持走下去。野人山绵延千里，古木遮蔽，不见天日，我们就像在绿色的海洋里行进，经常有迷路之忧，常常是走了几天又回到原地。丛林中有成群的野兽，它们凄厉的吼叫声令人毛骨悚然。我亲眼看见有士兵被狼咬断了喉管，被毒蛇咬伤了腿脚。遭受猛兽袭击后，这些士兵都悲惨地死去了。后来，雨季来临，山路淹成泽国，官兵无路可走，一不留神就会被山洪冲走。丛林里的蚂蟥无处不在，它们从衣服上钻进皮肤里吸血，由于个头大，一次可以吸走很多血，好吓人！”王美英撩起裤管，指着腿上一个个伤疤，“这就是那些‘吸血鬼’留下的纪念。”

滕周健问：“瘴气是怎么回事？”

“起初，我搞不清是什么东西，认为是由于天气炎热潮湿生发出的白茫茫的雾气，尤其是在早晨，处在雾气之中，咫尺之间，人相互看不清。一旦侵染瘴气，必然生病，一忽儿冷，一忽儿热，非常痛苦，甚至精神错乱，处于癫狂状态，成千上万的人因此而死去。现在弄明白了，这种病叫疟疾，天气湿热，加上蚊虫叮咬，就感染了此病。

“我们对野人山的险恶估计不足，认为很容易就能翻越过去，到达国境；还认为满山都是野果，就没带多少粮食。可没走多久我们就断粮了，马匹吃完了，皮带吃完了，只好吃树皮草根。由于营养不良，大家全身肿得发亮，有气无力。由于身体虚弱，抵抗力下降，疾病滋生，成千上万的官兵一病不起，永远留在了野人山，尤其是那些同日军作战负伤的官兵。200 师的师长戴安澜，在突围战斗中负重伤，官兵轮流用担架抬着他，一边与日军周旋，一边艰难地奔波在高山峡谷和原始密林之中，后因伤重去世。

“我们通信班八个女兵，两个涉河淹死，一人被山洪冲走，四人病死。唉，那些姐妹，真是好姐妹啊！”她停顿了一下，又继续说下去，“我也病得不轻。可我咬紧牙关一步一步向前走，白天踏着泥泞赶路，晚上宿在死人堆里。当我拄着木棍，跟随男兵疲惫不堪地到达云南边境时，只剩下最后一口气了，伏地不起。男兵扎了一副担架，把我抬到老百姓家里休养，半个月后才归队。你看，我现在还病快快的，手腕只有这么粗——”她拿拇指和食指比画了一下，不再说话，陷入了沉思。

张营长说：“美英，别难过了，别想那些难受的往事了。”滕周健一愣，说：“对，别想那些往事了。好了，别伤心了……我不问了，我无意捅到美英姐的痛处。”王美英说：“没事，我习惯了。这段历史是几万官兵的累累白骨写就的。对于我个人的意义是，既然这么大的困苦都蹚过去了，那么，在人生路上，就不会再有过不去的障碍了。”张营长说：“将来有了孩子，还要告诉他，不要忘记妈妈翻越野人山的那段惨痛的历史。”

第八节

吃完饭，大家辞别张营长夫妇。三人跟随秦玉华通过岗哨，来到总指挥部院内，又接连绕过几栋大屋檐的砖木结构房子，来到一栋低矮的平房边。秦玉华指着门上挂着珠帘的房间说：“到了，第三间房，就是我歇脚的地方。”罗和睦笑着说：“一看就是小姐的闺房嘛。用珠帘作门帘，说明主人是个玲珑优雅的女人。”

打开门，撩起珠帘，三人躬身而入，放下珠帘，贝壳珠子相互碰撞，当当有声，清脆悦耳。房间内非常整洁，家具摆放整齐。里间也用珠帘隔开，隐约可见宽大的床铺，大红的被套。罗和睦眼含笑意说：“这和张营长的婚房何其相似啊。”滕周健说：“这样的布置有深意啊——不用说了，我明白了。”罗和睦也笑着说：“喔，我也明白了。”秦玉华问：“你们都明白了啥？”罗和睦问秦玉华：“喂，军花，你打算几时结婚啊？我们好吃你的喜糖。”

“还很遥远吧。在非常时期，军人结婚是要特批的。这个工兵营长，申请了多次才获得总指挥部批准，是个特例，很不容易。我肯定不会获批的。再说了，我和诺恩的关系还处在地下层面。”

听她这么说，滕周健转身离开了她的卧室，大家也跟着走了出来。

滕周健说：“我们快要上战场了。”秦玉华说：“要去也是我先去。我已经闻到了战场的气息，按捺不住要走了。我在这里度日如年，很担心诺恩的安危。”滕周健说：“你本来不用上前线的，战争不是女人的事。”秦玉华叹了口气说：“这都是命啊，我已经卷入其中，欲罢不能了。”罗和睦说：“你可以选择不去，直到战争结束。”秦玉华坚决地说：“不行！”

谈了半个钟头话，大家相约去徐老板的饭店吃晚餐。

晚饭时间，店内人多，四人站在店外等候。

滕周健和罗和睦围绕这顿饭的意义，你一言我一语地说开了。滕周健说：“手中的卢比闲着也是闲着，不用完的话，离开印度就作废了。”罗和睦有板有眼地说：“这是其一。其二，这是在为军花设宴饯行。因为过几天军花就要走了，到男朋友那里去了。所以，这餐饭一定要吃。”滕周健说：“是啊，这顿饭意义重大，因为军花和诺恩马上就要鹊桥相会了。”罗和睦笑着说：“军花这一走，或许会引出一段千古佳话。”秦玉华一脸幸福地说：“你们所说的话，我都爱听。我觉得最关键的一句是，如果这餐饭不吃，以后你们想和我一起在此吃饭，怕是机会少有了。”

说话间，徐老板窜了出来，急切地说：“后面空出来一张桌子了。”四人随徐老板步入里间。

徐老板将饭菜端上，说：“几位慢慢吃，我少陪了，现在忙得团团转——国内调过来一个师，加上英美士兵，吃饭的人更多了——本想到训练基地去看你们，抽不出时间——”

他瞥见又坐满一桌食客，赶忙招呼道：“噢，来了。”

滕周健问秦玉华：“怎么，你待在指挥部，竟然不知道国内调来了部队？”秦玉华说：“我怎么知道？指挥部派我参加训练，这几天又为张营长布置婚房，回来后就休息了。”罗和睦说：“可以理解，部队调动属于军事机密。”滕周健说：“好，不啰嗦了，咱们举杯，祝军花一路顺风，早日和男朋友相会！”秦玉华大大咧咧地说：“谢谢，我先干了！”

众人一饮而尽。

一连喝了三杯，滕周健又准备倒酒，被秦玉华拦住了。

“明天还要训练，再喝，就要误事了。”

“不要紧，还没醉。”

“没醉也不能喝了，大哥。”秦玉华真诚地劝道。

“那好，我听你的，不喝……喝了。”滕周健睨笑着说，“不过，你要回答我一个问题。”

“什么问题，你说？”

“你那个房间弄得跟新房似的，你打算在那儿成婚？”

秦玉华一怔，随即说：“大哥，你说哪儿去了，成……成什么婚呀？”

罗和睦向滕周健使个眼色说：“大哥，你想多了。女人本来就爱装扮，装扮自己，装扮房间。说什么新房？说什么成婚？你怎么一点也不懂女人的心思？”陈安道瞥了一眼滕周健说：“没娶媳妇的人，永远只是个愣头小子。”

吃完饭，徐老板送出店门说：“几位慢走，等有了空，一定到战车营看你们。”滕周健说：“好的，不过，实在没时间就不要去了，去了也不一定能见到我们，因为马上要和日本鬼子搏斗了，我们也忙得不可开交。”罗和睦接着说：“是的。倒是这里离不开你。我们来这里，既能看到你，又能吃到可口的饭菜，所以，你不必到我们那里去了，我们来就是了。”徐老板点头称是，折回店内。

走了一段路，天色渐渐暗了下来，滕周健回头对秦玉华说：“军花，回去吧，不用送了。”秦玉华说：“好咧。”揉着眼睛走了。

第九节

三人从指挥部西侧的小道逶迤而行，两旁均为平地。数月前，这里驻扎的营帐还很稀拉，草木杂陈。如今，满眼都是数不清的帐篷，众多中国士兵出没于帐篷的海洋中，哨兵的枪刺映着霞光闪闪发亮。

滕周健问左侧营帐的哨兵："兄弟，你是哪个部队的？""十四师。"又问右侧营帐的哨兵："兄弟，你是哪个部队的？""五十师。"罗和睦惊叹道："哎哟，不调兵就不调兵，一调就是两个师。重庆这次不惜血本，印缅之地，一定有恶仗要打。"滕周健分析说："这是豁出去了。"

穿过密密麻麻的帐篷，在通往沙丘的西坡上，不知何时修建了一条斜斜的水泥石阶。爬上石阶，一阵温暖的风从山谷里送过来，三人顿觉心旷神怡，酒气消了大半。原来一片沙丘业已失去起伏的形态，机械化作业已将其推平，远远近近驻扎着榴弹炮部队、迫击炮部队以及骡马辎重部队，一股威严的气势扑面而来。

太阳转眼西沉，暮色犹如浊流中的沙子渐渐沉淀下来。

训练中，战车在野外穿行，天然的地形、地物，以及设置的断崖、壕沟、弹坑等障碍物，激发了滕周健的挑战欲望。他发射炮弹时给自己定的要求是，既要击中所有目标，又要用完携带的弹量。这样的要求对别人不低，但对于他来说没有问题，他具备技压群雄的优势。战时，战车兵冲锋在最前沿，在敌人堆里翻滚，个人及团队都要有很高的军事素养，射手尤其如此，要先敌发现，先敌开火，并且要稳准狠，才可提高战场上的生存力，有效支援友邻部队。他击中了一个又一个固定或移动目标，直到将贮存的穿甲弹、高爆弹和榴霰弹全部用完。

"滕哥，你试试看，能不能驾驭这匹'黑马'？"罗和睦从一辆笨重的大家伙上跳下来问。“说说你的感觉吧，好驾驶吗？”滕周健反问道。罗和睦卖个关子说：“这个不好说，你试和我试是两码事，你还是试了再说吧。”滕周健说：“试就试！”

说完，他就迎着科尼教官、吴教官及众弟兄期待的目光爬上战车，跳进驾驶舱内。

这一天，训练场上突然多了数辆谢尔曼式中型战车，这是从美国本土秘密空运到卡拉奇，再转运过来，装备驻印军战车部队的。战车轰隆隆地响了一阵后，开始穿过人群向前移动，它慢悠悠地绕场一周，停在了原地。

“哎呀，不得了啊！”滕周健说，满头大汗地从驾驶舱钻了出来，“那个操纵杆，要使好大的劲才扳得动，这在战场上真是个问题。”罗和睦说：“我也觉得操纵杆太硬了，不好使！”陈安道分析说：“可能因为中国人个子小，力气也小。”

听了他们的叙述，吴教官对科尼说：“他们都觉得这个大家伙不好操作，我个人认为，中国军人要是能训练一段时间，情况也许会好些。遗憾的是来不及了。”

科尼耸耸肩，幽默地说：“噢，没有关系，这只是说明，‘胖胖’初来乍到，还有些‘认生’。好了……好了，就由我们美国军人驾驶这个‘胖胖’好了。”

弟兄们很尴尬地笑着。

吴教官说：“就这样吧，中型战车由美军驾驶，弟兄们不用难过了。接下来，我交代一下今天的训练任务——与以往不同，这是一场对抗演练。“敌方”将会出动飞机，对演习区域进行低空轰炸，当然，炸弹是用石灰袋代替的。我们也不用实弹射击。如果被‘敌方’击中了，那就……是的，说得对，就完蛋了……”

演习结束后，哨兵走过来，对着滕周健耳语说："有人找。"

滕周健出来一看是秦玉华，问她："有什么事吗？"秦玉华未语泪先流，一副楚楚可怜的样子。又问："有人欺负你了？"秦玉华摇头，泪珠从脸颊滚落到铜纽扣上，再流入到草地上。

"你倒是说呀！"滕周健急了。

秦玉华擦着眼睛说："我明天就要走了。"

"去哪儿？"

"缅甸。"

滕周健笑道："这是好事啊，哭什么？你等会儿，毕业典礼结束后，我们几个人一起到徐老板饭店吃个饭。"

秦玉华笑容惨淡地说："不，我还得回去收拾东西，张营长的工兵营和我一起走。"滕周健沉思了一下说："我把罗、陈叫出来，和你见个面吧。"秦玉华摆手说："不，缅甸见吧。"

滕周健注意到，她的眼睛开始发亮，覆盖了一层晶莹的东西，眼睫毛连续动了几下，泪水沿着面颊流下来。她的嘴唇也动了动，但是并没有说出什么，转身走了。

那天傍晚，三人躺在吊床上，滕周健说起白天秦玉华来找他，说是与工兵营一同去前线，但她的表情非常伤感，不符合常理，怀疑她有难言之隐。罗和睦惊惶地问："她没有向你透露什么吗？或者说，你发现了什么不正常之处没有？"滕周健摇摇头说："只是那双乌溜溜的大眼睛，水汪汪的，里面好像包含了不少含义。"罗和睦推测说："难道是诺恩伤重不治，或者是遭遇日军袭击阵亡了？对，还有，难道是那个国民党高级军官找到印度来了？"滕周健说："你问我，我问谁呢？"罗和睦说："反正我们只有通信课程没有学了，时间不长，我们也就会开赴前线。到了前线，就知道她究竟出什么问题了。"滕周健无奈地说："那就等到了前线再说吧。"

第五章

河谷深处，天在旋转，山在摇晃

/战车少尉/

经过日复一日的严格训练，战车部队开赴前线，准备给敌人致命一击。

抵达前线后不久，滕周健便得知张营长已经在作战时牺牲了。更令他痛彻肺腑的是秦玉华被自己人枪毙了。经过据理力争，秦玉华被同意葬在公墓里。

到了战场上，弟兄们骁勇奋战，殊死搏杀。在我军猛烈的打击下，敌人被打断了脊梁骨，丧失了斗志，再也振作不起来了。

第一节

雷多军区位于印度东北角，在盟军到来之前，与兰姆伽一样，也是一个人烟稀少的荒凉之地，只有一个茶园、一座煤矿和一方砖窑，少量狩猎的土著人住在破败的村庄里，偶尔，会有走私的商人来到这里兜售玉石。后来，这里建立了一个简陋的铁路终点站，才有了一点生气。

这里的气象大为改观，是始于从缅甸败退到印度的远征军驻扎在此，从那以后，这里成为中国军人的天下。他们以这个小镇作为基地，接受盟军的装备和给养，严格训练丛林战法，准备恢复元气后，反攻缅甸，洗雪前耻。

由于独特的地理位置，雷多小镇被中美英盟军选定为缅甸反攻的前进基地和山地森林战的训练基地。上一年——1943 年 10 月，六万驻印军士兵和两万多美军工兵从这里出发，踏上通往中国的漫漫征途。他们一面作战，一面筑路和敷设油管。日本精锐师团在莽莽丛林中设置重重障碍，因此入缅南进的公路修修停停，每前进一公里都付出了高昂的代价。迄今为止，花费半年多时间筑成的二百多公里公路，是用六千多名驻印军官兵的热血换来的。

从兰姆伽出发时的时间是下午六点，夜色擦去了最后一缕夕阳，天上有一层淡淡的云，几颗孤单的星星，月亮躲进云层里不肯出来。登上战车之前，滕周健极目四顾，看到这样的景象，心里泛起莫名的怅惘。他是渴望这一天早日来临的。尤其是获悉敌人要侵犯印度东线，他在梦中大叫着要上前线杀敌。

他是在学会使用收发报机后才知悉敌人侵犯东线的。几天时间，他就在美国通信学校学会使用收发报机了。他做梦都没有想到，学会使用这个神秘设备后，不得了了，当调到某一频率时，竟然打开了洞悉战局的方便之门：

> 驻印军正在胡康河谷与第18师团和第56师团激战。
>
> 中美联合特遣队正向密支那秘密进军。
>
> 在印度东部，日军第33师团和第15师团向英印军疯狂进攻，英印军被迫退守，回师印度的中国军队新三十师正在铁路沿线布防。
>
> 在国内，汤恩伯集团在河南节节败退，折损兵力数十万。
>
> ……

滕周健仿佛听见了阵地上的枪炮声、喊杀声，再也坐不住了，他心急如焚，写了请战书交到营部。罗和睦和陈安道也各交了一份。罗和睦对陈安道说，我们是三兄弟，要去一起去，到了战场好有个照应。他们也是这样做的，当然这是后话。

按道理说，出征的命令下达，滕周健应该表现出冲天的豪气才对，但事实并非是这样。有时候，人的心理作出怎样的反应，不一定是按常规出牌的。他在兰姆伽出征之时，就处在这样的时刻。

滕周健问两位战友："就要离开训练中心了，舍得吗？"罗和睦回答说："我没有往深处想，在这里几个月，过得很舒服很充实。说实话，我很留恋这个地方。"陈安道说："我觉得在这里过得很快，一眨眼就过去了。我也很喜欢这个地方，吃喝不愁，又学得不少本事。"滕周健点点头说："在这几个月中，我看出盟军办事挺认真的，从后勤补给，到各种训练，真该谢谢他们哪！"他把对他们的成见弃之脑后，只有溢美之词。

战车营一共六个连，三个战车连，一个炮兵连，一个通信连，一个补给连，虽然没有满员，但也有五百多人。补给连配备六轮大卡车，装着燃油、帐篷和食品等军用物资，随着部队开进。各连均覆盖伪装，成一字长蛇形向前行进。车队驶出营区，掠过镇上，向无边的黑暗里伸延。

八个小时之后，战车营进驻位于雷多基地不远的丛林里。未来数天内，他们将在这里驻防，进行丛林战前的适应性训练。

长官对弟兄们说，这里虽说离战场不远，不过敌人没有那么可怕。战斗进行到今天，敌人的精锐师团已经被消灭了一万多人了。前期战车部队在历次作战中，重创敌人，甚至捣毁了敌人的司令部，打出了军威国威。指挥部要求向他们看齐，给垂死的敌人致命一击，以便在雨季到来之前，结束野人山纵深的战斗。这里自然条件恶劣，瘴疠盛行，疟疾猖獗，蚂蟥肆虐，请大家务必按照训练科目的要求，尽快适应环境，保持战力。

训练手册已经分发给每连的长官。弟兄们仔细阅读了这份大纲后，心中有了底，认为训练的目的可以归结为八个字：适应环境，增强体质。野人山区树高林密，河大流急，雨量充沛，昼夜温差大，所以官兵要能爬树，能武装泅渡，能在泥泞中行军，能有效防寒保暖。当然，最要紧的是防疟，措施包括灭蚊、防蚊、服药。在坑洼积水处喷洒油剂，使蚊子的幼虫无法存活；晚上头戴防蚊帽，穿长袖衣长裤，皮肤上涂防蚊油；每日口服抗疟药；不喝生水喝开水，防止病从口入。

战车连的官兵还多出一项训练内容，即战车的维修及保养技能。战车在山林中开进，由于道路复杂，有时还需开辟道路，更容易导致战车毁损。长官强调，这一项技能要求战车连人人过关。但实际上，战车的性能是没说的，一般情况下不需要维修，保养一下就可以了。需要维修时，美国技术人员会过来的。

爬树是丛林战训练的一个科目。滕周健说，这个科目难不倒他。他没有食言，第一个爬上了树的顶端，然后像猴子似的从树上溜下来。

滕周健说："在树上，一眼能看几里远，不，总之……很远很远。这对于观察敌情很有帮助。"

罗和睦说："我也上去看看，我想，我会看到更多的风景。"他往手心吐了口唾沫，信心满满地纵身一跳，抱住树干，手脚并用往上爬，爬了有丈把高的样子，就再也爬不上去了，随即大叫道："妈呀，我撑不住了，手发麻了，脚抽筋了，脖子发酸了。妈呀——"只听得"哧溜"一声响，罗和睦从树上滑落到地上了。

第二节

一天午饭后，滕周健问罗和睦和陈安道："诺恩不是住在这里的医院吗？下午有空，一起去看看他怎么样？"罗和睦明白滕周健的意思，连忙表示同意："好啊，医院离这儿不远，说不定，还能邂逅上咱们的军花呢。遇到了她，就知道她究竟出什么问题了。"陈安道点点头，愿意一同前往。

三人慢慢地沿着公路向前走。走过一段隘道后视野大开。近处，呈扇面状分布着一望无垠的开阔地，中间可见数栋红砖平顶的营舍，而接连的帐篷，则如众星拱月一般环绕在其周围。远处，一条水流湍急的大河咆哮而来，横亘在开阔地的东侧，隔断了对岸连绵起伏的群山。

看着逶迤向东的大河上的钢筋混凝土大桥，滕周健疑惑地问："不对呀，我们是不是走错路了？"罗和睦说："如果我没有猜错的话，应该走错路了，过了河就是缅甸了。"滕周健说："等等，看能不能找个人问路。"

"来人了，"罗和睦说，指着山坡小路上一个黑点，"来了。"

黑点越走越近。

“咦，是个女的。”

“女兵？”

来人见三人指点着她七嘴八舌地谈论，就加快了脚步。她已经认出他们都是谁了：“咦，怎么是你们？”

“啊哟，怎么会是……你，美英姐？”

来人嘴角露出一丝笑意：“真的是你们，你们也来了？”滕周健笑容满面地说：“新娘子啊，你好啊，你到山上干什么啊？”王美英摆了摆手说：“别这么叫……新娘子，我已经不是新娘子了，孩子都怀上了。我来看看我的丈夫。”罗和睦喜滋滋地问：“哦，张营长也在这里？他在山上做什么？”滕周健羡慕地说：“哎呀，你们夫妻两个真幸福啊。”陈安道“嘿嘿”笑着说：“是啊，是啊。”

王美英望着他们，平静地说：“他牺牲了，就埋在这个山坡上，中国驻印军的墓地里。……他是在架设桥梁时，被流弹击中身亡的……”

三人的笑容一下子全僵住了，都露出了错愕的表情。

“本来埋在新平洋，是我要求埋在这儿的，……我在司令部机要室工作。下班后，我就可以来这儿，和他说说话；肚子里的孩子，也就能够看到爸爸了……”

滕周健嗫嚅着说：“这怎么可能？张营长，多好的人啊，怎么说没就没了呢？要不……要不，你带我们去看看他吧。”王美英说：“算了吧，你们的心意我领了，不去为好，不去为好，去后只会增加伤感。……你们，你们就在心里纪念他吧。”

“到了战场，多杀敌人。捷报传来，张营长就会含笑九泉的。”

三人只好跟着王美英往回走。滕周健劝慰王美英说：“你肚子里怀着孩子，不可伤心过度啊。”王美英回答说：“我会注意的，野人山那么大的厄运都挺过来了；这一次，我也会……会挺过来的。再说了，姐妹们对我照顾有加，虽说给我安排了译电工作，但她们却把这个工作抢着做了，我一天下来几乎没做什么事。……我会爱惜身体，把张营长的骨血安全生下来的。我要让他知道，他有个英雄的父亲。”罗和睦也劝慰说：“王姐，要好好保重身体！张营长的血不会白流的，到了战场上，我们一定会狠狠打击敌人，为张营长报仇雪恨的！”陈安道瞪着眼说：“是的，血债血偿！”

走了一程，滕周健问王美英：“秦玉华去哪儿了，雷多，还是新平洋？”王美英说：“喔，秦玉华，她到新平洋了，是和诺恩一起去的，她陪他在那儿的医院休养，已经去了半个多月了。”滕周健又问：“这么说，诺恩是在这里做的手术？”王美英回答说：“是的，在陆军医院做的手术。手术后恢复得不是很好，脚步踉跄，就像喝醉了酒一样。我们来的时候，头上还缠着绷带，后来，头部的伤好了，绷带解除了，走路的姿势仍然……晃晃悠悠的。看，连片的木板房子，陆军医院到了。”

滕周健扫视着这所宏伟的医院，不解地问：“他为什么不在这里休养下去，而要到新平洋去？那里的医疗条件，难道比这里好？”王美英回答说：“我也觉得蹊跷，也许，与秦玉华来到这里有关？不过，也不一定。……谁知道是怎么回事，不过……”

说到这里，王美英吞吞吐吐起来，让人摸不着头脑。滕周健急了，罗和睦急了，陈安道也急了，三人盼望王美英说出事情的原委，没有继续往前走。

王美英只得停下脚步。“哟，真是凑巧。”她大声说，顾左右而言他，“猜猜看，我们到了哪里？”

三人都摇头。

看到他们面面相觑的表情，她笑着说：“看啊，大木牌子上写着呢——雷多公路零公里处。这是筑路部队设立的一个有纪念意义的路标，从兰姆伽开拔而来的中国士兵，就是从这里迈出通往缅甸的第一步的。”

滕周健望着路牌说：“刚才来的时候肯定经过了这里，怎么没有发现这块木牌？”罗和睦说：“我们是直奔医院去的嘛，哪里会注意这块牌子。”陈安道说：“反正是眼睛不搬家嘛。”

正争论间，熟悉的说话声从背后传来。“小伙子们，欣赏什么呢？噢，零公里路牌。过几天，装甲兵团就将从这里出发，‘加速我们的飞轮前进’，进入缅甸丛林，进入谷地纵深地带——”

三人转过身来，科尼教官好像被什么无形的东西掐住了话头似的，摊开双手耸了耸肩。吴教官则在一旁热切地注视着他们。他问滕周健：“科尼教官看出你们脸色不对——发生什么事了？”

滕周健沉痛地说：“我们计划去医院，看诺恩是否在那里休养。在路上遇见王姐，她告诉我们，张营长已经在前线牺牲了。”吴教官愕然地说：“张营长他，怎么这么快就……”

科尼教官望着脸色灰暗的王美英，喃喃地说：“上帝啊，该诅咒的日本猴子，又欠下了我们一笔血债！”吴教官说：“诺恩不在这里的医院了。我和大胡子到医院看了熟识的伤员，中国的和美国的，有些人不治而亡了，有些人返回前线了，诺恩就是返回人员当中的一个。”

第三节

结束适应性训练当日，战车营就开拔到了新平洋。前方的山坡上，有几间破败不堪的木房子，从房子里走出来一排将校级军官，郑将军走在最前面，浓密的胡子非常显眼。他面露和蔼的微笑，炯炯有神的目光扫视着挺立的英武的队伍。他向队伍挥手致意，弟兄们以热烈的掌声回应。

郑将军洪亮地说：“欢迎弟兄们来到新平洋！弟兄们来得正是时候啊——前方将士正在向盘踞在孟拱河谷的日军发起最后一战，诸君作为国军的新锐加入攻击队伍，无疑会提早实现预期的作战目标。弟兄们，国仇必报，国耻必雪！犯我大中国者，虽远必诛！杀敌御寇，乃吾等国军军人神圣之职；精忠报国，乃吾等热血男儿神圣之责！”

说到这里，他的音调变得更加高亢：“战车不负诸君，也请诸君不负战车！出征在即，我以指挥部的名义，期望诸君牢记军人使命，奋勇杀敌，战则必胜，攻则必克！”战车营官兵爆发出雷鸣般的掌声，所有陪同军官也一起热烈地鼓掌。

战前动员会散会后，郑将军从人群中一眼瞅见了滕周健，忙叫住他。滕周健大步上前，立正敬礼。郑将军问：“小鬼，你也来了？”滕周健回答说：“报告郑——”郑将军摆手说：“不用这么正式嘛。”他向滕周健走近一步说，“老乡，倘有困难或想法，要及时向战车营长官汇报。”滕周健点头说好。

郑将军又交代说：“这几天在驻地，要好好休息，养精蓄锐；上了战场，要保持警惕，不要乱了阵脚。”滕周健忙着点头，再点头，然后说：“郑将军，我走了。”郑将军挥手微笑着说：“慢走，保重！”

滕周健回到营部，发现 8 号战车的驾驶员正在车身侧面涂一个美女图案，乌黑的长发如瀑布般向脑后挥洒，洁白的脸上泛着幸福的光彩，媚眼如丝，裙摆飞扬。小伙子解释说：“我画的是东方女神，是跟美国大兵学的，依葫芦画瓢而已。”

滕周健抬眼一看，美国人驾驶的中型战车上，果然绘制了美女图画，几乎每车一幅，姿态各异，富于挑逗性，于是问驾驶员：“长官看到你画了个女郎，没有批评你吧？”驾驶员笑着说：“没有，不但没有批评我，还表扬了我。他说，‘画得不错，是个当画家的料’。”

滕周健向一名外籍士兵打听好了医院的位置，就和罗、陈二人往医院赶去。

他们很容易地找到了医院。一处较为平坦的荒野上，高低错落地分布着数间竹木结构茅草屋顶的矮房子，在它们周围，茅竹搭建的窝棚有如一枚枚棋子，镶嵌在绿色底子的棋盘上。不远处的边缘地带，建有一个飞机停机坪，时而有飞机从山与天相接处飞来降落，时而有飞机从停机坪升空消失于天际。它们将前线的伤员运送到这里进行筛选，轻症伤员就在此地治疗，危重伤员做过初步处理后转送到雷多或者印度内地，以使伤员在条件允许的情况下得到最好的救治。

三人来到一个窝棚门口，准备迈进去问一下里面的医护人员，诺恩安身何处。滕周健抬眼向走廊深处看时，那一端响起了杂沓的脚步声，两副担架鱼贯而出，上面抬着覆盖白布的伤员，显然已经去世。担架带过来一股无法掩盖的冷气，使人脊背发寒。三人赶紧闪避一旁，让担架顺利通过，并伸长脖颈目送担架在后面山坡上消失。在他们眼前，不时有身缠绷带的伤员从房里走出，来到草地上休息，伤重的还由缅甸护士陪伴；不时有伤员相互搀扶着走进窝棚接受治疗。

这时候，一个拄着拐杖的美国大兵跃入三人的眼帘。他向三人迎面趔趄着走来，拐杖戳在砾石上发出哐哐当当的声响。诺恩？滕周健不敢相认，此人下巴尖尖的，而诺恩的下巴应该是圆圆的，但除此之外，一切都很像他。美国大兵看到他们，心里也似乎有所触动，因为他与他们擦肩而过后，又回过头来望着三人的背影出神。

滕周健从余光中注意到了这个细节，立即转过身来。美国大兵跟他打起了招呼。

滕周健喜出望外，冲上去拍了拍诺恩宽实的肩膀，并击掌庆祝见面。罗、陈二人也立即围拢来，脸上放光。诺恩将拐杖扔出一丈开外，说声“去你的吧”，然后仰面朝天躺在草地上，形成一个“大”字。三人在草地上翻滚一圈后，每人也铺排成一个“大”字。

诺恩晃动着双腿，激动地大声喊道："兄弟呀，兄弟呀！今天，终于见到兄弟了。"滕周健爬起来说："兄弟，打住，你的腿！"罗和睦说："是啊，兄弟，别一高兴，再次弄折腿了。"诺恩愤愤地说："弄折才好呢，弄折就不用去密支那了，弄折倒帮了我大忙了。"说罢站身，先是单腿跳，接着双腿同时跳、交替跳，然后玩着花样跳。

"诺恩，你又发小孩子脾气了？瞧你这点出息。"三人循声望去，看见秦玉华从矮房子里火急火燎地跑出来，带来一股热辣辣的旋风。

"咦，你们来了？这么快就来了？"秦玉华收敛起即将爆发的怒气，喜形于色地说。

这时候，诺恩紧跑几步，冷不防地一把抱住秦玉华，在原地转起圈来，一圈，一圈，又一圈。秦玉华惊叫一声，试图掰开他的手，诺恩非但没有松手，反而抱得更紧了。他接着俯下头，在秦玉华娇嫩的脸上亲了一口，哈哈笑道："我的美人儿，我又发小孩子脾气了，不是吗？我喜欢，我乐意，不是吗？"

罗和睦悄声对滕周健说："看到了吗？找媳妇，就要像诺恩这样，胆子要大，如果磨磨叽叽，畏畏缩缩……"陈安道笑出声来。滕周健嘴巴动了动，没有吱声。

诺恩深情地凝望着秦玉华，秦玉华也含情脉脉地看着诺恩。突然间，诺恩一把拉过秦玉华，将她紧紧搂在怀里，像个小孩子似的，"哇"的一声大哭起来，秦玉华的泪水也无声地涌流下来。三人不明就里，不免面面相觑。后来，诺恩放开秦玉华，蹲下身子，右手一拳又一拳地锤击着被踏乱的草地，绿色的汁液模糊了手掌和裤腿。秦玉华见状，双手环抱住他的左前臂，泪珠滚落在他的左肘弯上。

过了一会儿，秦玉华终于抬起头擦净眼泪，诺恩也似乎将情绪发泄完了，仰面朝天躺在草地上，将身子袒露在和暖的阳光下，有如一个乖孩子沉寂下去，不一会儿竟然响起了细微的鼾声。

秦玉华来到三人旁边，向他们解释说，本来有约在先，服役期满就可以脱离军队，恰好在住院治疗期间，时限到了，诺恩心里漫上来的喜悦简直无法形容，他再也不需要在荒蛮的缅北同日本鬼子玩命了。眼下，他的伤势恢复得很好，漂亮的中国女友也来到身边。在他看来，自己正处于人生最得意的时刻，人生得意须尽欢，这样就招来很多闲话。在这些闲话中，不免掺杂着流言蜚语。众口铄金，积毁销骨，秦玉华觉得人言可畏，诺恩却毫不顾忌，不当一回事，依然我行我素。这下，麻烦来了，一纸命令，再次调他上前线，去密支那城进攻日军。军令如山，不去，肯定是不行的。诺恩一场好梦被击碎，沮丧到了极点。

滕周健问："什么时候去？"秦玉华回答说："就这几天。"滕周健说："哦，我们差不多同时出发。"罗和睦说："不要紧，消灭了孟拱地带的敌人后，我们肯定会向密支那进军。所以，用不了多长时间，我们就可以和他再见面了。"陈安道不以为然地说："嗯哼，说得倒轻松，你以为一顿饭工夫，就能把谷地的敌人给解决了？"

滕周健说："美国服兵役的搞法和中国不同，有期限约定，我有所耳闻。"秦玉华说："都是我不好，要不是因为我，他也许不会被圈进出击密城的名单。"滕周健断然否定道："与你有什么关系？大敌当前，也许长官就管不了什么约定不约定了，军人的作用就是上战场杀敌嘛。我估计，抽调那么多人攻击密城，敌人不得已就会向密城增援，这样就减轻了谷地当面之敌的压力。这样的结果，我们巴不得嘛。"罗和睦笑着说："啊哈，分析得头头是道。我要说，滕兄，你当普通士兵屈才了，应该去当指挥员的——起码当个车长。"

秦玉华破涕为笑。诺恩还在熟睡。

第四节

从新平洋的医院见过秦玉华和诺恩后，回到营地休整不过几天，滕周健所在的战车部队就接到出击的命令，负责肃清公路沿线火力点，为步兵冲击扫清障碍。

在奔赴战场的时候，阵地上炮声隆隆，冲天的火光和滚滚的烟尘跃入眼帘，滕周健经历了短暂的恐惧；在冲锋厮杀的时候，他又忘掉了恐惧。多年以后，滕周健逢人便说，这种感受是没有上过战场的人无法体会到的，也是没法说得清楚的。

在经过激烈的战斗，回到营地见到躺在沙滩上的秦玉华后，滕周健脑海里瞬间空白一片，感伤占据了他心灵的全部位置，以至于在很长一段时间里，他无法回忆起自己第一次效命疆场的作战经历。紧接着听到的那个不准葬入公墓的消息，使他的伤感立即化为了愤怒。他和战友们都认为，秦玉华已经被军法处置了，再讨论她是否罪有应得已经变得没有意义，当务之急是阻止那个刻薄的命令执行，以求逝者的尊严不被侵犯。战友们已经在小范围内知晓了滕周健和郑总指挥的特殊关系，他们推举他作为谈判代表，越过军法处，找郑总指挥求情。他同意了。

弟兄们抬着秦玉华的遗体缓慢地走着。在通往指挥部不长的路上，滕周健思绪翻滚，往事一幕幕穿透过往岁月，历历在目。那双乌溜溜的眼睛，光彩已经熄灭，这双眼睛曾经照亮了滕周健的心灵。昔日的容颜，昔日的声音，让他恍若隔世。

临近指挥部，滕周健让弟兄们等在外面，他只身一人向破房子跑去。卫兵不客气地拦住他，问他找谁。他说找郑将军。卫兵问预约没有？他说没有。卫兵斩钉截铁地说，没有预约，不能见。滕周健发了横，执意要闯进去。

郑将军在办公室里听得真切，从里面喊道："让他进来吧。"卫兵这才抬手放行。见到郑将军，滕周健举手敬礼。郑将军指着一把椅子说：“坐吧，坐下说，找我有什么事？”

“我们一百多位士兵，是来请愿的。秦玉华是中国军人，为什么不能安葬在自己的公墓里？”滕周健控制着自己的情绪，但声音仍然像连珠炮似的炸响开来，“她是大学生，英语讲得好，因此才当上翻译官与美军联络。与美军联络是她的工作，目的同样是打日本鬼子。……生是将士，死是烈士。人活着有罪，死了有什么罪？……为什么不能埋到公墓里去？为什么要扔到河里去？她不配埋到公墓里去，什么人才配埋到公墓里去？既然如此，那么，我们若战死，同样不能埋到公墓里去，同样要扔到河里去……”

郑将军冷静地听完他的申辩，答复说：“好了，你不要闹了，就按你的意思办，埋到公墓里去。”

滕周健得到指令，高喊一声“是”，冲出房门，向众弟兄跑去。老远，滕周健就竖起大拇指，朝众人示意。明白了结果，罗和睦喃喃地说：“不幸的战友啊，你终于有了符合名分的归宿了，不至于做孤魂野鬼了。”滕周健边跑边说：“走吧，一起走吧，送她最后一程，送她到公墓里去。”

人们抬着秦玉华的遗体往医院后面的山坡上走去。这里背倚险峻的高山，地势较为平坦，已经开辟成一个专属中国战死军人的宽广墓园。一排排墓碑就像整齐列队奔赴疆场的士兵，威武壮观。少数坟茔草木茂盛，大多数墓葬却是近几个月起的新坟。公墓一隅，挖好了不少空墓穴，预备接纳战死沙场的军人安息长眠。

工匠们将秦玉华轻轻安放在一个空墓穴里。她静静地躺在那儿，成了一具填充深渊的黑影。工匠们又盖上水泥盖板，将刻写有“总指挥部翻译室秦玉华上尉之墓”的墓碑立于黄土之中。

在弟兄们注视下，一个新的墓冢完工了。滕周健的眼泪无声地流下来了。他边哭边说：“……其实，我对她的情感是复杂的，怎么能……怎么能以吃醋一言以蔽之？”

罗和睦的眼泪也流出来了：“哭吧，没有什么事情比一起泫然泪下的感觉，更能把我们这几颗心连在一起的了，哭个痛快吧。”

陈安道的眼眶也湿润了：“如果不哭出来，憋在心里就会很难受。”

在她的墓冢前，人们的坚定和自信打了折扣。

滕周健悲凄地说：“人总不免一死，只是时间有迟早。还有一个问题，怎么死法？在我读中学时，无辜的老百姓被侵略者的飞机炸死；在我当宪兵时，很多逃跑的弟兄被抓回来悄悄枪毙；在兰姆伽训练期间，一些人不习水土，死于热带疾病；到了战场上，像我们这些战争机器，这些职业军人，如果死，不外乎两种死法。”

罗和睦问：“哪两种？”滕周健回答说：“一种是被敌人杀死，还有一种就……就是——”他指着躺在墓穴里阴阳两隔的秦玉华——“被自己人杀死。”罗和睦倒抽一口凉气。陈安道也感觉浑身起了一层鸡皮疙瘩。

滕周健朝不远处挑土填坟的工匠望了望，压低声音说：“罢了，不说了。这正如若干年以后，有谁知道，埋葬于此的都有哪些人，姓甚名谁，来自哪里，是拼死在疆场，还是死于自己人之手？这有形的无形的一切，都会化为一抔黄土，一缕云烟，湮没在历史的风尘中。”

陈安道说：“想那么多干什么？拿我说吧，到目前为止，我感觉挺不错的，吃得好，穿得好，打仗也是我愿意的事，因为我所做的是正义的。即使战死，我也乐意。即使我埋在异国他乡，墓碑上甚至没有刻上我的名字，我也没有什么遗憾的。”罗和睦说：“不管几十年以后能否被人提起，我们三人，千里迢迢而来。如果死，宁可死在敌人手里，也不能死在自己人手里。”陈安道说：“嗯，这倒是，否则太窝囊了。”罗和睦又说：“对于她的死，我们要这样理解，是上天结束了她的痛苦，她终于离开了人间血泪的深谷。”

第五节

清早，还被浓重的夜色包裹着，清淡的薄雾还未散去，在周边深褐色的陡峭群山环抱中的丘陵地带，草深林茂，一辆辆战车沿着峡谷里的泥泞小道，一路穿涧过溪，翻山越岭，向战场蹒跚开进。步兵同他们一起行进。

为了迟滞远征军战车部队的进攻，日军炸毁了必经路上的桥梁、隧洞，战车不得不频繁地离开公路越野行驶，由于丛林密布，大多数情况下无法通过，不得不用柴刀砍倒林木，以及动用工兵开掘通道供战车通行，费时而且费力。这已不是什么新鲜事了，滕周健第一次出战就领教过了。这会儿，他们的车队在崎岖的山道上经过艰苦的行军，前部的中型战车快要通过峡谷，进入到三角形的开阔地带了。

按照计划，当战车驶出峡谷后，立即以楔形队形隐蔽接敌，闪击盘踞在这一带村落的敌人，击破敌人后迅速向纵深穿插。但就在这个节骨眼上，枪炮声大作，各种口径的炮弹不断呼啸着从开阔地带射入，在战车队列里猛烈地炸响，一时硝烟弥漫，尘土飞扬。见此突发情况，长官命令战车全速通过山道，以便以扇形梯队在开阔地带展开，同时，命令搭乘战车以及在战车左右运动的步兵迅速抢占有利地形，构筑工事阻击敌人。

接到命令，滕周健所在的战车部队风驰电掣般地驶出山口，向着山腰冲去。他戴着手套和护目镜——以避免退掉的弹壳灼伤皮肤和眼睛。他麻利地瞄准山腰上蚁行的敌军步兵，进行不间断的压制射击。“轰”的一声，又是“轰”的一声，浓烈的呛人的硝烟冲天而起，接着在空气中袅绕散去，四面炸开的弹药将一拨又一拨敌人撕成碎片。同时，车长忙得不可开交，他紧握机枪，争分夺秒地将子弹倾泻在敌人阵地上。通信兵的隐蔽机枪也“哒哒哒哒”吐着火舌，吞噬着侵略者的生命。“画家”驾驶员稳健地驾驶战车，在敌阵中灵活地运动。

这片开阔地带，原本长着高大的树丛以及浓密的大象草。狡猾的敌人为了将中国战车部队堵在峡谷中歼灭，焚烧了这片影响射击视野的丛林。一片焦黑、冒着火苗和黑烟的树干树枝，横七竖八地倒在地上的敌人尸体，就是三角地带的状貌。“画家”就在这块复杂的地貌上左冲右突，没有因为驾驶不当引起战车丝毫损伤。日军的山炮、大口径迫击炮以及反战车炮，隐藏在前方及侧翼不见天日的密林中，给战车以致命威胁。除了根据通信兵指示的方位对阵地和火力点予以摧毁外，滕周健还多长了一个心眼，目光锁定敌人炮弹飞来的方向，立时开炮给予回击。这一招还真奏效了，再没有炮弹从先前的方向飞来了。

滕周健高喊道：“报告车长，炮弹打完了！”这意味着要退出战场。他发射了一枚烟幕弹。“画家”按照长官指示的撤退路线，娴熟地将战车开往另一条峡谷。数辆战车在烟幕弹掩护下，跟随着 8 号战车后撤。

几个日本兵瞅准机会，拿着手雷，跃出战壕，向着撤退的战车猛跑过来。一个日本兵如离弦之箭扑向一辆战车，并拉响了磁性手雷。“轰”的一声巨响，那个日本兵一头栽进弹坑中，塌方的泥石又迅速将其填埋；那辆战车的引擎凄凉地号叫着，车身剧烈地摇晃，拼命挣扎，就是驶不出泥坑。担任掩护的战车调转枪口，与山腰的步兵互为犄角射击，瞬间结果了这几个疯狂的肉弹。倘若日军再动用肉弹发动攻击，已经没有机会了，我方的炮火在敌人阵地上已经织成密实的火网，日军只能龟缩在掩体内目睹战车群全身而退了。

耗尽弹药的战车群驶入峡谷后，英勇的步兵立即严密地封锁谷口，构筑成难以逾越的保护屏障。友邻部队的配合，让战车部队消除了后顾之忧。滕周健摘下护镜，掀开顶盖，准备站起来将头探出去，以观察外面的地形和动静。车长一把拉住他说：“当心周围山上暗藏的狙击手！”滕周健赶紧缩头，坐下来将舱门闭合。

三架飞机凌空掠过峡谷，又是三架飞过来了，接着又是三架。在这个孟拱河谷的深处，滕周健抬眼看天，天在旋转，山在摇晃，犹如火山爆发一样，背后传来惊天动地的爆炸声，甚于闪电过后的雷霆，霎时火光冲天，硝烟弥漫。

滕周健说："盟军的飞机助阵来了，看来恶战还在后头，我们得赶紧补充弹药和燃油，杀回马枪。"车长说："是的，因为敌人负隅顽抗，战斗空前激烈，我们的步兵、炮兵、装甲部队都上去了，现在盟军的飞机也来了。"他又说，"得知弹药告急的情况，指挥官已经命令一支美英辎重部队向战场进发，此时应在峡谷另一头，或在峡谷中某处了。我们的任务是沿峡谷搜索前进，遇上这支部队后，立即装载弹药和油料返回战场。"滕周健高兴地说："有了弹药就好办了！"

峡谷里跟战场一样，满目狼藉。往里走，坡度变缓，一丛丛翠绿的竹林，掩映着数幢竹木房屋，有几幢已被烧毁，只剩下少许断壁残垣，房子附近的竹林也化成灰烬。村庄里看不到一丝活物。滕周健问车长："这里有没有敌人的伏兵？"车长说："我只担心诡雷，伏兵我倒不担心。日本兵没有那么傻，不会不知道，四周高山壁立千仞，如果成为瓮中之鳖，插翅也难逃出去。""画家"问："车长，这峡谷快走完了吧，怎么还没有看到盟军的影子？"车长鼓励他说："或许快了吧，再开一段路试试。"

不久，"画家"报告说："开不了了，路堵上了，堆上了很多大树筒子。"

为防止履带被卡住，长官命令车队停止前进，将战车开至隐蔽处伪装起来，派人值明暗哨，其余乘员火速通过路障，寻找辎重部队。

"伙计们，什么风把你们吹来了？"滕周健一行人汗流浃背地从峡谷出口处一冒头，一个白净面皮的美国大兵就发现了他们，用颇有意味的中国话打起了招呼。

竹林茂盛，大象草方阵气势夺人，一片盘根错节的榕树铺天盖地地生长着，有如老态龙钟的老人在打盹。三辆六轮大卡车一字排开，停在草坡上。十多个美英军人或坐或卧在粗大的枝干上，听到那个美国兵说话，都懒洋洋地看着他们。

那个美国兵又阴阳怪气地问滕周健：“伙计，打了半天，为什么还没有拿下阵地？是不是因为你们中国穷，舍不得炮弹和枪弹？”滕周健生气地说：“舍不得炮弹和枪弹？这是什么逻辑，你们没听见炮火像煮粥似的？”

美国大兵摇了摇头，意味深长地说：“隔了一个大峡谷，我们就成了聋子，听不见喽。”滕周健反问道：“那你们为什么不到战场去看一看？哦，对了，你们本来就应该把弹药运到战场上去的……之所以打不下来，就是因为弹药和油料供应不上。”一位战车兵说：“即使不运到战场，也要运到峡谷里去，撂在这里像什么话呀？”另一位战车兵抱怨说：“这样一来，我们就得跑很远的路，白白消耗了时间……”

车长为避免矛盾激化，冷静地规劝弟兄们说：“好吧，打住——”他做了一个停止的手势，“不要同外国弟兄们打口水仗了。既然他们不愿意代劳，我们就自己把东西搬过去吧。”听到车长这句话，英美士兵们好像接到了大赦令，连忙爽快地卸下军需物资，开车离开了草坡。

一车人把军需物资放置在车上，加好油，被告知前方战斗已结束，下一步的任务是打扫战场。在准确又猛烈的炮火攻击下，敌人支撑不住，丢下阵亡人员的尸体，跑得无影无踪。

战场上尸骨累累，令人胆战心惊。一具日军尸体俯卧在一处沟壑边，后胸一个血洞，右手过肩，抓握着一把寒光闪闪的战刀，刀口上血迹斑斑。旁边的一具尸体还算完整，手却从齐腕处被剁了下来。滕周健仔细搜寻着那只断手——在前面那具尸体的左手上握持着呢。他使了很大的力气，也没有掰开紧握断手的那只僵硬的手。

两具尸体都是娃娃脸，年纪都不大，甚至比滕周健还要小，他们本可以拥有一切平常良好之人的纯洁灵魂，本本分分地成为农民、工人或者学生，却蜕变成为帝国主义实施暴虐的工具。他们在这里，遇到了用血和生命来抗议帝国主义暴力的正义之剑，因而在劫难逃。

当滕周健回到营部，得知科尼教官受伤了。

当时，科尼教官驾驶中型战车冲在最前头，向敌人纵深猛插。敌人料到布置兵力挡不住战车的进攻，于是伐倒大树拖曳至必经之路上，以迟滞战车的推进。这招颇为奏效。战车的履带被树筒子卡住了，动弹不得，科尼见状表现得很骁勇，他不顾一切地打开顶门，跳下车，预备搬走原木。敌人发现了他，机枪倾泻过来密集的子弹，落在甲板上“咣当咣当”作响。一颗子弹在钢板上一个腾跃，改变方向钻进科尼的头皮。科尼“嗷”的一生嚎叫，一股血柱在阳光下闪着耀眼的红光。

他扑倒在木头上，又滚落到燃成灰烬的草丛中。汩汩流动的血液粘贴在军衣上和草木灰上，结成血痂。科尼脸如死灰地躺在那儿一动不动。

为了救出教官，数辆战车后退，侧转，炮口指向机枪火力点，一发又一发炮弹呼啸着飞去，直到战壕被填平，敌人被打成肉酱为止。推土机顽强地推着原木，将原木一根接一根地推送到山坡下的溪涧里。扫除了路上的拦路虎，接下来的事情就好办了。美国人驾驶的中型战车突入敌阵，罗和睦、陈安道驾驶的战车紧随其后，向敌人疯狂射击。大家击退了敌人，将科尼顺利救出。在战地医院，医生经过检查，发现他虽然失血较多，但没有大碍，只需要补液静养就可以了。

不远处的山峦间，响起烈性炸药震天的炸裂声，这是筑路的中美联军在开山炸石。随着这声爆炸，一边的山“轰隆”一声垮塌下来，滚滚烟尘飘落到峡谷深处，推土机、挖掘机、起重机、压路机等筑路机械在毛公路上穿梭忙碌着。

第六节

这天，战车部队又接到战斗任务。出发前半小时这段时间内，按照惯例，乘员和营部长官对表，营部长官和指挥部长官对表。最高长官和普通士兵在时间上高度统一，对于军事行动的意义不言而喻。现在这项工作已经完成。

万事俱备，官兵们在等待通信兵回来。通信兵正在营部领取呼叫代码，取回了呼叫代码，战车部队就可以出征了。每辆战车都有而且只有一个通信代码，也就是呼叫代码。为了保密，每次行动前，通信代码才由通信兵领回。

营部离得不远，通信兵早该回来了。众人左等右等，却不见他们的踪影。车长焦急地看表，手撑着战车甲板驻足凝望。每辆战车的车长都是一副同样的表情：今天是怎么啦？时间到了，通信兵却未回到部队。行动是不是要取消了？

天上，盟军的飞机如一匹匹野马，咆哮着飞过崇山峻岭，奔向战场。从远处的谷地里，已经传来炸弹剧烈的爆炸声。空军几十分钟的轰炸过后，驻印军又将进行炮火准备，肆虐谷地。几轮袭击，不但能够摧毁坚固的工事和有生力量，而且能够破除重重叠叠的雷区，为战车的突击行动扫清障碍。

联系后得知，步兵已经进入前沿阵地。战车通信指挥组也已经跟随步兵到达指定位置。迹象表明，取消行动的可能性不大，前方一场血战正在等待着他们。

滕周健笑着对车长说："出发迟一点会更好。轮到我们进攻时，敌人的抵抗更弱，可以更轻松地结束战斗，减少伤亡。"车长冷静地说："通信兵迟迟未回，八成是通信出了问题，出发时间无疑要——"

话音未落，通信兵们排成一列纵队向战车跑过来，跳上战车。营门口的指挥官挥动旗帜，战车的引擎吼叫起来，钢铁洪流隆隆开出驻地。

8号战车上，车长问通信兵："出什么状况了？"通信兵答："呼叫代码可能被敌人侦测到了。"车长问："什么时候发现这一情况的？""刚刚发现的。"通信兵回答说，"步兵打扫战场时，发现战车炮击区域，搜寻不到敌人的尸体，怀疑是某战车放了空炮，而某战车说是接到通信指挥组的指令才炮击的，再询问通信指挥组，却答复说没有发出这样的指令。"滕周健问："这就奇怪了，这个命令是谁发出的呢？"通信兵回答说："只有一种可能，敌人发出的。"车长问："有没有这种可能，我们内部出了奸细，将通信代码透露给敌人，敌人使用这个代码，指挥某战车炮击假目标？"通信兵回答说："指挥部经过分析认为，内部泄密的可能性不大。再说，敌人利用技术手段，完全能够获得这个代码。"滕周健惊奇地说："敌人太狡猾了，竟然想出了此等阴招，指挥我们放空炮，白白消耗弹药。"通信兵说："调查发现，敌人不但指挥某战车，而且指挥了多辆战车。我们这辆战车，也在指挥之列。这就是说，我们也做过无用功。"滕周健讶异失声。

车长问："你去了那么久，应该领受了见招拆招的策略了吧？"通信兵回答说："是的，这次每辆战车都发了一百个代码。每个代码只用一次。如果发现同一代码用了两次，甚或多于两次，就可以肯定，这两次或多次，就是敌人干的勾当，不要理他就是了。"滕周健说："这样一来，敌人的阴谋就不会得逞了。"

炮击一停止，一辆辆战车就从树丛中钻了出来，有如猛虎下山一样扑向敌人阵地，炮口里吐出复仇的火焰，黑压压的步兵伴随战车发起冲锋，向敌人疯狂扫射，敌人像被赶的鸭子一样向后退却。见此情景，车长适时提醒说："切勿冒进，保持与步兵同步跟进，防止遭受敌人肉弹攻击。"

这时候，无线电里传来指令，43556向137方位机枪阵地攻击！滕周健立即锁定目标，按动发射按钮，炮弹呼啸着飞向目标。"打中了！"通信指挥组即时反馈过来信息。滕周健兴奋地说："这发炮弹起作用了！"

车长说："记住，这个代码已用一次，不可再用了，将它画掉，切莫上敌人的当！"通信兵回答一声："明白！"用笔画掉了这个代码。

"好家伙，"通信兵惊叫道，"我的笔刚放下来，这个代码的二次指令就来了，来得好快呀，这个方位……不就是——"滕周健抢过话说："这个方位，就是友邻步兵抢占的某山头，敌人太低估咱们战车部队的智商了。"车长说："敌人虽然狡猾，但谁会再上他的当，朝自己人开炮？"滕周健说："即使我们没有发现敌人的伎俩，接到这个指令，也仍然会生出疑问，明明是自己人的阵地嘛。不过，另一方面，如果打得兴起，来不及细想，也可能会贸然开炮误伤自己人……"通信兵惊叹道："日本鬼子确实很聪明，能够想出这个鬼点子。我们上了他们的当，却浑然不觉，没伤敌人一根毫毛，徒然空耗弹药。"车长说："幸亏我们识破了他们的诡计，要不然还会蒙在鼓里。"

这时通信兵又报告说："43557 向……方位攻击！"滕周健答应一声："好！"炮弹出膛，又命中了目标。敌人似乎没有死心，又用这个代码发来指令，但通信兵已把这个代码弃用了。

黔驴技穷的敌人意识到机关算尽，如脱兔遁入丛林中，不见踪影，阵地上尸骸枕藉，枪炮零落。战车部队根据指挥部"取胜后宜果敢追击"的命令，加大马力前进。途中暴雨如注，油料告罄，当赶来接应的战车部队到达后，他们便返回了基地。

罗和睦和陈安道站在营门外的草坡上，目光随着驶进的车队移动。滕周健在车上向他们挥了挥手。"没有挂彩吧？"罗和睦远远地问。"怎么会呢？敌人见了我们撒腿就跑，根本没有往后放枪。"

在营门口，滕周健跳下战车，一手揽住一个。罗和睦说："营部值班参谋来过，指示我见到了活人，就向他吆喝一声。"陈安道说："有个大人物挺关心你的。"罗和睦说："是啊，每次战斗结束，他总是要打个电话来，问你长问你短的。”滕周健想了想，回答说：“感谢长官挂念我，其实我心里挺惭愧的——我放了不少空炮，虽没有伤着自己人，但也没有打着敌人。”罗和睦说：“放空炮这事，怎么能怪你？”滕周健笑着说：“不过，今天没有吃那一套，应该说，发发炮弹都砸向了敌人，目标不再是虚的了。”罗和睦说：“步兵兄弟告诉我，敌人的反抗减弱了，与胡康一带遇到的敌兵不是一个层次。迹象表明，在我们猛烈地打击下，敌人丧失了斗志。”

第七节

由于密支那城的作战处于胶着状态，战车部队一分为二,一部先期开赴密支那，加强攻城部队火力，大部分中型战车被调往该地；另一部先清剿河谷的残敌，待河谷作战结束后，也赶赴密城支援。

指挥部下达此项命令时，正值缅北雨季来临。缅北雨季的雨水丰沛得令人咋舌，一些桥梁、隧洞和公路被洪水摧毁，低洼地带一瞬间就变成了泽国，步兵不得不在齐膝的泥浆和齐腰的洪水中艰难行军，战车在恶劣的道路上行动困难。有几次，部队试图在密林中隐蔽设伏寻机歼敌，都因为雨水浸淫，吃水达到限度而宣告失败。后来几天，中国侦察兵已嗅不出敌人存在的蛛丝马迹，他们似乎消失在了繁茂的丛林深处。

当攻城的战车部队离开后，滕周健瞧着草木杂陈、污泥泛滥的营地和门前冷落、车马稀少的空荡荡的营房，瞧着灰蒙蒙的天空中释放出来的一道接一道的霹雳闪电，以及雨帘摧折下的芬芳的花朵和雨幕笼罩下的苍茫的树林，听着远方隆隆作响的炸雷声，心中不由得泛起一股股凄凉的况味。当心中涌现这种凄惶的状态时，他就会坐在倒伏的树筒子上一动不动，思维退去，脑袋里一片空白，进入一种超越时间和空间的状态。

罗和睦看到滕周健处于这样的状态中，开始几天没有在意，后来他感到有些不安，对陈安道耳语说："你看他，坐在那儿一动不动，不知道在想些什么——这样下去怎么得了？""在为秦玉华的不幸遭遇而难过。"陈安道说，声音沙沙的。

罗和睦蹑手蹑脚地走上前，从身后一下捂住了滕周健的眼睛。滕周健摇动脑袋说："我早发现你了，我脑后长着眼睛呢。"

"整天枯坐，别人还以为你……"罗和睦笑着说，松开了手，"你在想什么呢？"

滕周健摸了摸腮帮子说："这几天我坐在这里，其实什么也没想。倒是刚才，我想起爹妈来了。你看，周围的山峦谷底，跟我的家乡简直一模一样。喏，那个谷地，十分适合居住——"他指着前面不远处的丘陵地带接着说，"砖瓦房子依山傍水而建，住在里面冬暖夏凉。农具、石磨在屋檐下整齐摆放，鸡鸭牛狗在院坪里大呼小叫，柴火充足，米粮丰裕。"

罗和睦笑着说："哈哈，田园乐土真令人神往啊。希望战争早日结束，好解甲归田，耕读传家……"又突然说，"史迪威来过了。"滕周健扭过头问："他来了？"罗和睦说："来了，又走了。屁股还没有坐热。"滕周健说："啨，这么快，是来看望教官的吧？"罗和睦说："长官说，是来慰问部队的——开着吉普车，随员不多，轻车简从，讲了几句话，大致意思是我们是他见过的最勇敢的军人；孟拱一带的敌人，用你们中国话来说，成了强弩之末，但密支那的敌人还非常凶狠。下一步，战车部队可能要转到那里作战，可天气非常不妙……，反正没讲多少话，挥了挥手就上车走了，我看见科尼一同走了。"

"咿呀，科尼走了？"滕周健搔着头皮说。罗和睦笑了笑说："这不是我们操心的事情。"

"他是脱离战场了。"滕周健说，"可诺恩……诺恩就没有这样幸运。

他在哪里，有消息吗？”罗和睦回答说：“据可靠消息，他正在密支那趴窝呢。”滕周健咕哝道：“秦玉华的死，诺恩知道吗？”罗和睦眨巴着眼睛说：“谁知道呢！”滕周健问：“秦玉华死了有二十天了吧？”“十七天，比半个月多两天。”罗和睦回答说，然后伸出两只手，掰弄着手指头，“前天，你问了同样的问题，忘了？”滕周健陷入了沉思。

三人抱膝仰望天上的团团阴云，灰色的云雾上达天际、下及地表，张开血盆大口吞噬了重重叠叠的山峦以及村庄、田野、河流。不时一阵瓢泼大雨，有如精神病患者歇斯底里大发作，劈头盖脸地袭来。凄厉的雨声，狂风鞭打草木的声音，掩盖了说话声。

第八节

“轰轰！轰轰轰！轰轰！”

黎明时分，雨止住了，好像有一双巨手将团团迷雾拨开，久违的阳光就从这云团之间的缝隙中悠悠而下，在盟军的轰炸机上反射出万丈光芒，在倾囊而出的炸弹群中跳着欢快的舞蹈。

一连数天沿着卡盟至孟拱布满重兵的公路沿线疯狂轰炸之后，盟军的战线从今天开始向西南山地发展。一轮又一轮的地毯式轰炸，彻底摧毁了敌人依照地形构筑的明碉暗堡和层层火网，还有由民房改建的坚固工事。阳光清朗，天地间混沌渐渐释解，远山上的烟气在不断消散，景色如画。

地面上各种口径炮弹出膛及撕裂空气的尖利声音在耳边连环响起，与密林中惊叫的鸟声相应和。战车履带咿咿呀呀在山脚的草坡上缓缓碾过，刺耳的金属撞击声令人头晕目眩，乘员不时还有一脚踏空的失重感。除了齐头跟进的步兵外，有一个工兵排携带了推土机等筑路设备，战车通行受阻时，他们会立即开辟前进的通道；还有一个由十多辆卡车组成的运输车队满载弹药油料，在队伍后面浩浩荡荡行进，随时为战车加油和补充弹药。

右翼向南进攻的正面部队由于遭遇强敌的顽抗，推进速度放缓，而左翼的孙立人部队在淫雨中轻装急进，攀登千仞高山，徒涉百米深涧，前锋已渡过水流湍急的孟拱河，包围孟拱并向城区攻击前进。因此，右翼部队指挥官们感受到了空前的压力。他们决心在最短时间内，剿灭公路沿线及西南山地的敌兵，与向卡盟方向攻击的左翼一部会师，结束孟拱河谷的战斗，然后沿铁路公路挥师东进，援助密支那的友军。眼下，吴教官所在的战车部队由于敌人拼死抵抗，加之道路险恶，仅由公路向东南推进数公里。他们决定由山地迂回，在敌军后方钉一个楔子，冲垮敌人阵地后，再与另一支进攻铁路小站的友军会合，向终极目标密支那前进。

雨后初晴没多久，山地重新朦胧起来，乘员们的心头便罩上了一层忧虑。对于滕周健来说，不仅如此，甚至还有阵阵惶恐袭扰着他，因为当战车群从一个山坳口经过时，他发现该处的地形竟然似曾相识，就好像什么时候来过一趟一样。在记忆深处费劲地掏挖，原来不是在现实中，而是在梦境中来过这里——他追赶着秦玉华，怎么也追不上，她最后从这个坳口跑下去不见了。他清楚地记得，做梦的那晚正是她遇难的前一晚。他这样想着，恐慌就一阵阵地袭来，双腿禁不住战栗，胳膊肌肉僵硬，嗫嚅着说："真是见鬼！"车长说："这鬼天气！"滕周健望了车长一眼，不自然地笑了。

这时候，通信兵高喊一声："一个机枪兵窜上房顶了，正在屋脊上爬！"左前方坍塌的民房屋顶上，赫然露出一挺机枪。车长命令："干掉他！"说时迟那时快，滕周健早在机枪吐出火舌之前，已经发射出炮弹将人与枪拔掉了。烟尘散去，半截房屋变成了一堆瓦砾。通信兵大声说："杀鸡焉用牛刀——本来应该我出手的，你占了先。"滕周健笑着说："只有多用'牛刀'，才能在气场上压倒敌人。"说完这话，他的腿不颤抖了，手臂也灵活了。车长说：“好了，不扯了，注意监视敌人动向。”

垭口外一马平川，战车加大马力开进，引擎的咆哮声有如滚滚雷声在空旷的山地激荡，步兵的喊杀声一浪高过一浪。地面开阔，旱地一垄接一垄，间或一畦稻田泛着青浪。然而，农民们却在枪炮声中远走他乡，杂草与农作物比肩生长。敌人赶走农民，在他们栖居过的房屋茅舍、耕种过的田间地头，以及遍布他们足迹的矮山树丛和桥面溪沟，安插兵马，修筑掩体，架构防线，准备以武士道精神和盟军部队血拼。

战车部队、炮兵及步兵在荒芜的田地里，以排山倒海之势冲击着这些人和工事交织构成的错综复杂的壁垒。庄稼地宽阔无边，是战车纵横驰骋的理想战场。滕周健所在的战车居中，两辆战车一左一右卫护在侧，他只需监视正面半圆形的区域就行了。在路面狭窄处，要么右侧的战车超前，左侧的战车殿后，要么相反。总之，无论道路宽窄，那两辆战车总是在侧面行进，将 8 号战车严密保护起来。虽说锥形队形是战斗队形，但滕周健感到那两辆战车是有意为之，心里涌现出感激之情，恐惧的情绪一扫而空。他得以把注意力集中到正面，腾出手来对付前方之敌，这一点，没有那两辆战车的协助是办不到的。战车部队是一个统一的整体，每辆战车是一个战斗小单元，所有乘员协作将凝聚成巨大的能量。他们越战越勇，如入无人之境。在准确的炮击下，一队队日本兵化为肉泥，一个个堡垒被拿掉，冲天的火光和浓厚的硝烟在土崩瓦解的工事上升起。这些烟火庄严地宣告，战斗结束以后，这片饱经蹂躏的土地将获得新生。

几天后，战车部队推进到山地西侧尽头，奉命等候从北边林莽深处奔突到此的敌军。沿着西部边缘迂回的步兵从北向南节节进逼，不断地突破敌人筑成的防线，占领区一寸一尺地扩大延伸。他们的单兵战术在印度训练基地练成，在实战的洗礼中得到强化。在暴风雨席卷的森林里，弟兄们与余威尚存的敌人不分昼夜地搏杀，经历无数次的拉锯战，甚至不惜以白刃和手榴弹肉搏，从敌人的尸体上蹚开血路，从狼虫虎豹、泥沼及悬崖的阻隔中，以不屈不挠的信念一路向南挺进，以英勇顽强的意志延伸脚下的土地。

弟兄们骁勇善战、殊死搏杀，敌人的防步兵战壕一寸一寸地被破坏和瓦解，卡盟失陷有如釜底抽薪，敌人被打断了脊梁骨，再也振作不起来了。尤其当孟拱被攻占后，敌人的心里防线彻底崩溃了。他们像被驱赶的狼群一般没命地奔逃，但野兽怎能逃出猎人设下的牢笼？

滕周健所在的战车部队已经布下天罗地网，在风雨中掘开条条战壕，战车经过伪装隐伏其中，布置成一个个口袋阵，炮口翘首指向敌兵的来路，张网等待狼狈逃窜气数已尽的对手飞蛾扑火。

衣不蔽体、手拿砍刀在密林中开路逃命的敌兵刚一冒头，以为进入了安全地带，得意忘形地“哇哇”狂叫，不料，枪炮声四起，还没明白是怎么回事的敌兵，瞬间像被收割的稻子一样，一排排倒下，被炮火摧毁的高树矮树和杂草荆棘掩埋。又一批溃逃的敌兵悄无声息地摸到了这里，在灼热的火光中换上了日本武士的装束，手中的战刀闪耀着寒光，伴随一声接一声的嚎叫向战车冲杀过来。这无异于以卵击石——为他们陪葬的绿树花草迅猛地燃烧，将邪恶焚化为滚滚浓烟。

战斗以一个佐官的亮相而告结束。他站在烈火中央，怒视如海的苍山和如血的残阳，挥舞战刀念念有词，有如向他的士兵下达作战训示，好像身后还有千军万马供他驱使。火光映照着一张狰狞丑恶回光返照的脸。他忽然双膝跪地，刀尖指向腹部。

“啊呀，”一位战车兵叫出声来，“他要自杀！”

“死得痛快些吧，”另一位战车兵说，“这个执迷不悟的家伙。”一个点射过去，这个佐官栽倒在树丛中不动了。

第六章

要狠！要快！吹冲锋号！

/战车少尉/

“你想了解的那个美国人，诺恩，他……他死了。”

“死了？”滕周健和罗和睦、陈安道同时瞪大了眼睛。

战车部队经过短暂休整，向八莫开拔，一路攻击前进。就在抵达八莫城的外围时，出了一件大事，吴教官牺牲了！

进攻八莫时，8号战车的通信兵牺牲，滕周健则身负重伤，被紧急空运至雷多接受手术治疗。归队后他荣升少尉。

滕周健参加的最后一次战斗是一场战车大战，没想到敌人以投降的姿态结束了战斗。

第一节

一天下午，骤雨初歇，数辆吉普车停在千疮百孔的公路上，跋山涉水而来的营长走下车，来到坡地。这位一身污泥但伟岸挺拔的长官，沉默地站在那里，无声地微笑着，细心地听工作汇报。

听完汇报，他望着严整的队伍，简短而铿锵地说："弟兄们，鉴于天气恶劣，暴雨凶猛，加上连续作战，士兵疲惫，车辆损毁，我们到达前线已无可能。密支那——这座缅北最后的城池，已经交给英勇的步兵、炮兵和盟军的空军去占领了。现在我命令，全体都有，前车作后车，后车作前车，撤往印度东部整训。"

战车部队官兵按照长官的命令撤出战场，驻扎在印度东部的某处丛林里休整。十多天后，吴教官他们从密支那城回来了，弟兄们立即拥上前围住他，要他讲述战斗经过。

"吴教官，诺恩怎么样了？你看到诺恩了吗？"滕周健问道，他好不容易才插上一句嘴。

"等一会儿，我就会回答你这个问题的。"吴教官说，"那天，我们沿公路向前攻击，敌人设置数层防线激烈反抗，我们以猛烈的炮火压制敌人的阵地，打退了敌人一次又一次进攻，取得了一些战绩。谢尔曼战车厚厚的装甲防护性能确实不错，敌人各种口径的炮弹都不能击穿它，在它的保护下，我们毫发无伤。但是，我们却不敢突进太远，因为我们发现，敌军见对付不了谢尔曼中型战车，转而群起攻击斯图亚特型战车，先后有十多辆轻型战车被击毁，三名美国士兵和多名中国士兵战死，另有数人负伤。傍晚时分，战车部队被敌军包围，我们不得不停止前进，进入防御状态，情况一度非常危急。只有避免与敌人胶着，才能扭转被动的局面。

“回过头来看，我们能成功从战场撤出，是占了天时地利与人和的。天时方面，中午时雨小了，黄昏时却越来愈大，这下帮了我们大忙，本来光线暗下来了，大雨加重了光线的黯淡；地利方面，步兵和炮兵借助有利地形构筑的掩蔽工事，敌人的炮弹打过来是死角；人和，我就不说了，在危险的时刻，各兵种除了盟军就是同胞兄弟，团结如一家人，共同御敌。除了在车上担任警戒的弟兄，大部分战车官兵冒着弹雨下车，借助雨幕、夜幕和烟幕弹掩护挖掘战壕，步兵兄弟也来帮忙。众人拾柴火焰高，我们摆开夜间防御阵势，与日军对射一阵后，从容撤出了战斗。

“撤退路上，大家窝着一肚子气。有人说，‘仗不能那样打了，那样打太窝囊了，牺牲了那么多人，毁坏了那么多战车。’有人问，‘那怎么打，才能减少损失？’那人答道，‘兵不厌诈，迂回到敌人后面去，兜屁股狠狠敲他一下子。他们不是包围我们吗？我们也给他们来一个反包围。’弟兄们响应道，‘对，以其人之道还治其人之身，就不相信治不了他们！’主意已定，派出侦察兵侦察地形，看能不能找到一条适于战车通过的迂回路线。还真有！”

吴教官眉毛一扬，继续说：“这条路是当地人弃之不用的一条小道，又陡又窄又险。事后看，敌人肯定没有想到我们会沿此路通行战车。这条小路与公路的关系，有如弓和它的弦的关系。迂回到敌人后方不是很远。真是辛苦了工兵兄弟们，他们遇山开路，遇水架桥，高超的手艺帮了我们大忙。真的，如果没有各专业兵种的大力配合，取得一场战斗的胜利，是难以想象的。所以说，若论功劳，无疑是属于大家的。后面的事情就好办了，我们磕磕绊绊地走着，最后如愿以偿地通过了险峻的路段。凌晨时分，我们悄悄闯入了日军的阵地。敌人显然猝不及防。刹那间，天崩地裂的枪炮声响起来，敌人被打得晕头转向，在火光中东窜西跳，自始至终没有组织起有效的抵抗。我们和步兵取得联系后，他们吹响了让敌人丧胆的冲锋号，从另一头发起攻击。两面夹击下，敌兵的斗志被彻底瓦解。有十多个拒不投降的敌人，拉响手榴弹集体自杀。这是一次成功的奇袭。战至天明，彻底肃清了残敌。孟拱河谷的战斗，画上了一个圆满的句号。”

“这一仗解气呀，解了心头之恨啦！”

“为牺牲的战友报了仇了。”

“那么，你们是什么时候去密支那的呢？诺恩在密支那吗？他还好吗？”滕周健忍不住再次问道。

“那天早晨，战斗一结束，我们就行进在去密城的路上了。”吴教官望着大家说，长长的眉毛又扬了一下，目光里写满喜悦，“对了，诺恩，那个美国特种兵，等等，还是等等吧。”他把手搭在滕周健的肩膀上，手指头敲打着他的胸口，“我们发扬连续作战的精神，不给敌人喘息的机会，因为我们得到一个情报，有不足一个联队的敌兵正赶往密支那，支援那里的敌人，另外，从八莫、滇西，也有敌人的援兵往密城开拔。看来，敌人在那里下足了血本，不惜一切代价，妄图守住密城——这是缅北最后一座城池，失去了它，阻挠中美修建中印公路就成了泡影。指挥部原计划偷袭密支那，那时敌人的城防也很空虚。但我方没有研判出这一形势，没有趁机占领城市。现在敌人援兵云集，战机已失，偷袭战变成了攻防战，不能不说是一件憾事。”

“岂止是憾事！这样一来，不知要打多久才能打进密城，不知要付出多少伤亡的代价才能结束战斗。”

“按说，这些损失是可以避免的。”

“听说郑洞国将军已经到达密城。”

“唉，最后，还是要他收拾残局。”

“是的，郑将军已经抵达前线。”吴教官说，“目前，派往前线的远征军官兵已达三个师，第十四师、第三十师和第五十师，当然，还有美英联军。我们在行进中，了解到的战场态势是，由于美军指挥官自以为是，研判与策略均出现失误，造成很大的被动。现在正在以疲惫之师在积水齐腰的战壕里与敌人展开拉锯战——”

“这是怎么搞的嘛！”有人急切地插话说。

“是啊，听到这些消息，我们感到非常痛心。”吴教官皱着眉头说，“我们要做的是，尽最大的努力，将这不足一个联队的敌兵消灭在路上，一个不留，以减缓攻城部队的压力。我们和步兵指挥官商量，决定由步兵迂回，我们从正面堵击，三面包围，只留出向西的口子。这一决策奏了效，战斗打响后，我们勒紧了他们的脖颈，口袋越扎越紧，敌人做垂死挣扎也毫无用处，一个也没跑掉。哈哈哈，我们实现了作战预期。”

吴教官的眉毛舒展开来，露出刚毅的笑容，炯炯有神的目光扫视着现场的战车官兵。数十天的连续作战后，他的脸变黑了，脸颊更加瘦削，然而，从他眉宇间、咀嚼肌一伸一缩展露出的坚韧倔强的个性，却没有任何改变。

“好，打得好，又出了一口气！”

“解了攻城弟兄们的后顾之忧。”

“后来呢？”

“后来，我们抵达城下，映入眼帘的是一片沼泽。面对隔水相望的城池，我们爱莫能助。当接到撤兵命令后，就拖着筋疲力尽的身体回来了。说实话，我只想睡上几天几夜，好好休息一下。……回来路上，我听英军弟兄们说，从英帕尔到缅西连绵不绝的密林中，以及大江沿岸，堆满了敌人的尸体，浸泡在积水里，蚊蝇像地毯一样覆盖在他们身上。轻重武器及汽车散件、坠下悬崖的牲畜死尸，也多得数不胜数。

“战线拉得太长，补给供应不上，是敌军覆亡的主要原因。”

“这一仗，南方军的家底损失殆尽，这是报应，上天长了眼啦！”

“作恶多端，自有报应……以后，缅甸的仗就好打了。”

官兵们纷纷议论着，渐渐散去。

“喂，兄弟，你是不是郑将军的小老乡？”吴教官小声问，他望着战士们远去的背影，手用力拍着滕周健的肩膀。

“噢，是的。你……你是怎么知道的？”滕周健结结巴巴地问。

“郑将军亲口对我说的——你隐藏得很深嘛。对了，你想了解的那个美国人，诺恩，他……他死了。”

“死了？”滕周健和罗和睦、陈安道同时瞪大了眼睛。

“是的，死了。”

“对你们来说，这是一个不幸的消息，但我只能据实相告了。在密城西北某阵地上，我看到了他的遗体，用白布裹着，放在担架上，准备抬上汽车，埋葬在山谷中美军的公墓里。

“他是怎么死的，已经没有人说得清楚了。当时的情况是这样，几个日本兵包围了他，他一看不妙，撒腿就往阵地后方跑。日本兵紧追不舍，瞬间又将他围在垓心。他向敌人射出最后几颗子弹的同时，也被敌人的子弹击中了。这时，从山坡的我军阵地上，几乎同时倾泻着子弹。最后他死在了谁的枪口上，自己人，还是日本人？如果被自己人击中而死，是不是有意为之？因为部队长官严令，只能前进不能后退，违者军法处置。由于枪弹交织混杂，已经没有人说得清楚了。”

听完叙述，滕周健难过地低下了头，想说什么，却没有说出来。

第二节

进入雨季，战车部队奉命休整，迎来一个难得的假期，滕周健与罗和睦、陈安道三人决定开车出去转转。

车开出不远，他们来到一个十字交叉路口，见这里车辆、行人骤然增多，大量军车和军人穿梭而过。他们是奔兰姆伽而去的——滕周健已经发现路牌箭头上标注的地名，就是他们大战前的练兵场。

“跟在他们后面，”滕周健对驾驶员罗和睦使了个眼色，“到那里看看去，反正假期还没结束呢。”陈安道点头说：“去那儿，可以看看徐老板……”滕周健扭过头问陈安道：“想吃山东风味了？”陈安道咂吧着嘴说：“是的，好吃好吃。”

在这个热带的艳阳和湿气眷顾的上午，三人夹在壮观的盟军车队中间，一路翻山越岭，向昔日的训练场行进。

到达训练场，战车学员排兵布阵正在如火如荼地进行着，引擎轰鸣，烟尘飞扬。三人观望着这些熟悉的场景，陷入回忆中，默默无语。操练暂停，学员围拢来，再听美军教官讲解。这位教官长着大胡子，头发白了一圈，伴随“叽里咕噜”的说话声，脑袋不停地摇晃。这名教官实在太眼熟了，是科尼！

科尼已经发现了站在山坡上的中国军人。他讲完要领，就往山坡上走来了。三人赶忙致礼相见。科尼兴奋地嚷道：“‘密斯特滕、罗、陈’，你们怎么来了？”滕周健告诉他，他们在假期到兰姆伽看看，以后也许没有机会来了，并邀请他到镇上小聚。科尼爽快地答应了，因为他正好要去战车管理部办事。

在战车管理部办公处外，科尼邀请他们一起进入房间，滕周健婉拒，说要去看一个战友，然后和教官约定在大门口碰头。

那栋低矮平房的第三间房间，门紧闭着，珠帘今犹在，不见卷帘人，而且，在珠帘和门框之间，结上了厚厚的蛛网。此处蛛网盈门，彼处野草塞途。滕周健清除蛛网，珠帘被触动，发出了袅袅颤音。从窗户望进去，依稀可见整洁的家具和艳红的闺房。重归故地，此情此景让人不由得唏嘘。三人在房间里待了一会，滕周健说："还了愿了，走吧。"

天擦黑时，他们一起往徐老板饭店的方向走。科尼问："'密斯特滕'，看好战友了吗？"滕周健笑着说："看好了，多亏您，要不我们怎么通过岗哨？"科尼高兴地说："三位来得巧，再迟两三天，你们就看不到我了，我也见不到你们了，因为我要回美国了。"滕周健闻之愕然："真的？"科尼抚摸着自己的胡子说："是的，我刚才就是办理交接手续去的，我的服役期满了。我真是太高兴了，回到美国，我就能看到我的妈妈了，我有一年没看到她了；还有我的老婆和两个小宝贝。"滕周健高兴地说："这次衣锦还乡，您和您的家人就可以团圆了，三代人可以享受天伦之乐了。教官先生，愿好人一生平安。"科尼说："谢谢，愿上帝保佑你们。噢，我不会忘记你们的，不会忘记兰姆伽的，不会忘记缅北的……"

印度侍者端上饭菜。稍后，徐老板巡视餐厅，发现他们一行有如见到天外来客一般，惊讶万分："你们……你们怎么来了？"

"我们……我们不能来吗？"滕周健学着徐老板的腔调说，"徐老板大发了，特来捧捧场，送上祝福。"罗和睦说："祝愿徐老板生意兴隆——到了雨季，战车部队奉命休整，我们才寻着机会回访来的。"滕周健说："这次来，是想再看看这个难忘之地，把一些人和事锁定在记忆里。我们感觉到，就此别过，恐怕要各奔天涯了。"罗和睦激动地说："徐老板热心肠，给了我们那么多照顾，我们无以为报啊！"

徐老板鼻子发酸地说："说哪里话？前线将士浴血奋战，老百姓才有安宁可言。……快了，日军蹦跶不了几天了。……等抗战胜利，我就回中国去——中国才是我们的根，回到家乡梁山去，开个小饭馆，一家人和和美美地过日子……”

滕周健握着徐老板的手说：“好啊，如果能活着回去，一定专程到梁山和你相聚，品尝你的山东风味。”徐老板问：“喝酒不？”滕周健夹了一口菜送进嘴里，答道：“不了，有纪律。假如能活到抗战胜利，我要一天喝二两。”

回程路上走走停停，路不好走，到处是积雨形成的烂泥潭。由于耽搁，他们来到雷多军区时，那个天上的火球距离山脊只有丈把高了。滕周健想在军区停留一会儿，看看王美英，再回到基地去。罗和睦为难地说：“太晚了，以后再来吧。如果要在这里停留的话，赶回基地，恐怕要到半夜了。”滕周健坚持地说：“哪有什么以后？以后就是训练和作战，还有时间来雷多吗？”陈安道劝他说：“去吧，去吧，就依他，半夜就半夜。”

他们见到了光彩照人的王美英。几个月不见，她出落得白白胖胖，脸色由晦暗变为红润，举手投足优雅动人。

“是你们呀！”由于惊异，她的嘴巴半天没有合拢，“快进来坐，喝茶，吃晚饭。”

“不用了，时间来不及了，我们还要赶回去呢。”滕周健说，“你和肚子里的宝宝都好吧？”

王美英说：“好，都好，医生检查过了。”

“几个月了？”

“五个月——咦，你们怎么到这儿来？”

罗和睦回答说：“是这样，我们放假出来转转，顺路到你这儿看看，祝愿你们母子安康。”

“谢谢你们。”她突然带着哭腔说，一掬清泪从眼眶里飞出，“我和宝宝不会忘记你们这份情谊的。你们也要多保重啊！”滕周健说：“我们会保重的。王姐别哭了，怕惊着孩子。你替我们告诉张营长，我们已经给他报了仇了。”罗和睦也劝慰说：“王姐别哭了，别扰着孩子——孩子可是我们远征军的苗苗啊！”

坐了半小时，又坐了半小时，三人才依依不舍地上了车。王美英站在门外“呜呜”地哭着说：“好兄弟，一路保重啊！”

吉普车上，三人向她挥手告别。这个坚强的女人站在路旁，不停地揉眼睛，哭成了泪人儿。

第三节

快到1944年年底时，训练场上的蚱蜢已了无踪迹，密支那已经被攻克数月，十万大军改编已完成，在缅北莽莽苍苍的原始丛林的各条小道上，在竣工的宽阔的中印公路沿线，到处都是雄赳赳气昂昂的全副武装的中国驻印军的行进队列。时至冬天，这个国度晦暗阴湿的雨季，已经被时光的车轮抛在身后，代之以和煦温暖的晴朗天气。蓝天悠悠，白云朵朵，空气中弥漫着香甜的气味。

在这个气候宜人的季节，就在总指挥美国将军史迪威与中方闹僵、从缅甸辗转印度回国不久，一纸命令传到了战车部队训练基地，官兵们被要求在两周内赶到缅甸八莫，参与攻城作战，协助步兵彻底歼灭盘踞在城内的日军。在规定时间内赶到，必须日夜兼程，这对战车的性能是不小的考验。在基地的数月内，美方已将战车的维修保养技能，悉数教授给中方官兵。事后看来，这样的举措无疑大大降低了战车的事故率。在复杂地形以及夜晚行军，有步兵坐在车上导向，有步兵穿着荧光背心引路，妨碍能见度和视野的各种困难，在大家的配合下，都得以克服了。

天空像海一般蓝，而当一个人从天空想到海，他的心肯定也会像海一样辽阔，无边无际。现在滕周健就是这样，他立在炮塔里，心里升腾起如海一般的情怀。眼前的战车群，则有如一艘大海船，凭借人类的技能和经验，不避风浪暗礁，所向披靡，毅然、勇敢地向不可知的海洋驶去。战车逶迤行进，步兵或坐在战车上，或伴随战车前进。一张张娃娃脸围绕钢铁洪流，无所畏惧地大踏步走着。看着这些全身有如以钢铁做成，蓄藏着无尽的生命之力、顽强地迈动脚步向着战场挺进的同胞兄弟，他心里禁不住为某一种情愫所震撼。

一天下午，收发报机传来了前方搜索部队发现敌情的报告。各作战单元迅速成战斗队形散开，摩拳擦掌，箭上弦，刀出鞘，依照地形隐蔽，待机而动。在侦察员呈报的地形图上，敌人占据的是一座方圆四公里大小的山丘。山丘东侧是部队通行的必经之路，公路右侧紧邻一条大河。侦察发现，敌人防守的重点在东侧和南侧，地堡密布，火网纵横，死死扼住了我军前进的通道。由于山丘南面也就是我军攻击的正面是偌大的平原，如果强攻将导致重大伤亡。

经过会商，决定由一部分兵力在正面佯攻，主力和战车部队一部从南侧迂回到西侧，在敌人兵力薄弱地区发起进攻。同时，联系在西北山脚穿插的一支美军部队向东南攻击。由战车和步兵组成的预备队，根据战场情况听候调用。

部署完毕，滕周健所部奉命迂回到西侧。“画家”驾驶员立即掉转车头，从原路行驶数分钟后，在山口进入到丛林中，一路都是斜坡地，低矮的树木、松散的土堆和嶙峋的怪石阻挡不了战车转动的履带。但必经路上的粗大树木，是要动手清除掉的。数名士兵刀砍斧劈，合力伐倒一棵大树，花费时间不长。但这只是偶尔为之，往往砍去一棵树，战车能推进数公里。所以，“哗啦啦”倒下的树木，多为碾压而非砍斫所致。由战车碾过而向两边纷纷扑倒的草木，恰如航船犁开的波浪。感谢上天给了这么好的天气，感谢地形给了这么好的通行战车的路径，这和在雨季行军真是不可同日而语。泥沼不复存在，沼泽亦无踪影，大家晦暗的心绪一扫而光，代之以沸腾着的激昂的热望情绪。平地上沉闷的炮声和密集的枪声，以及海浪席卷岸崖一般的喊杀声，透过林木的缝隙传过来，掩盖了这里的树木哗啦啦的倒地声和战车轰隆隆的引擎声。

战车群由山下渐渐爬上了岭脊，两面下陷，稍远处则无底，再远处高山四合，然后蜿蜒下降，进入到一个山谷之中，一条溪涧由高山里呈蛇形流出，溪涧旁长满了茅草，在前面数十丈开外处，溪涧好像没有了去路。

这时候，通信兵传来了前线指挥所的命令：“参与迂回的战车部队分兵两处，一部与美军会合后，向东南方向攻击；一部从西向东攻击。”滕周健看出了门道：“这两处交上火后，就可与南面进攻的部队一道，合力将敌围歼于山包东面。”车长说：“是的，只要三面卡死，敌人只有向东面退却，成为饺子里面的馅了。”通信兵说：“敌人退至公路上，就再也无路可逃了。”滕周健笑着说：“泅水可以逃命。”车长看看时间说：“不说话了，做好战斗准备！美军在前面等着我们。”滕周健望着潜望镜说：“美军已经准备就绪了。”车长说：“好的。进攻吧！”

“画家”驾驶员加大油门，战车吼叫着像箭一样冲了出去，汹汹流动的溪水被踩在了脚下，一道道的坡坎同样被履带征服了，土层和石块在重压下嘎嘎作响，这儿那儿烟尘飞扬。一字排开的战车群在向山坡的运动中，变换成波浪状的曲线。美军在战车的掩护下猫着腰冲锋。

经过数月的军训，滕周健底气见长，消除了不少临战恐惧心理；再者，装甲部队的气势，步兵的英勇行为，潜移默化地施加影响，使他心里的畏惧也毫无增长的机会。他淡定地在行进中搜索着打击目标。一排迫击炮弹在队列里爆炸，这些对铁甲几无杀伤力的武器，却使步兵们应声而倒。他立即对着炮弹的来路进行连续轰击。轰击收到了效果，一直到登上山包，再没有遭受迫击炮的骚扰。不仅炮兵踪影全无，打得火热的敌人步兵也慑于威力，连滚带爬地躲到工事里去了。

经过一轮打击之后，敌人龟缩在了东部的狭长地带。于是，三支战车分队作了分工。滕周健这支负责北段，从西边突进的那支负责中段，吴教官那支负责南段。这注定是一场没有悬念的争夺。在三支战车分队持续攻击下，在呛人的炮火硝烟中，敌人首尾不能相顾，苦心经营的堡垒纷纷坍塌，一部分敌人被埋在里面，成了这些钢筋水泥结构的陪葬品，还有一部分敌人冲出地堡作自杀式的顽抗。战车上的机枪发出刺耳的吼叫声，步兵的自动武器喷吐着火舌，将这些被武士道浸染的妖孽化为灰烬。敌人已经无路可逃，公路的北边已经被美军步兵围成铜墙铁壁，西边铁甲战阵密不透风，南面的大部队已经沿公路向北挺进，战车行进的引擎发出令敌人丧魂失魄的闷响。这标志着战斗已接近尾声。往东看，浩浩荡荡的大河挡住了去路。微风吹拂着河面，在和煦的阳光下荡起阵阵波光。

残存的敌军一溜烟地跑过白色沙滩，扑入河水中，奋力向对岸游去。战场指挥官站在河边，望着他们垂死挣扎的熊样，笑着说："就这么点出息，还想蛇吞象，还想在伊朗和德军会师……"有人问："怎么不追击他们？"指挥官说："在两峡一江处，有人兜着口袋，在等他们上钩呢。"

滕周健从这次小试牛刀的战斗中获益颇丰，他捡到了一把高级手枪。那天，战斗结束后，战车从山包上下来，他站在炮塔里，在向新建的基地徐徐开进时，他看到在前面不远处有一具阵亡士兵的遗体。他跳下车，跑上前去一看，发现是一名美国人，腰里皮带上挎着这支手枪。他向那名美军士兵敬了一个军礼，然后连皮带和枪套将这支枪取下，带了回来。这把手枪英文名叫“霍提甩夫”。中国生产不出这种手枪。这是一支不错的枪，性能优越，可以打冲锋枪子弹。他一看到它就爱不释手。他从战场上捡回来后，本应作为战利品上交，但他没有这样做，而是悄悄藏匿在战车内，放在一个不易被人察觉的空间里。

占领腊戍后，缅甸战事结束，滕周健乘坐“吉姆西”回国，他没有忘记把这支心仪的手枪带在身上。后来，他佩带这把手枪和各种势力周旋，能在环生的险象中得以自保，在他看来，这把手枪是起了作用的，有功劳的。倒不是因为它的性能先进，而是正如那些势力的人物私下里所议论的，能佩带这把稀有枪支的人，绝对是一个令人望而生畏且具有不可知的神秘性和传奇色彩的角色。当然，这是后话。

第四节

战车部队抵达八莫城的外围时，出了一件大事，吴教官牺牲了！

近旁的战士看得真切：一声清脆的枪声响过之后，吴教官像一个麻袋从那棵樟树上栽了下来。他被敌军狙击手击中头部，根本没有抢救的机会，当场就咽了气。

他们像射出的箭一般，“嗖嗖”跑向倒地的吴教官，大声呼唤着他的名字。然而他已经没有反应，眼皮很沉重地闭着，头部有如堤坝破了一个缺口，血“汩汩”涌流着，流进身下的沃土中，在那惨白的脸上，漾着他刚毅的微笑。

一个顶梁柱就这样坍塌了，这是战车部队的重大损失。

战车部队作出了复仇的反应，数百米开外的小树林，准确地说，在那些枝干粗壮的大树的枝丫上，就是开枪者的藏匿之处。在望远镜下观察到，那树的枝丫上搁了不少的小石头和木条子，是敌兵疲倦时休息用的，看来是预备作长时间的蹲伏。“嘭嘭，嘭嘭，嘭嘭嘭嘭”，炮口上的烟火起起伏伏，烟雾向着辽远的天空弥散开来。

8 号战车的炮声听起来格外响亮，因为融进了开炮者浑身的力量。滕周健占据有利位置，因为战车已经开到高处，视野开阔，可以居高临下观察到树林里的敌情，有敌人在林地里跑动，有敌人从树上像猴子一样滑下树干。“不能让他们溜了，”滕周健愤怒地骂道，“这些该死的王八羔子！”榴霰弹已经成堆地码放到脚下的地板上，一颗一颗进入到炮筒里，又借助巨大的推力从炮管内飞到树梢头了。一团火球冲天而起，一团团枝繁叶茂的大树树冠，连同敌人的肉身，一同被炸成了碎片。大树被截断，成了光杆，有火苗在舔着树干燃烧，一片狼藉的林地变成了埋葬侵略者的坟场。树林旁边有一排排茅草屋，是用竹竿、木板和茅草建成的简陋房子，有的房子外面还有用竹竿篱笆围成的齐腰高的墙。因为与敌军有扯不断的干系，几发炮弹将它们炸得东倒西歪、支离破碎，并引燃了房屋的一角。这星星之火，演变成了燎原之势的熊熊大火。房子转瞬间被烧了个干干净净。在房子的残迹前面，不多时就有我方的搜索部队现身了，他们去完成吴教官未竟的任务。

吴教官牺牲的时刻，警戒哨已沿山布防，搜索部队已向敌军前沿阵地悄悄伸出了触角；部队长官正在山坳的前线指挥所里，研判敌情，作出初步战斗部署，并根据侦察部队传送回来的最新情报，不断调整进攻方案。部队希望速战速决，并且以较小的伤亡换取攻城胜利。这就要求刺探情报的战地侦察员发挥更大的作用。来到这个制高点后，也许是获取情报心切，吴教官带着望远镜爬上了树……

“都是望远镜惹的祸！”弟兄们痛心地说，“镜片反射了太阳光，被敌兵发现了……”

得知吴教官牺牲的消息，长官们急匆匆地走出指挥所，跑向山顶上的罹难之地。在这棵樟树下，他们在吴教官身边围成一个圈，沉痛地脱帽致哀。弟兄们为他换上一身干净的军装，将他安置在用葛藤、竹子和木条做成的担架上。他像是睡熟了，脸上标志性的笑靥痕迹一直漾着——他也许在做着同妻儿相会的好梦吧。

滕周健的眼泪无声地流着，罗和睦也在不停地擦眼睛，陈安道蹲在地上，心痛得一声不吭。

吴教官出生在南洋，从小受到了很好的教育，回国后在军校学炮科，因为从小会开车，所以被选中担任驻印军战车教官。吴教官接受任务时非常忐忑，他对战车这一行是门外汉。上峰对他解释说，会开车，会用炮，战车兵所涉及的不就是这两门专业嘛。再说，机械化部队国内没有，碰到谁，都要从零开始学。在上峰的眼中，吴教官俨然就是个先行者了。蒙此信任，他二话不说，就飞越“驼峰”来到了印度。他经常对学员说，他是半路出家，还算不上一个称职的教官，所以不要对他教官来教官去的，叫声大哥就行了。然而在学员心中，他却是一个不折不扣的教官，这是与他过人的悟性，以及向美国教官虚心请教分不开的。

吴教官在南洋娶妻生子，生活富足。抗战爆发后，本来他是想只身回国参战，将妻儿留在南洋，然而贤惠的妻子却执意偕子跟随回国。就这样，一家四口踏上了回国之路。没有料到，吴教官几年后被派往印度。如果娘儿仨继续留在国内，就没有了生活来源。吴教官苦劝妻子重回南洋，妻子拒绝了，她说可以找份差事养家糊口，等待丈夫得胜归来。吴教官说不过妻子，只得把妻子儿女送到一位远房叔叔家里暂时安顿。

今夜，现在，吴教官仿佛是睡熟了，月亮照在他惨白的脸上，执意看时，有些不清楚；不经意看时，却很明朗——他的脸上分明留着那坚毅的笑容。快到了与娘儿仨重逢的日子，如果一家人能够团圆，那是如何动人的一幅画呀！滕周健想到这里，眼泪又扑簌簌地流了下来。三人站在月光下，地上拖着很长的影子。

大战前夜，有些空寂。火堆上有火在燃烧。微微的风，吹动悬崖边上的树叶沙沙作响，吹来了一首凄婉的歌：

故乡远隔在重阳
旦夕不能相望
那儿有我高年的苦命娘
盼望着游子返乡……

第五节

接下来的这天上午跟往常一样，没有显露出丝毫的不同，天是蓝的，水是碧绿的，空气是温暖湿润的。在夜幕中一如以往悄然降临的露珠，玲珑剔透地铺满了田野的草丛和树木的叶片，给万物披上了水灵灵的盛装，就连士兵的战衣、战车的铁甲也都是湿淋淋的。

截至这天上午，战车部队已经经过了十多天的行军。在这期间，他们为了早日赶到战场，昼夜兼程，逢山开路，遇水架桥，一路过关斩将，横扫阻挡在路上的敌兵，没有遭遇顽强的抵抗。

驻印军已经得到高层的消息，把八莫和腊戌拿下，他们的历史使命就基本上完成了，剩下的敌军将交由英印军和英缅军去收拾。战事一结束，将士们就要凯旋回国。不过由于现在国内战事吃紧，敌军已经快要打到重庆，作为国军的精锐之师，驻印军有可能要分出一部分兵力回国抗战，不能等到缅甸战事结束后再回国。因此，将士们的心里都沉甸甸的。

“龟孙子，我们来了，和你们玩命来了！”有战士高声嚷道，从路边长满杂草的土坡上扯断了一根青绿色的刺条子举过头顶，在空中画了一个弧，犹如在表达某种不屈的誓愿，然后把它掷到溪沟里让流水带走了。

这天早晨六点，东边露出鱼肚白时，攻城战斗打响了。

盟军的野马式战斗机呼啸着越过山顶，飞临城防阵地和八莫城上空，一轮又一轮地投弹轰炸。在天崩地裂的爆炸声里，工事和房屋被炸开了花，一团团蘑菇状的黑云腾空而起，交互缠绕。飞机轰炸停止后，复仇的炮火怒吼起来。地毯式的炮击蔚为壮观，使人直觉地联想到咆哮的海浪冲击沙滩的场景，时而跳跃、时而翻滚、时而奔腾的浪花，以迅猛的力量往沙滩上扑，翻来覆去地蹂躏着起伏的沙丘，直到完全撕裂最初的状貌为止。当隆隆的炮火覆盖前沿阵地时，装甲部队的官兵已经跳上战车，按照程序做好战斗准备，步兵也已经全副武装地集结于小树林和草房子一带待命，只等信号弹升空就发起全线进攻。

这时候，炮火延伸射击开始了，这就意味着出击的时刻快到了。滕周健用潜望镜观察了一下，视野中山坡后面浓烟滚滚，城市上空的云雾随着微风缓缓移动，不绝于耳的除了响彻云霄的炮声，还有建筑物轰然垮塌声和烈焰窜行的啵啵声。

本来，战车部队打算抽调一个分队迂回到山后，从峡谷侧出，以清除侧翼之敌，减轻正面压力。“好啊，”滕周健得知这一决定时，高兴地说，“又可以使用这一出其不意的战法了。”他念念不忘几天前的山包之战，这次战例对于他来说，是第一次迂回作战的战例。但这一次，滕周健不能如愿以偿了。侦察得知，狡猾的敌人在峡谷出口构筑了反战车阵地，又挖掘了反战车壕，死死扼守住这一咽喉要道。战车部队只好放弃侧出，在正面实施强攻。

八点半，漫山遍野响起了夺人魂魄的冲锋号声，步兵呐喊着端枪向硝烟中勇猛冲击，战车沿着勘察好的线路轰隆隆地向前开进，这就是从山脚先运动至山腰上，再从山腰向山下猛插。战车经过路段的障碍物已被工兵清除掉了，战车得以顺利地姿态昂扬地爬坡，炮口指向天上姗姗行走的黑云。

滕周健紧盯着潜望镜，准备一到山腰，就按通信兵的指示，实行先发制人的打击。通信兵也正聚精会神地聆听收发报机的声音，唯恐落下指令贻误战机。快到山腰了，但阵前敌方却出奇地宁静，敌人未见冒头，也没有武器射击的响声。

在瞭望孔内观察，我方步兵已经停止呐喊，卧倒在地，指挥员正在观察敌方的动静。滕周健听到了自己粗重的喘息声，他立即收紧腰上的宽皮带一寸距离后，觉得呼吸声变轻了，慢慢恢复了常态。车长见此情景说："留心观察周围的动静，防止敌人耍弄阴谋诡计。"滕周健平静地说："敌人无非是想让我们离近了再打。"车长赞同说："是的，看来一场恶战不可避免。"一辆战车上去了，又一辆，接着又是一辆。回头看，还有一半战车在山坡下爬行。

突然，山顶上传来"啪"的一声枪响，霎时，枪声大作。山顶上重机枪和高射机枪喷吐着毒蛇一样的火焰，密集的枪弹打在战车装甲上当当作响。滕周健见状迅即旋转炮塔，调转炮口，向山顶还击。"轰轰！轰轰轰！"一连发射了数发炮弹，战车在后坐力下剧烈颠簸，发出刺耳的金属震响。座舱里腾起火辣辣的烟雾，滕周健忍住呛咳，又射出几颗炮弹。敌方阵地喑哑下来了。

这时候，通信兵大声说："坏了，怕是天线被打断了！"车长掀开顶盖，向后瞄了一眼，然后命令通信兵：“你来修天线，我掩护！”通信兵回答一声：“是！”随后便以迅雷不及掩耳之势跃出舱门，蹲伏在炮塔边，取出备用天线安装在基座上，并将旋钮拧紧。正当通信兵将天线修复好，猫腰前行，准备跳入副驾驶舱的一瞬间，一颗子弹飞来，正中他的头部，鲜血喷溅了车长一脸一身。就在通信兵嘴唇半张，从喉咙里咕噜出“啊呦”这一微弱的声音之后，这个娃娃脸的身体，像一堵墙倒了下去，摔在乱石嶙峋的草丛中，没有了气息。

车长怒不可遏地射出一串子弹，又射出一串，继而又一串。滕周健也射出了复仇的炮火。这时候，眼前橘红色的火光一闪，旁边的战车上响起了剧烈的爆炸声，一股辛辣的令人窒息的硝烟钻进座舱里。潜望镜里变得漆黑一团，什么也看不见。“危险，快冲出去！”车长高叫道。在战车群炮火的怒吼声中，8 号战车很快冲出浓烟和黑暗，潜望镜里又现出了亮光。“这是中了日军的反战车炮弹，”滕周健望着燃烧的战车，肯定地说。说话间，那辆战车炮塔上大大的白色编号，已经被熊熊的火焰吞没了。

“滕周健，你到副驾驶室去，与指挥组保持联络。我来担任射手。”当肃清了山顶的敌人，战车群组成战斗队形向山坡下席卷时，车长这样对滕周健命令道。“是！”听到车长的命令后，他答应一声，迅即跃起跳入副驾驶舱中，戴上耳机再次接通收发报机。通信兵的意外牺牲，有如大风大浪袭来，使滕周健的心中摇动起巨大的风波，但心里颠簸了一阵后，他又归于平静。由于损失了一名乘员，他和车长身上的任务更重了。车长视战场情况，要么打机枪，要么打炮，二者只能择其一，而且还要自己装弹。滕周健则既要收听无线电台，又要打机枪，在车长使用火炮时尤其如此。因为多数情况下，对付近距离的零散敌兵还是机枪更有效。

战车群滚滚向前驰骋，朝八莫外围阵地攻击前进，引擎发出震彻寰宇的隆隆声。然而，前方阵地却静悄悄的。敌人是被消灭殆尽了，还是仍然活着潜藏在地下掩蔽部内？滕周健这样想时，只听得“轰”的一声，一辆战车触发地雷，瘫在前面不远处的坡地上了。“轰！”又一辆战车也中弹起火，天线杆上的战旗烧着了，冒起了黑烟。

“敌人……敌人在哪儿呢？”

“是啊，龟孙子躲到哪儿去了？”

数分钟过去了，战车群挨了不少炮弹，数辆战车被炸得七零八落。在焦灼的等待中，时间一分一秒地流走。

“各战车注意，暂缓攻击！各战车注意，暂缓攻击！立即寻找山沟洼地隐蔽！立即抽调兵力抢挖战壕！”指挥官下令道。大家准备遵命执行，恰在这时，无线电台传回了目标指示。“不用挖战壕了，”车长兴奋地说，“打！狠狠地打！”顿时，战车群雪耻的炮声吼叫起来，向指定方位轰击。无数炮弹拖曳着耀眼的火光飞向目标阵地，整个大地都在颤抖，阵地上一片通红。紧接着，战车咆哮着冲出掩蔽部，向前方突进。

敌人密密麻麻地出现在了阵地前沿，就仿佛从地底下钻出来似的，近点的像蝗虫，远点的像蚂蚁，眨眼间，漫山遍野的壕堑、掩体、坑道和山坡上的丛林里，都是敌兵。

“怎么会有这么多人？噢，快看，是从城防工事里钻出来的——他们把守城兵力调到外围来了，这是唱的哪一出呀？”

“这样一来，城防不是空虚了吗？”

“他们是想主动出击，把我们堵在外围，减轻守城的压力。”

“有可能，并且，他们十之八九是冲我们的战车来的。”

“是的，战车肉搏队！”

战车部队的官兵有喜有忧，喜的是原来估计闭门不出的敌人，竟然送上了门；忧的是，这必然是一场恶仗、硬仗，拼不赢敌人就拼死了自己，迅速拿下城池就成了一句空话。然而战况紧急，来不及多想，狭路相逢勇者胜。

“要狠！要快！吹冲锋号！”在进犯的敌兵未出手时，我方的攻击开始了，战车和炮兵的各种炮弹画着抛物线伸向敌军阵地中的各个位点，弹着点越来越密集，由原来的单个爆点汇成带状爆点，枪声也好像下暴雨一样，“哗哗”响着分不清来处，被炸处、被机枪扫射处成了绞肉机，弹片、人体的残肢断片伴随草木土石漫天飞舞。战车内没有人再说话了，驾驶员握住操纵杆左冲右突，车长在聚精会神地开炮，滕周健紧握机枪瞄准敌人射击。战车的隆隆声被四下里生死搏杀的炮声枪声掩盖了，眼目所及处，都是火光、硝烟、千疮百孔的工事和遍地躺卧的尸体。尸体挡住了前进的通路，战车不得不从无数尸体上轧过去，还没有死的，也成了肉泥。滕周健记不清射击了多长时间，他是看不到活的敌兵才住手的。战斗停止时，二十多箱子弹打完了，他的眼睛布满血丝，肩膀肿成馒头，手指头也僵硬了。

战车开到基地后，如果不是要用肥皂水清洗装甲上的战尘和履带上破碎的肢体，滕周健真想坐在车上打一会儿盹，太疲劳了，筋骨软塌塌的。他费尽气力跳下车，却站不稳，蹲伏在了地上，一时没有站起身来。他鼓着腮帮子试图站立，也只能佝偻着腰不能伸直。他低头猫腰站着，突然，他听见肚子里“呼啦啦”响了一阵，一束茶杯粗的黑红色的东西，从前面正中的宽皮带里涌了出来。是血！宽皮带破了一个口子，这一团黑血，就是从那里被挤压出来的，还在不断地流！滕周健大叫一声“我要死了”，就晕了过去。

“不好，滕周健负伤了！”

“弹片打进肚子里了——快来人啊！”

“医务兵！医务兵！医务兵！”有人接连大声大叫着。

一大群人随着喊声扑了过来，脚步激烈而杂沓。

“快解开皮带包扎！”

众人见躺在地上的滕周健双目紧闭，面色惨白，呼吸急促。触一下脉搏，快得不得了。“只怕是没救了，”医务兵推测说，“先包扎再说。”

“拿血压计来，”医务兵吩咐另一个医务兵。他接着下了第二个指示：“血压还好，赶快扎针输液！”

“快！向营部报告！”

营部的值班参谋急匆匆地跑来了，老远就冲医务兵喊：“情况怎么样？”医务兵回答说：“不好说。”参谋说：“郑将军指示，派飞机将伤员送到雷多去，越快越好！”又命令道，“派人查看一下战车，看有多大的弹洞。”旁边有人答道：“那么多人都看了，战车严丝合缝，哪怕纽扣大小的洞眼也没有。”参谋疑惑地问：“是吗？仔细点，再查！”

一会儿工夫，来人报告：“和先前的结论一样，完好无损，没有弹洞。”参谋想了想说：“没有最好。不过，没有弹洞，又是什么东西进入了伤员体内？这样吧，我们请美军专业军士检查一下战车，任何可疑之处都不要放过。”

第六节

“看来，我们的决策是正确的，不计较一城一池之得失，两只手都伸出来，左右开弓，打八莫，又分兵打腊戍。”

“我们的军队是很能打的，要不是国内战事吃紧，派了那么多部队回去……”

“敌人大势已去，……上半年，缅甸战事肯定会画上句号。……郑总指挥，您那标志性的胡须该刮掉了。”

一行人经过廊下，边走边谈来到滕周健所在的病房门口，鱼贯而入。

正在病床上小睡的滕周健被谈话声惊醒了，他揉了揉眼睛想翻身坐起，却被一只手按住了。

这人弯下腰问：“怎么样，恢复得不错吧？”

这是1945年元月上旬的一天，滕周健在空军医院已经住了二十余天了，他能吃能睡，精力充沛，皮肤白了，胖了。这几天，他天天缠着医生要求出院返回前线，医生认为他体质尚虚，还要休养几天。今天，郑将军来到病房，或许与此有关。

果然，他摩挲着胡子说：“那天吓了我一跳，以为你会到阎王那里报到去呢。医生看你这架势，也认为你没有救了。”他在床头边坐下来，又说，“我刚从重庆述职回来，就碰到你这档子事。”

那天，滕周健被送进空军医院时，郑将军一行人已经守候在医院门口了，身后跟着随行人员和美军医护人员。汽车停下，他一个箭步走上前，神色严峻地问随车的医务兵：“严重吗？还能说话吗？”医务兵答：“能。”

担架上的滕周健听到这个熟悉的声音，睁开了眼睛，微弱地喊了一声：“郑总指挥！”郑将军俯下身，轻声问：“小老乡，难受吗？”滕周健点了点头，气息奄奄地说：“其实……其实，不用送我到这里来，我知道……我快死了，我……没什么遗憾的，杀死了……那么多敌人，我……我赚了。”

郑将军急忙用手制止他继续说下去，然后用眼神示意美军医生发表意见。那位身材高大的医生仔细检查了创口后，轻声对郑总指挥说：“弹片打进腹腔内，形成弹洞，势必造成实质及空腔脏器广泛而严重的损伤，重要脏器的功能减退，还有弹道污染、粪便污染形成的感染和毒血症等继发问题，情况非常严重，恐怕是凶多吉少啊！”郑将军闻言说：“只要有一线希望，就不要放弃！”医生点了点头说：“好的，一定按长官指示办。”然后回头吩咐医护人员，“先送到射线室照个片，再推到手术室做手术。”

美国医生拿着洗出的照片百思不得其解，照片上没有显示金属异物的致密阴影，可以排除弹片进入腹腔的可能性。不是弹片进入腹腔，那又是什么东西击穿宽皮带，并且在腹壁上钻出一个茶杯大的洞眼呢？能形成这么大的损伤，这个东西爆发的力量还是很强劲的。在术前消毒及麻醉期间，他的血压一直平稳，似乎没有失血过多的情况，说明没有损伤到大血管，同时，腹内脏器的损伤也应不是很严重。否则，尽管运送速度令人叹服，不过一个钟头而已，伤员的生命体征还是不会这么好，如果损伤严重，也许在途中就已经丧命了。

医生心里有底了，虽然不知道是何种东西所为，但这名中国伤员似乎命不该绝。郑总指挥听到伤情报告后，长长地舒了一口气。他对致伤的东西也感到好奇，一面交代他们和战车部队联系，将这东西查清楚，一面等待剖腹探查手术的结果。

手术出人意料的顺利，术中清理出了一堆玻璃渣子；肠子损伤一段，进行了肠切除及肠吻合手术。术后，滕周健被送入特护病房观察和治疗。

每隔一段不长的时间，就会有金发碧眼的美国女护士来到床前探视，给他以无微不至的关怀。在这些美丽的护士面前，他有痛也不愿意表露出来，特别是在麻醉药的效果消失以后的那段时间，他痛得龇牙咧嘴，以顽强的毅力忍住。他认为男人不能在女人面前示弱，默默忍受才是男儿本色。在这个国际化医院里，自己的一言一行都代表中国，断不可以做出“有丧国格”的举止来。在他看来，没有忍住痛苦，不仅失了人格，还失了国格。

但在他内心深处，他太需要她们的安抚了。她们的一举手、一投足，甚至一个不经意的小动作，都会对他产生无穷的魔力；她们的一颦一笑，温柔与温存，都会让他无比眷恋。只要一和她们接触，一种如沐春风的感觉就在心中荡漾，久久难以平静。在她们无微不至的护理下，只过了短短几天，他觉得自己的伤情已经好一大半了。

接下来的几天，护士们的表现更是让滕周健敬重。由于伤情限制，他只能在床上排解大小便。这些女护士大多是未婚姑娘，还处在花季的年龄，却不怕闻臭味，不避男女之别，帮他褪下裤子，把便盆放在床上，又将他的双手搭在她们肩上，支撑他的身体。

“好吧，就这样。”郑将军露出了和蔼的微笑，注视了滕周健片刻，他站起身来说，“不要多想，好好养伤。”滕周健因为感激，无以言表。他坐在病床上，目送郑将军一行人离去。

没过多久，走廊上又响起匆匆的脚步声，一个挟着公文包的青年军官来到滕周健床前，对他说：“恭喜你，我以指挥部的名义通知你，你被任命为 8 号战车车长，少尉阶级！”

第二天，他觉得自己该走了，不应在医院里享清福了，该向这些好心的护士们说再见了。她们一离开，他就找到主管医生，要求出院归队。由于他意志坚决，医生只好同意了。

滕周健到达营部后一跳下车，就被留守的战友围住。大家把他抬进营房，要他讲述住院的经历。他的话匣子一打开，就滔滔不绝不可收拾了。他讲起自己进医院时如何生命垂危，阎王爷准备将他收录在册；他讲起美国医生医术如何精湛高超，将他从死亡线上拉了回来；他讲起异国美丽的护士如何精心照料，不避男女之别。

罗、陈二人从战场上归来，见到滕周健，喜不自胜。罗和睦打量着他，笑道：“你被飞机运走以后，我们都认为你有去无回。还是你命硬，好好地活过来了，精神也见长了。”陈安道撩起滕周健的衣服看他肚皮上的伤痕，惊讶地说：“呀，这么大的疤，战斗的纪念品。”滕周健笑着说：“回想起来，是那根宽皮带救了我。战车里空气流通差，加上天气燥热，坐久了，总是胸闷气短，在腰上箍上宽皮带后，起到支撑躯体的作用，这些不良的感觉减轻了，也不容易疲劳了。没想到关键时刻，宽皮带帮了我大忙，救了我的命。”罗和睦说：“应该感谢那条宽皮带啊，在生死关头，它帮你阻挡了弹片的攻击。”滕周健连忙纠正说：“不是弹片，是玻璃。”陈安道狐疑地问：“玻璃？”滕周健回答说：“是的。我很想弄清楚玻璃从哪里来的。”

滕周健在战车前面转了一下，又跳进副驾驶舱瞅了瞅，看出端倪来了。前部的装甲局部有一个浅浅的凹陷，对应的舱内油表玻璃缺失了凸出来的部分。不留心观察，难以发现装甲及油表上的变化。怪不得一直查不出原因，连美国专业军士检查多次也是徒劳无获。

致伤过程应该是这样的：飞驰而来的炮弹落在装甲上，没有击穿装甲，但却造成了很大的震动，将油表上的玻璃震碎，玻璃碎片变成了杀伤力很大的小弹片，猛烈地射向滕周健的宽皮带，把它钻了一个杯口大的洞，这些小玻璃碎片又从洞里进入到他的腹腔内。

滕周健记得当时激战正酣，他集中精力打机枪，弹雨纷飞，巨响频频，他一点也没有察觉到身体受伤，紧扎的宽皮带又保护着他，使他坚持到了战斗结束……

第七节

“你去雷多治疗没几天，八莫就拿下来了，接着我们又派了少数部队去同驻滇军队会师。”罗和睦说。

滕周健看了罗和睦一眼说：“看来缅甸之敌快覆灭了。”

陈安道说：“快了。”

罗和睦推测道：“我估计，硬仗恶仗都打完了，区区腊戍一城，指日可破。”

“虽说战事接近尾声，但仍不可大意。”滕周健紧紧握着拳头说，掌心里留下了指甲深深浅浅的印记，“我们要防止敌人最后的疯狂！”

果不其然！这天黎明，在前方侦察的中美联合空军发回一条重要情报，在通往腊戍路上的一处小树林里，隐藏着数十辆敌军战车。

滕周健听说战车忽然出现在战场上，大大吃了一惊。与敌人对阵大半年，交战者都是炮兵和步兵，敌军的战车连影子也没见过。在战争大幕将要闭合时，却突然现身了。平时，这些战车都蛰伏在哪儿？只有一种可能，他认为，他们一直在训练场上作卧薪尝胆式的训练，待技艺练成，再投入到战场实施反击。

指挥部闻听战车挡道，也有些震惊。郑将军不敢轻敌，他下令：所有战车部队除留一个营作预备队外，其余四个营全体出动，拼他个鱼死网破。出征前，长官郑重其事地针对如何攻击战车作了训示，要求慢慢靠近，不可贸然突入，以免被敌人当成活靶子，尤其是老兵，要给新兵做出表率。

滕周健知道长官的用意。这次 8 号战车四名乘员，驾驶员还是绰号叫“画家”的那位，经验老到，但通信兵和射手两人却都是新兵。他自己坐在车长位置上了。他凝视了射手一会儿，是个娃娃脸，他不由得想起那名惨死的通信兵。他注意到射手不停地抖动腿脚，心里的慌乱和紧张可想而知。他记起自己初上阵地时也是这个样子，不比他强多少。他决定用激将法缓释一下射手的压力：“大家注意了啊，看表，现在是八点半，路上一个钟头，到达阵地是九点半。记住，九点半，就是我们的死期！”射手吓得面如土色，腿脚晃动得更厉害了。

“画家”驾驶员见状发话了：“车长，你不当长官时大气也不出，当了长官，怎么尽出粗气呀？”

“哈哈哈，”滕周健说，把手指骨捏得“咯嘣咯嘣”响，“你岂不知生死由天定？当到了那个天翻地覆的时候，纵有天大的本事也难逃那个劫数——不过，现在还不到时候。”随后问射手：“老弟，你听明白我的意思了吗？”射手“嘿嘿”笑了，脸上慢慢恢复了自然的颜色。

滕周健看了他一眼，又说了下面一通话：“我们是军人，干的是危险的事情，脑袋系在裤腰带上，说不定哪天就会身首异处。可又一想啊，我们干的是崇高的事业，不光全民族在干这个事，全人类有正义感的人都在干这个事，都在为这个共同的事业而奋斗。我们活着，这世界就会变好一些。我们若是死了，在九泉之下，也不会感到寂寞。”射手说：“是的，要想这世界没有侵略者存在，就需要有人做这种事情。”滕周健点点头，接着又说：“我是刚从奈何桥上回来的人，走过这一遭，对人生的意义比常人更明白几分——为正义事业付出会获得人的敬重。那么多我不认识的人，为了争分夺秒抢救我而奔波操劳。为我一个人出动一架飞机；医护人员早早等在医院门口迎接我，立即为我做手术；我躺在病床上不便行动时，护士姐妹不辞辛苦，为我翻身拍背、端屎端尿，唉，她们还是未婚少女呢……总之，我说这些话，除了向所有关心和救治我的人表达感激之情外，还有一个意思是，人不是随便就会死的。所以，大家用不着害怕……”说这些话时，滕周健的眉宇间充满了自信，让射手和通信兵的紧张情绪消除掉了。

当行进至小树林边上时，无线电台指令停止前进。用望远镜观察，发现敌方战车正在缓慢移动，炮塔不停地旋转，好像一个个忐忑不安的蝗虫，业已嗅出了空气中的异味。见此情景，长官决定委派战车进行试探性攻击，一共派出九辆，三辆一组，呈品字形排列，三个品字又组成一个更大的品字。出击的战车群身着伪装向树林里开进，其余战车从四面八方悄悄向树林合围。

滕周健看到这阵势说：“战车对战车，实打实较量。看来，一场恶战不可避免。”射手紧盯着潜望镜，大气也不敢出。“别急，先把炮弹装填好，”滕周健说，取出一颗穿甲弹递给射手，又从穿甲弹中分拣出一批码放在他的脚下，“要不，战斗打响后，我俩换个位置吧。”

“车长，你不要小瞧我，”射手不服气地说，迅速将炮弹填塞进了炮膛，“我不是孬种！”

滕周健笑着说：“好，依你——你开几炮试试。”在离敌军战车大约一千米时，战车停止前进。敌人的战车有大有小，有一辆小战车开过来了，炮管正在跟踪目标。

“不好，它要‘拉屎’了，”滕周健看得真切，命令道，“快！先发制人，瞄准它——”话音未落，那辆小战车的炮口冒出一股青烟，炮弹打在了距 8 号战车约四百米远的前方草丛中，“噗”地腾起一团火焰，烟雾弥漫，草木“刺啦刺啦”燃烧起来。

滕周健眯着眼睛喊道：“标尺……，好，开炮！”“嗵”的一声响，敌人的小战车中弹，立时面目全非，熊熊的火光吞没了它。

“打得好！靠前一点，再靠前一点，狠狠地打！”滕周健喊道，“他们的炮打不远，不会伤着咱们。”战车轰响着又向前跑了两百米。“停车，上穿甲弹，”他命令道，“瞄准后半身遮蔽在茅草中的大家伙，开炮！”

“哎呀，打偏了，没有打中要害部位。咦，它……它倒退着跑了。”

“没关系，再打！追着打！”

一场混战后，战地上一片红，一片烟。树枝和茅草吐着火苗。被火焰烧过之后，地上留下了乱七八糟的黑色灰烬。在袅袅的烟雾里，在被大火蚕食而歪倒的草丛中，纵横停放着敌军十多辆大大小小的战车，有的已成一堆废铁。

这时，敌军一辆 95 式战车的顶盖打开了，一把在太阳下闪着寒光的枪刺从里面伸了出来，接着，枪柄也露出来了，枪柄上系着一块白色布料，一出舱门，这块布料就迎风不停地曼舞，好像是要挣脱束缚飞向空中的白气球。

“车长，快看，敌人……”

“是呀，挑一块白布，想要什么花样？不是……不是要投降吧？”

“投降？笑话！他们什么时候投过降？战败了，就自杀。”

“不会是诈降吧？先引诱你靠近，再干你一家伙。”

正讨论间，一辆97改式中型战车的炮塔舱门也被推开了，一只拿着一条白布的手伸了出来，白布在空中呼啦啦飘动着。一会儿工夫，所有战车上都有白色的东西在风中飘扬。

这时候，我方阵地上空爆响了一枚黄色信号弹。

“投降了，真的，真……投降了，自我作战以来头一回。”

“为什么要投降？他们从来不服软的……”

“以为是一场硬仗，以为这条命会丢在这个山坡上……”

步兵端着冲锋枪跑过来，排成一列横队接收俘虏。从左至右，第一辆战车上走下来三个俘虏；第二辆走下来三个；第三辆只有两个了，不满员，都是男的；第四辆两个，不满员，有女性了，一男一女；第五辆也是一男一女……

越来越多的女人走下战车。一个、两个、三个，足有六个之多。战争不是让女人走开吗？怎么这么多女人上了战场？因为减员严重，男人缺额严重，女人到了非上阵不可的程度？如果不是，这么多女人现身在此，又作何解释？

滕周健一手持枪，一手搭在敌人的装甲车身上。有那么一刻，他的目光正好和一个女俘虏的目光相遇，可以看出她和中国女人并没有什么区别，黑亮的眼珠，有线条的鼻子、嘴角，乌黑的头发和黄色皮肤；可以看出挫败感堆在脸上，沮丧、哀怨和愤恨写在心里。同他对视一眼后，她的两手便握于腹前，微佝着背，小碎步，和众多俘虏渐渐消失于山坡下面了。

“都来看看，摸摸，”步兵和俘虏走后，滕周健对他的弟兄们说，“看看这几个铁家伙有多重，摸摸它们的甲板有多厚。”

众弟兄这儿看看，那儿摸摸。

“哎呀，小的大概三吨，中的估摸五吨，大的也不过十吨。瞧我们的战车，小的就有十五吨，中的三十吨，大的五十吨，都是庞然大物。即使不和它炮对炮枪对枪，单凭撞，也能撞它个稀巴烂。”

“防护装甲也薄得不行，只比纸厚一点。”

“火力不用说了，差劲。”

“哈哈，哈哈哈哈……”

这时候，通信兵报告说：“接电，我们要班师回‘朝’了。”

“不到腊戍城去了？”

“不往南去了，不打了。”

滕周健怅然若失地说：“好了，我知道了。”

在这个万物复苏、春暖花开的上午，一长列驻印远征军战车威武雄壮地行进在回营的土路上，狂飙突进，卷起黄土飞扬。这又是他们一次璀璨华丽的亮相。瞧，鲜红的战旗迎风飘扬，士兵布列在战车上英姿飒爽，黑洞洞的炮口叩问苍天，天下英雄舍我其谁！

“没想到战斗如此顺利，没想到战果如此辉煌……”

“车长，你觉得捡了个大便宜，是不是？”

“是的。他们从来是誓死不降的。”

滕周健说：“这次一反常态地向我们投降，说明他们心里是服气的。他们知道同我们较量，是拿鸡蛋往石头上碰。所以他们认定，除了投降，没有别的出路……”

“车长，你当上长官后话变多了，而且一套一套的。”“画家”说。

“我透露给你一个秘密。以前作战，我是抱定必死决心的。自从死过一回后，我变了，变得怕死了。我想，如果打完仗还活着，该多好啊！

“听到要打战车大战，我心里一咯噔，料到活不成了，所以上车后，我就一直讲……讲个不停。我怕两眼一闭，该讲的话讲不成了。

“我还透露给你一个秘密。男人难过女人关啊！仗打完了，我想找个老婆成个家，生一窝孩子，种几亩薄田，淡逸安适地过日子……”

第七章

别了，印度！别了，盟军弟兄们！

/战车少尉/

“我急不可耐地想回国了。”滕周健对罗、陈二人这样说道。

罗和睦深有同感地说：“我们的使命完成了，就应该回国呀。没有仗打了，待在这里有什么用呢？”

然而在回国途中，罗和睦和陈安道却双双遭遇车祸身亡。

当车队到达昆明时，受到了当地百姓们的热烈欢迎。但当夜在机场露营时，滕周健却和战友们经历了一次匪夷所思的战斗……

第一节

一晃一个月已过。这天，指挥部所在的破庙来了五十名战车营的弟兄，他们是来请求回国抗战的。滕、罗、陈三人是鼓动者，当然也在其中。

郑将军接过他们的请求书说：“你们的请求，我马上提请召开中美英三国联席会议研究讨论。”他用手摸了一下光洁的下巴——胡子剃掉了，这个习惯性动作却保留了下来，继续说，“你们先回去等消息，好不好？”

弟兄们你看看我，我看看你，没有要走的意思。

“我三个钟头后答复你们！”望着一双双殷切的眼睛，郑将军斩钉截铁地补充了一句。他大概是想让大家吃颗定心丸吧。

弟兄们又你看看我，我看看你，觉得也只能这样了——让郑将军立即作出答复是不可能的，于是三五成群地散去了。

“既然短时间内可以得到答复，我看不必回营地了。”滕周健说，指着前面的芭蕉林，“就到那个小山坡上坐一会儿吧。”

这个小山坡有一片旅人芭蕉树，形体高大，叶脉修长，叶片水灵，但每棵树上都弹洞累累，断裂处流出大量汁液。三人坐在这片秀丽端庄却饱受战火摧残的树下等候消息。

罗和睦说：“滕哥，这次你又出了一个风头，我们一帮弟兄被你鼓动到前线指挥所，要郑总指挥同意我们回国参战。”

“其实，我明白郑总指挥很为难，因为这事不是他一个人说了算。基于这样的前提，如果我们不闹出点动静来，不表达回国的诉求——你想想，如果郑总指挥在他们面前提出回国要求，他们会怎么想？”滕周健说，掰着手指头，“他们会这样想，仗还没有打完，就急着回国，太不够朋友了吧。再说，你们中国官兵也没有回国的意愿，这里吃得好，穿得好——”

陈安道说：“就是。”

“如果我们闹起来了，情况就不一样了，郑总指挥说话就有底气了，就会理直气壮地对他们说，你们看，回国不是我一个人的意愿，广大中国官兵都有这个意愿。缅南的敌人，完全可以靠你们自己的力量解决嘛。”滕周健看了一眼陈安道，继续说了下去，“国内就不同了，鬼子赖着不走，而且还狗急跳墙，所以必须马上回国赶走他们。嘿嘿，美英方面一看，果真是中国官兵出于一片爱国心，要求回国抗战的，不是郑将军个人的意思，他们想阻拦就没有理由了。”

罗和睦问：“你猜猜看，他们会不会同意我们回国？我觉得最终会同意，但是会遇到阻力——有人希望我们留下来，一直往南打，解放缅甸全境。”

滕周健回答说：“他们肯定希望我们留下来。如果我们听他们的，等仗打完了再回去，只怕迟了，国家亡了，我们都成亡国奴了。以前的焦土政策、空间换时间，都泡汤了。”

“回国以后，只怕又要吃‘八宝饭’了，又要穿乞丐军服了。”陈安道说，用手指着前方的远山，“前不久，我们这边的远征军和滇西的远征军会师……”

“两军会师？”罗和睦若有所思地说，拍了拍滕周健的肩膀，“喂，你那位朋友曹云胜，有消息吗？”

滕周健摇了摇头。

“对了，他写给你的信，还带在身上吗？在信上，他好像说过同你在边境城市相逢的话。”

“是的，他说过。”他边回答，边在军服的口袋里摸着，最后拿出了那封皱巴巴的信。

滕周健兄弟：

见信如面！

首先，我向你报个喜：经过旷日持久的作战，几天前，我军终于拿下了松山，敌人全部被消灭了。

今天，在军长李弥、师长汪波陪同下，第十一集团军总司令宋希濂将军来到松山视察。我以师部通信员的身份，与各位长官一起到攻下的山上查看。我们到山上看到，很多大树都被炸得只剩下树桩了，烧得漆黑。炸弹炸的大坑到处都是，有的像天坑一样，山上的土都变了颜色。

视察完后下山，在部队营地，宋将军发表了重要讲话，表扬部队打得好。

我是在阵地上参加了十多天的炮战后，被抽到师部当通信员的。由于部队马上就要开拔了，时间有些紧，我就把我到达部队后的情况，向你简单地说一下：

那天从飞机场赶往部队报到后，我被安排当了炮兵。我先是在云南楚雄进行短暂训练，我们全师都驻扎在这里。

一天夜里，我们炮兵营及少数部队被调往保山，配合其他部队攻打松山。我们乘车来到保山，保山有一个野战医院，就在怒江边上。我们到达江岸，在医院逗留了一会儿就过江了。过江是用大船渡过去的，过江后不远，就到了松山我们的阵地了。

记得我们到达阵地时，是晚上，但是天上的照明弹把地面照得通亮，我们都很紧张，心里想，这是怎么回事？照得这么亮，不会被敌人发现吗？长官连忙安慰我们，要我们不要慌，这是我们的好朋友美国飞虎队在支援我们，给我们照亮，而且天天都会来支援我们。所以，我们要打的仗，既是漂亮仗，又是安全仗。

我们得到命令，向松山日军阵地进行炮击。我们一门炮一天要发射炮弹100发左右，多时达到200发。发射的炮弹，是看不到打到哪里去的。

我们从当地群众那里了解到，松山有一个南山坡，坡上有个“千人坟”。日本鬼子抓了很多中国人，帮他们修筑工事。工程完成后，就把这些中国人杀害了，就埋葬在“千人坟”。

我认识了一个叫崔荧的草药郎中，四十多岁，他对我们攻打松山起到了相当大的作用。他向我讲起了在山上给日军修筑工事所发生的悲惨事件。他告诉我，他经常上山采药，有一条小路，从后山绕道过去，可以到达日军工事。

我觉得他提供的消息很重要，就邀请他到营部去，他爽快地答应了。他说非常愿意帮助我们，因为他的父母也被日军杀害了。一路上，他讲起日军的暴行，伤心不已。

营长听完崔郎中的讲述，立即将信息上报到师部。师部也非常重视，汪师长派了一位叫黄天的排长，来到营部与崔荧联系。那天晚上，黄排长带一排人由崔荧领路，由那条很少人知道的小路，抵近日军阵地侦察，摸清了日军阵地的情况。

由于掌握了情报，在战斗中，我军准确地打击了敌人设在山上的隐蔽指挥所。

战斗结束后，崔荥带我们到“千人坟”看过，就在我们阵地下面的南侧，距离阵地一里多路，也就是在松山南边的坡上，他称之为“南山坡”，那里有一个“达垭沟”，千人的冤魂就埋葬在那里，坟上有一人多高的碑。

好吧，松山这里的情况就介绍到这里。

接下来，部队将向缅甸边境，一路攻击前进。也许时间不长，我们哥儿俩会在某个边境城市相逢。

我们哥儿俩相逢的那一天，就是日本鬼子彻底完蛋的那一天！

曹云胜草于滇西远征军营房

罗和睦和陈安道重温这封信，是想了解滇西远征军的生活艰苦到什么程度，结果信中一个字也没有提及。

第二节

滕周健他们在十多天前萌动了回国的心思。那天天气不错，星斗满天，几片白云飘在空中。滕周健吃了几瓶罐头后走出帐篷，看见罗、陈二人站在一棵柚树下聊天，便走上前问：“聊什么呢？”

陈安道回过头来说：“唉，打了大半年仗了，好像还没有完。”滕周健说：“快完了吧？中印公路已经和滇缅公路连上了，通车典礼也搞了。”罗和睦说：“路通了，车子就能开回国了。可是，我们却还在这里打，一点回国的动静也没有。”滕周健说：“这样吧，我明天到营部去问问，看有没有回国的消息。”

第二天，滕周健在营部没有打听到回国的消息，却意外地得到了自己要升职的消息。据作战参谋说，由于他负伤后身体没有完全康复就参加了那场战车大战，精神可嘉，而且作战勇敢，处置得当，用极小的代价赢得了辉煌的战果，理应受奖，决定提拔他为中尉，获得指挥部批准后即可履职。

走出营部大门时，滕周健心想，这场战斗，无非捡了个便宜，值得这样提携吗？罗和睦得知这个消息，笑得合不拢嘴：“荣归故里时，恐怕要坐八抬大轿，鸣锣开道，才不失你的身份。”陈安道竖起大拇指说：“有官运哪！”罗和睦说：“回国之前，再打一次仗，说不定还能晋升上尉，连升三级。”滕周健笑着问：“再打一次仗？你不是不想打了吗？”罗和睦回答说：“仗打到这个份儿上，我当然不想打了，我也怕死，也想娶老婆，不过为你升官着想，还是继续打更好。”滕周健说：“去你的吧，我就那么有官瘾？”

不知道是出于什么原因，滕周健相信事不过三。在八莫侥幸捡得一条性命，本次战车大战安然无恙，那第三次呢？第三次，还有那么幸运吗？那一幕命运注定的悲剧，只怕难免发生吧？因为装着这个古怪念头，他宁愿在回国前，不再有作战任务，所以，到占领腊戍城的消息传来之前，他心里一直没有消停过。

驻印军占领腊戍城，标志着他们这支威震敌胆的钢铁洪流，这支国军精锐中的精锐，在这个国家，已经完成他们的战斗使命了。飞鸟尽，良弓藏，到了偃旗息鼓、刀枪入库的时候了。他们在异国他乡为民族解放而战的丰功伟绩，将载入史册的英雄谱里，镌刻在中华儿女的心中。

在这个国度里，和平已经展露出了曙光，在很多人看来，滕周健可以在回国之前，逍遥地度过这来之不易的美好时光了。但实际上不是这样，因为来自国内的消息，让他心生焦虑。虽然异域和平在望，但祖国仍然战火纷飞。在国内，敌军从北往南打，已经贯穿南北，与来自越南的敌人会了师；而且一路敌人已经打到广西了，前锋直指贵阳。数百万难民在逃难路上，惶惶不可终日。广西离贵州不远，而贵州离重庆又不远，按照推进速度，重庆朝不保夕，有亡国的危险。正因为陪都告急，新六军才提前回国。还有，这里离国境线不远，只有区区数百公里，他不可避免地思念家乡，思念亲人。

“我急不可耐地想回国了。”滕周健对罗、陈二人这样说道。罗和睦深有同感地说：“我们的使命完成了，就应该回国呀！没有仗打了，待在这里有什么用呢？”

“是啊，在国内还大有用武之地，我们可以到广西去，到……到敌人猖狂的地方去，用我们的铁甲战车，狠狠地教训他们，打他们个落花流水。”滕周健说，向营部的方向看了一眼，“但何日是归期呢？真是急死人了。”

罗和睦压低声音说：“我们何不故伎重演呢？”滕周健问：“你是说……”罗和睦解释说：“记得吗？秦玉华死时，众兄弟在你的鼓动下……”滕周健环顾左右后说：“怎么不记得？你一提起秦玉华，我心里就难受得要命，多好的姑娘啊。”罗和睦说：“我们请愿去，要求回国参战。”滕周健说：“这个主意好，咱们分头游说弟兄们去。”陈安道也说：“好。”

经过他们的鼓动，很多弟兄加入了请愿的队伍，人数达到了五十多。弟兄们一致认为，既然这里没有敌人可打了，他们就应该抱定“国外不死国内死”的决心回国打，保卫自己的国家，让侵略军尝尝从异邦整训归来的铁甲战车的厉害。

前线指挥所设在荒野一所破败的中式小寺庙里。请愿队伍到来的时候，郑总指挥正在同长官们谈论报送过来的战况。前线进展顺利，势如破竹，郑总指挥感到分外高兴，虽然有些憔悴，但两道剑一样的眉毛舒展开来，自然有一股勃勃英气。弟兄们走进庙宇的木门后，进了偏殿，这是用作作战会议室的一间房子。

郑总指挥问："弟兄们是不是想回国了？想爹妈了吧？"滕周健赶紧说："是啰，出国已经三年整，父母兄姊无音讯。"

"哎呀，进步不小哇，"郑总指挥说，炯炯的目光停留在他脸上，"一出口就是一句诗。"滕周健笑着说："郑总指挥，弟兄们都想回国参战去，彻底打败日寇。"

郑总指挥的目光又在众弟兄身上逡巡。房间有些狭窄，他们只能或坐或站，还有很多人止步在大雄宝殿，无法进来。透过木窗向外望，石板和细沙铺地的庙前，有很多人聚集在那里，还有人从小路上走过来。

弟兄们纷纷表达着自己的心声：

"缅甸不是我们的家啊！"

"印度也不是我们的家啊！"

"打回中国去，不当亡国奴！"有人喊起了口号。

"请总指挥支持我们！"

大家热烈地鼓起掌来。

郑总指挥示意大家安静下来，作出了三个钟头内给予答复的承诺。

滕周健三人在芭蕉树下，等候结果。话到中途，罗和睦睃了庙宇一眼，因为他忽然听见了庙堂前闹哄哄的，人比先前多了一倍。

"到时间了吧，那么多人。"滕周健说。

三人跑下了芭蕉坡，奔进人群里。

"弟兄们，你们回国的愿望就要实现了，"郑总指挥高声地说，两手叉腰站在木门口，满面笑容，"如果我没有估计错的话，月底就可以离开缅甸了。"

大家齐刷刷地紧盯着郑总指挥，唯恐听错了字眼。

第三节

几条回国禁令是：不准带英美妇女；不准带华人华侨；不准带鸦片、吗啡等违禁物品。所有回国人员一百余人由驻地乘车前往雷多，接收战争物资后，驾驶“吉姆西”经中印公路回国，终点是云南昆明。

“战车留在这儿了？”

“战车留在这儿，我们拿什么利器赶走侵略者？”

得到的解释是：路途遥远，这条公路只是一条毛路，路况非常不好；再就是必经之路上，连接怒江两岸的唯一通道惠通桥承载量不够，只能载十吨，而斯图亚特型战车有十五吨。

这个消息对滕周健的打击是严重而持久的。由于三年来同战车朝夕相处，他对它产生了深厚的感情。可以说，他同它在精神上已经连成了一个整体，怎么能够分离呢？

走在回营地的路上，滕周健觉得头重脚轻，踩在地上软绵绵的，好像被人一记闷棒打晕了。他先是在原地打转，然后一个人默默地走。

罗和睦劝慰他说：“国内的敌人大势已去，不用战车这样的利器，同样会被打垮。”

“这样更好，”滕周健说，抚摸着战车的装甲，不由得眼圈一红，“倒是省不少事。”

他看着那台收发报机，冒出一个念头，既然战车开不回去，就把那个慰藉心灵的伴侣带回去。别看那个黑匣子小小的，却是神通广大，除了能收发无线电通信外，还能上知天文，下知地理，解人苦闷，让人暖心。

第二天早晨，阳光温润地照在这块山地里时，一辆吉普车、四辆汽车上，已经满载了奔赴雷多的战车官兵，坐在吉普车上的有带队长官廖副营长、美军联络官和一名翻译，全副武装的官兵分乘汽车在后面跟进。所有人员背着背包，手拿汤普森冲锋枪。这些人中，滕周健的行装与众不同，他腰间多了一样东西，那把霍提甩夫手枪；背包里也多了一样东西，那台收发报机。昨天晚上，他悄无声息地爬上战车，先把那把手枪别在腰里，再从车上弄下收发报机，用军衣包裹，然后把这两样东西带回了帐篷。

就要和8号战车永久分离了，他依依不舍地站立在生死与共的战车前。他来到炮管下，稍躬身，一下就摸到了前部装甲的轻度凹陷处，在那一瞬间，这个地方不知承受了炮弹多大的冲击力。车内的仪表修复了，车内的创伤没有了，只剩下车外装甲上的伤痕了。他的目光触及凹陷处，眼皮微微颤动了一下，赶忙收回目光，转而望向炮管所指的那片天空。

车队一路向北，微风一路相伴，滕周健默不作声，心里还想着那辆共赴沙场的风雨同舟的战车。与战车脱离，就意味着自己的身份变了。唉，人生自有安排，只能顺其自然随遇而安了。

过了一个晚上，又过了一个白天。傍晚时分，车队停下来了，传令就地宿营。滕周健一躺下就睡着了，树梢上莫名的沙沙声、狼虫虎豹的声浪，都已经退得远远的，听上去格外渺茫，恍若隔世。黎明时分，他被一阵聒噪的鸟鸣声吵醒，远远近近，有一种鸟声特别突兀，阴冷的声音，散发出侵入肌骨的凉气，在朦胧中听着特别震耳。

第四节

“二狗子，回去噢——”

“好喽——”

“野人山的二狗子，回去噢——”

“好喽！一起走噢——”

一天刚入夜，大家准备回去宿营，就在这人声寂灭之时，忽然响起了令人战栗的喊魂声。

循声望去，只见在草坪一角，距人群数十米之遥，两名弟兄俯伏在地，一人拉着悠悠长腔呼喊一声，另一人则立即答应一声。这声音将鸟从梦中惊醒，水塘中，野草中，鸟的怪叫声迭起，一声比一声大，不绝于耳。后来，杜鹃的啼叫声压倒了所有的鸟声，“从今别却江南路，化作啼鹃带血归”。

这声音时而高亢，时而低咽，在这个位于雷多与野人山之间的山中腹地的美军军火基地萦绕回荡，在这个有着淡淡月光的深夜盘旋往复。明早就要启程回国了，这是官兵们在这个军事基地度过的最后一个夜晚，大家都沉浸在回国的喜悦中。祖国尽管满目疮痍，但毕竟只是暂时的，捱以时日，照样有美好的未来。

惨淡的云朵不时从圆月中掠过，山川河流都在夜的朦胧中蛰伏。沉沉夜幕中，哽噎的喊声，仿佛野人山数万将士的魂魄在哭诉。

滕周健想起自出战以来，张营长阵亡了，秦玉华被自己人杀了，吴教官被敌人狙杀，通信兵在交战中牺牲，还有十多个弟兄也在战斗中献出了生命。他们的魂灵肯定还在山岭间飘荡无定，这次回去，一定要将他们的魂灵一并带回，以免他们成为孤魂野鬼。他在那两名弟兄一声声嘶喊时，也一一默念着他们的名字，召唤着他们的魂灵回到家乡叶落归根。罗、陈两人跟着一起呼唤，渐渐泣不成声。喊着喊着，那两名弟兄的嗓子越来越嘶哑；听着听着，官兵们的眼泪“哗哗”流下来了。洇着昏黄的灯光，和着晦涩的月光，一片片泪花在闪耀。

最后，大家都加入到喊魂的队伍中，美英官兵也加入其中，悲凄高亢的声音在这林莽如海的绝地里，如滚雷般远远传播，山动谷摇。

这一夜，滕周健睡在帐篷里，只觉得心中嘈杂得厉害。那两名弟兄对二狗子悲怆的呼喊，似乎一直萦绕在他的耳畔。杜鹃在林子里的彻夜鸣叫声，又好像是一条鞭子在抽打他的内心。他翻来覆去，猛然间萌生了诗情，于是撕了一张纸，把灵感记了下来。他觉得所写的四句诗，能够接续一年前附在家信后面的那四句诗。

他记得那四句诗是：

战车驾云荡缅北，敢为祖国破倭贼。
兰姆饮马磨长剑，驼峰破云逐日月。

刚想出来的四句诗是：

将士公墓接天宇，绝域苍茫铸死节。
铁甲远征何其苦，一寸山河一寸血。

不出罗和睦所料，装车花了足足一个星期。五十辆吉姆西十轮大卡车全部挂着拖车，整齐排列在草坪上，就像等待检阅的将士。除了四辆装运给养外，其余车辆均满载美国援助的新式武器，包括榴弹炮、火箭筒、重型机关枪、各类轻型自动武器、枪弹和炮弹。拖车里除装有给养、印度钱币和军火外，另装有六桶汽油。每辆车的载重都在九吨以上。因路途遥远，一辆车配备两名司机。

晚上，廖长官望着灯火阑珊下装运完毕的车队队列，对美军长官说："这么多的军火物资，就这样轻描淡写地交给我们了，不举行一个交接仪式什么么的？"美军长官说："你是说，要像两军会师或是公路通车那样，搞个庆祝活动？"廖长官说："是的。"美军长官说："那好吧。"他跳到一块巨大的山石上说：“廖长官，我奉命代表美国政府，把这五百吨军用物资交付与你，请接收！”廖长官哈哈大笑，“啪”地敬了个军礼，高叫一声“是”。美军长官笑着说：“我们美国人的风格，不喜欢做表面文章，刚才我的这个动作，权作尽地主之谊，满意了吧，‘密斯特廖’？”官兵们鼓掌叫好。

战车部队开入缅甸后，在野人山进出过数次，但滕周健从没有在这段路上操纵过车辆。今天他要亲手驾驶着庞大的卡车，通过这个险恶之地，心里不免有些发毛。这一段公路坡陡弯多，很多路段因为悬挂在半山腰上，异常险峻，犹如行走在鬼门关上。所以，当助手李响亮坐在驾驶室里手握方向盘，准备发动汽车时，他制止了他，把李响亮“驱赶”到了副驾驶的位置上。

回国人员编成三个分队。廖长官的指挥车行走在最前面，便于向全队通报路况。指挥车后面是一台给养车，另三台给养车分别跟在各个分队后面。从前往后依次是第一、二、三分队。罗、陈属于第二分队，他俩合作驾驶一辆汽车。他俩要求在回国路上形影不离，长官乐得送个人情，满足了他们的要求。滕周健的第三分队断后。他被任命为分队队长。

第五节

“回国喽！”随着长官“出发”指令下达，弟兄们发出了欢呼声。

别了，印度！别了，盟军弟兄们！弟兄们向在战斗中结下深厚情谊的盟军弟兄们不停地挥手。山坡上的盟军弟兄们不停地挥动军帽。

这是非比寻常的战斗友谊！

这是 1945 年夏天的一天，成千上万只鸟好像约好似的，扑棱着翅膀，在浩浩荡荡的车队与山坡上的盟军士兵之间，以一个巨大的扇面飞向天空，鸟声啁啾，诉说着沉重的离情。官兵们在远离祖国的三年中，时时念着祖国，可一朝和生死与共的盟军弟兄分开，却又无限依恋。汽车缓缓开出基地，离山坡远了，在空中盘旋的鸟群由圆形拉长为一个椭圆形，长轴一端在车队一方，另一端在美英士兵一方，最后变成一条直线，消失于天际。

滕周健暗想，它们是埋骨野人山的亡灵吗？

车队在野人山的重重山峦间，载着盟军的军火物资，载着数万将士不朽的魂灵，向着祖国的方向开进。滕周健心情格外复杂，他强压内心的情愫，集中精力握持着方向盘，保证车轮在筑路大军付出了生命和汗水的路面上行驶。还好，路面坚挺结实，没有看起来那么凶险。这是因为在战斗的岁月里，无数辆吉姆西大卡车在这段路上来来往往，无数轻战车、中战车在这段路上反复碾压，将这条路打磨得宽阔又坚实。滕周健望着这条貌似凶险实则温顺的道路，紧张的心情渐渐放松下来。

中午休息后，换成李响亮开车。这条在高山峡谷中穿行的公路变得开阔起来，坡度也有所缓和，因为已经处在野人山东南边缘地带。从时间上计算，还有两个小时就到新平洋了。弟兄们开顺了手，纷纷加大油门，很快，滕周健所在的这支队伍就落后了一段距离。看到掉队，一些心浮气躁的弟兄按捺不住，按着喇叭催促说："长官，是不是怕压死蚂蟥呀？"滕周健不为所动，对着车队后面大声说："弟兄们，不要催，安全第一。快能快多少，慢又能慢多少？晚上是要到新平洋宿营的，时间充足得很。"蚂蟥，这个生长在人间地狱般的林中腹地里的吸血魔王，是大溃败时吞噬数万年轻生命的元凶之一。那次充满苦难与屈辱的大溃败，从他听说的那天起，特别是从王美英嘴里亲口讲述出来后，愤懑之气就郁积在他的心胸中了。这股气息不断发酵并升腾出来，成为他杀敌雪耻的力量源泉。

行走在原始森林边缘，他觉得自己就是那条凶险路上遭受劫难，侥幸回到人间的一员。如今重回故地，思潮难平。茫茫的林莽深处，自然条件恶劣依旧，塞道的白骨，已然湮没于泥土中，覆盖在厚重的残枝枯叶下，了无痕迹可寻了。若干年历史烟尘过去，还有人记起那惨绝人寰的往事吗？

“长官，你在想什么？”

“我在想三年前的那次大撤退。当年，日军封锁了归国通道，远征军不得不败走野人山。现在敌人被打败了，归国的道路也变成通天大道了。”李响亮说：“常言道，三十年河东，四十年河西，所谓此一时彼一时也。”滕周健说：“是啊，没有痛入骨髓的失败，也就没有今日辉煌的胜利。”

到达新平洋后，罗和睦提议去秦玉华的墓地看看，滕周健立即响应说：“好啊，我正有此意。我们不能一错再错了。”罗和睦见他话里有话，忙问：“我们做错了什么？”滕周健反问：“你不知道吗？你不是明知故问吗？”陈安道皱眉睃眼也在寻思。

罗和睦摇了摇头说：“我实在记不起来我们做错了什么事，我们一向遵守军纪，也没有冒犯长官。”滕周健提醒他说：“有个叫王美英的，你没有印象了？”罗和睦说：“怎么没有印象，张营长的夫人。在兰姆伽，我们参加过他们的婚礼。到雷多军区后，她怀上了孩子，被安排在军区司令部工作。去年我们还到雷多看过她。”陈安道自言自语地说：“她怀上了孩子……”

滕周健一拍大腿说：“是呀！我们去看她时，她已经怀上了孩子。我说了半天，你们还不明白，十月怀胎你们懂不懂？”罗和睦笑着说：“懂……懂了——你是说，王美英应该生孩子了。”滕周健说：“反正就在这几个月，说不定就在这几天。”陈安道点了点头说：“有可能。”

滕周健说：“这就是我们所做的错事——在雷多待了一个星期，压根儿没想到去看看她。她们母子平安吗？按说，在医院生产是信得过的。生的是男孩还是女孩？这也是我特别想知道的。不过，不管是男孩还是女孩，都是我们远征军的苗苗。”

罗和睦摸着脑袋说：“嗐，怎么没有想到去看看她呢？”

新平洋之夜有月光和星光相伴，苍茫青山在暗夜中呈现青黑色的剪影，显得更加伟岸挺拔。在去秦玉华坟茔的路上，声声鸟鸣更增添山谷的幽静，谷底纵横的溪流被月光朗照得荧光闪闪。昔日茅草房搭建的简陋医院已不见了踪影。墓园整洁，杂草被拔除得干干净净。一座座墓冢沐浴着乳白色的月光，苍凉又孤寂。

在这凄清的夜晚，迷雾样的月光似乎把秦玉华虚幻化了，她在这迷雾中仿佛已不存在，只有隐隐发亮的墓碑，还残留着她浅浅的笑影。

第六节

黎明时分，就在车队行进的那片广袤的山间河谷中，晨钟开始敲响。嗵！嗵！嗵！缓慢的节奏充塞了空旷的乡间旷野，随着晨风传入耳鼓。循声望去，一座金碧辉煌的寺庙矗立眼前，碧瓦飞檐，亭廊勾连。在它的侧面及后部，树影扶疏，数十座大大小小的金色佛塔，依照山势高低错落，围绕着寺庙，颇有壮观气势，给人心灵的震撼。

滕周健感叹道：“寺庙这么嵯峨，佛塔这么有神韵，还保存得这么完好，没有遭受战火毁坏。”李响亮应道：“这个国度以拥有林林总总的寺庙佛塔著称，号称佛塔之国。城市或乡村、山地或平原、湖畔或河边，佛塔无处不有。单独或成群，雄伟或玲珑，形状可谓千姿百态，圆柱形、锥形或葫芦形，应有尽有。这样庞大的数目，即使在战争中破坏了一部分，也会有相当数量保存下来。”

正说话间，一阵开山炸石、天崩地裂的声音，从前面的峡谷中传过来；接着又传来一阵好像泥石滑落的声音，像受惊的群鸟在灰色的天空中乱飞。一瞬间工夫，这两种声音合起来了，给人一种极大的仓皇的感觉。混沌的红红的太阳撑着一张圆脸，挂在不远处的树梢头，茂密的枝叶重重叠叠包裹着，使人的神经不由自主地高度紧张。

“前方在修路？”滕周健狐疑地问，又否定道，“不对呀，公路应该修通了，命名为史迪威公路，还举行了通车典礼。”李响亮推测说：“通是通了，不排除某一段因泥石滑落堵住了。”滕周健看见前面的汽车减缓了车速，旋即又停了下来，忙说：“出状况了，快停车！”李响亮早踩下了刹车。

前面不远处，一个尖利的声音高喊道：“出车祸了，长官有令，立即下车救人，往后传！”接着又喊了一声：“往后传，出车祸了，长官有令，立即下车救人！”弟兄们将这不幸的消息接力传送，直至传到队伍最后面那辆给养车。

山谷里发出了恐怖的回音。滕周健跳下车，抬头张望，太阳还搁在树梢头，一点没有挪动位置，就像世界末日到了。他的心突然胀大了，气喘吁吁，一下子透不过气来。

罗和睦和陈安道的车出事了！

公路在一侧山腰上逶迤下行，拐过来再拐过去，在出事的地方弯度达到一百多度。临近拐弯处，罗和睦不知何故，驾车沿公路内侧行驶。按说，他不应当犯这个低级错误，然而，在那几秒钟，他却被某种神秘的力量牵引着——就是这一念之差酿成大错。当他发现汽车前抵悬崖后挨石壁，既不能前进也不能后退时，已经晚了，只得死命踩着刹车不放松。一会儿工夫，他的上衣已经湿透了，像从水里捞出来一样，可见内心的煎熬是何等强烈。陈安道见状连忙安慰他说：“静一静心，再挂倒挡试试。”他绝望地哀叫道：“没用的，于事无补，你快下车吧！”陈安道说：“关键时刻，我怎能撒手离开你？我和你是好兄弟，是一条船上的蚂蚱。”说完还笑了一下。罗和睦咕哝道："你不要做无谓的牺牲。"他的气色已经好了一些。

"往后倒试试，能动一寸是一寸，"有几辆车的弟兄站在公路外侧指点着，"只有这个笨办法可以一试。"

罗和睦于是挂倒挡，连带松刹车加油门，挂车车厢里的油桶哐当哐当响，罗和睦的心一阵紧缩。再往后一退，车厢撞到石壁上了，擦出了火花。

"不好！"路上的弟兄看得真切，"往前进，快！"

罗和睦抓住档杆，没有换挡位，车身却向前动了，而且越来越快。"天哪，"路上的弟兄捂住了眼睛，"天哪，天！"等他们一秒钟后睁开眼看时，汽车已经像飞流直下的瀑布倾泻而下，从两丈高的悬崖掉落在了三角形的有着茂密灌木丛和数棵高树的山地上，在那里砸下一个大坑后，停了下来。挂车向左侧倾斜，上面的六个油桶奔窜到左下方的万丈悬崖了，挂车连接处扭成了麻花。汽车的车头和车厢，随后也向左侧歪倒。整箱的军火散落一地，箱子破了的则更狼藉。

驾驶室内传出罗和睦声嘶力竭的嚎哭："快跳车，快跳车……"陈安道阴森的回答也传了出来："不跳，不跳，就是不跳！"渐渐地，可怖的对话钻到一个角落里，再也听不到了。

滕周健看那诡异的太阳，红彤彤的。这时候它已经跳出树梢，游离于天庭之上了。

"已经没气了。"有几个兄弟向里探看，大声喊着他们的名字。

滕周健觉得头晕目眩，黑暗一点点掩上来，逐渐裹紧了他的全身，比空气浓厚，是三年以来朝夕相处冻结了的时间。当山风呼啸而来拍打着车厢厢板，发出无节制的悲凉的噪声时，他又清醒过来了。他呆立在那里，心里说不出来是什么感受。

廖长官一行人从山脚匆匆来到了山腰的出事现场。他先是趴在那辆事故车的窗口上，目不转睛地凝视着那个悲惨的场景，接下来，他转过身来，揪住自己的头发，痛苦地哀嚎道："这是我天大的失职啊！这是我不可饶恕的失职啊——"

他说不下去了，一下瘫坐在地上。弟兄们见他痛彻心扉，一时不知说什么好，唯有长时间的沉默。后来，有弟兄"嗷嗷"哭个不停，嗓子也哭哑了。滕周健鼻子酸酸的，想哭却没有泪。

"长官，别太自责了，千里马也有失蹄的时候。"

"别太难过了，毕竟人死不能复生。"

在令人窒息的况味中，长官们和众弟兄相互劝慰着。

廖长官手撑地站了起来，拍了拍衣服上的灰土说："人死了，说什么都迟了。弟兄们，把他们从驾驶室里抬出来，入土为安吧。"

大家先将弹药枪械归类堆放，腾出一块空地，然后将两人的遗体小心翼翼地放置在空地上，动作轻柔，仿佛他俩睡着了，不忍惊扰他们的美梦。

滕周健走上前，悲痛地对廖长官说："我和罗和睦有个约定，无论谁死，都由对方将骨灰寄给亲人。"廖长官说："噢，那陈安道呢？"滕周健说："他是个孤儿，他没有这个要求。"廖长官说："好吧，逝者为大，就依照他们生前的意愿办吧。"

这时候，美军联络官跑过来说："廖先生，我刚检查过了，车基本完好，我们可以用绞盘车和手动绞盘将其牵引到公路上去。"廖长官脸上挤出一丝笑容说："好吧，弟兄们按照美国朋友的意见办吧。"

说干就干，弟兄们在各处有利位置放置手动绞盘，与树根连接，又在几处枝杈上固定滑轮，绞盘上的钢索或穿过滑轮连接或直接连于车体的挂钩和框梁上。在反复地转动或回退绞盘的过程中，歪倒的汽车终于踉踉跄跄地竖立起来，站直了身子。下一步就是将车拖拽到路上，大家砍倒几棵大树，清除灌木丛，在崚嶒的斜坡上开掘出一条毛路通往下面的公路，又用树干和石块夯实路面。先将拖车卸下，弟兄们排列成人墙，合力把它拥上坡面边缘，用手动绞盘牵系着，沿着坡路放送。当它稳稳当当地停在公路上时，大家爆发出一阵掌声。

在牵引十个轮子的车头和车厢时，得它的兄弟帮忙了。两辆装上电动绞盘的吉姆西，在公路上一前一后待命。美军联络官自告奋勇地钻进失事汽车，准备发动引擎，廖长官见状急忙阻止说："危险！快下车。"联络官耸了耸肩说："危险吗？不发动汽车更危险，不是吗？"话音刚落，汽车"嗡"的一声叫了起来。大家都替他捏了一把汗。他读懂了他们的心思，泰然自若地冲着他们说："这么完好的汽车，有什么危险？"

见此情景，廖长官来到掌握绞盘的士兵面前，叮嘱他们严阵以待，不许有丝毫松懈。

汽车一点一点往山坡下运动。车头抵近公路时，待命的十轮大卡车加入到牵引的行列。推拉之间，汽车从那个大坑里"复活"到了公路上。美军联络官在驾驶室里向众人竖起大拇指，这是远征军心目中再熟悉不过的手势。弟兄们噙着泪花竖起手指回应。联络官跳下车，来到廖长官面前说："我说过了，不会有危险的，我对中国士兵放心，因为我见过的中国士兵都是很棒的。"

搬离全部的军火物资后，山坡上生起一堆篝火，将眼前的世界照得格外明亮。大家围坐在火堆周围，守护两位烈士的最后一程。砍伐之后，空间宏阔，阳光无遮拦地斜射过来，弟兄们的眼睛都睁不开了，但他们还是纹丝不动地坐着，沉默中，只间或听到火苗"噼噼啪啪"响着。

廖长官正在布置与葬仪有关的事情。

第二队的队长清晰地点名，几名弟兄应声而出，手拿铁铲走到了那个大坑边，四下望望，又跳进坑内，开始掘土。滕周健木然地看着，好像是个局外人。

不久，换上新军装的陈安道躺在了这简易的墓穴里，灵魂与烟火气融为一体，正在一点一点地接近他的来世。

立正！

稍息！

默哀！

鸣枪致哀！

口令声、枪声被呼啸的山风放大，振聋发聩。一座新坟在月亮升起的时候落成。滕周健看着这一切，有一种恍惚之感，仿佛做了一个噩梦初醒，心思还在鬼气森森的梦境里游走。

入夜的篝火更加通体透亮。

当滕周健从一名弟兄手中接过装满罗和睦骨灰的温热的弹药木箱时，他的记忆复苏了，他想起了鸳鸯桥，想起了兰姆伽，想起了缅北的许多地名。忽然以前的一切都回来了。他浑身冒汗，干枯的眼里有了眼泪。泪水先是无声地流，然后好像开闸的洪水那样奔涌。

第七节

“弟兄们，翻过几座山，我们就要投入祖国的怀抱了。在这个激动人心的时刻，作为游子，我们会更加由衷地思念祖国，思念家乡，思念亲人。我们要克服懈怠情绪，保证人、车、军火安全抵达祖国。”

弟兄们同心协力，拓宽加固了出险路面，以防后面重蹈覆辙。

廖长官站在路旁，对司乘人员念着紧箍咒，目送队伍行进。首车已经消失在视线中了，最末一辆车还未发动，真是前不见头，后不见尾，浩浩荡荡，气势磅礴。当最后那辆车驶离危险路段后，他才步行到山脚下，跳

上车 —— 那辆吉普车已由前车变后车了。

滕周健几个小时不言语，全神贯注，鼓着眼睛盯着前方路面，直到李响亮提醒他开过了规定的时间，才“唔”了一声，让李响亮接替。

李响亮见他面色晦暗，问：“你是不是哪儿不舒服？”滕周健回答说：“没有。”李响亮又问：“你一直不言不语，是在想念他们吧？”滕周健点了点头说：“可不是，几年的情分，不是三两天就可以抹去的。”李响亮劝慰说：“是的，就像天塌下来似的，哪能说忘就忘？”

两人一路走，一路说着话。在你一言我一语的交流中，滕周健悲苦的心境里，掺入了一种暖融融的感觉，即悲伤又快乐的逆流，抽打着全身，冷一阵，又热一阵。

汽车轰隆隆地在崇山峻岭间穿行，从车尾处往前看，车队远远地爬上了山顶，又远远地溜下了山脚。在印度的出发地，他们就开始日思夜想，在那遥远的地方，有一个美丽广袤却布满疮痍的地方，那就是祖国。如今离祖国越来越近了，国门旦夕即至；路上疲惫的行程，变为昨天的难忘回忆的背景。

山路转了几个弯后，前方一马平川，豁然开朗。黛青色的起伏的山峦在身后张开，形成巨大的屏障。白云开处，露出湛蓝蓝的天；白云合处，白茫茫一片。风呜呜吹着，推挤着云团游移，东边稀淡了，西边又浓得化不开了。弟兄们目睹这狂欢的云彩，心里也在狂欢着，以致心绪有些紊乱了。

看地图，已经进了国境，到了保山的地界了。

车队在宽阔的公路上驰骋，就像在天上的云团里似的，腾云驾雾，脚不点地，滕周健只看见飘带样的路，在眼前起起落落。他心里咚咚跳着，泪水淌了下来，嘴部蠕动一下，仿佛想说什么，又仿佛想笑，但因为一时肌肉僵直，没有说出什么，也没有笑出来。

一阵急雨延缓了行军速度。那雨下得非常猛烈，雨注如箭，哗哗地掉落在引擎盖上和车厢的篷布上，声音响亮，有如炒着一锅豆。车队寸步难行，只好停了下来。

滕周健被眼前的景象震撼住了，迟钝地说："没想到一进入国门，就给了个下马威。"李响亮笑着说："不对，祖国是在用热烈的阵势欢迎咱们回来呀。"滕周健喃喃地说："兄弟，我看未必是个好兆头，国内局势风起云涌，或许甚于这暴风骤雨也未可知。我们莫如做好心理准备，一道共赴时艰。"这时候，如同与这话相呼应似的，狂风急雨一阵紧似一阵，团团黑云越来越低，好像是无数辆汽车开足了马力，一齐向这边冲过来。

雨稍歇，雷声稀拉下来，队伍继续前行，转眼又进入高山峻岭之中。有人在雨中大声吆喝道："翻过这座山，就到了怒江边上了——惠通桥，就要到了！"

"惠通桥？"滕周健惑疑地问，"就是那座逼着我们放弃战车的惠通桥？"李响亮回答说："哪里还有第二座惠通桥？"滕周健问："那么，我们是行走在松山上了？"李响亮回答说："是啊。"

滕周健眼望窗外，说："雨下个不停，又急着赶路，不然，我真想到山上看看，看看这个洒满了远征军鲜血的地方。我有个朋友，叫曹云胜，是个水警，我在重庆当宪兵时认识的。后来，他到了昆明，参加了远征军。我在印度时，曾经多次给他写信，但后来都杳无音信，只怕是战死了。"李响亮肯定地说："十有八九是的，他们比我们打得更惨烈，往往是成建制地伤亡。"

滕周健颓然地坐在座位上，头倚车窗。汽车顺着盘山公路徐徐驶下山来。耳朵里传来了哗哗的流水声，车越往前，流水声越响亮，渐渐咆哮如滚雷。在怒江汹涌的波涛声中，他仿佛睡着了。车子在桥边停了下来，他没有感觉到；当前面的车辆到达东岸，他所乘坐的车被放行通过桥梁，他仍然没有感觉到；窗外的花草树木绿一片红一片，他还是没有感觉到。

车子只顾往前走，也不知走了多久，已经摸着黑了，路是黑的，两山是两个巍峨的黑影子，两山夹峙的用巨大的青石垒成的城墙泛着青黑色的白光——月亮从云里出来了，月影模糊，白云飘荡，城墙顶上透出月亮淡淡的光线。眼睛看上去，那城墙很高，望不到边。

车队就在这堵高耸而粗糙的城墙外停了下来。月光悄无声息地照在滕周健的脸上，他揉了揉眼，跟随这清冷的月光，挨到了城墙顶上的瓦面牌楼，挨到了牌楼上的黑褐色匾额，又挨到了匾额上四个通体鎏金的苍劲大字——永护国门。为巩国基，乃辟垣门。他的胸脯一起一伏，喘着粗气；他的眼里，泪珠闪着光。

汽车徐徐开进了城门。往后看，那堵青砖砌的高墙，缓缓地矮了下来，暗了下来。半边山麓埋在暗灰色的天光中，山上有几间斑驳的房子在冒着灰蒙蒙的炊烟。望着袅袅炊烟，滕周健忽然感觉饥肠辘辘，眼前一黑，一屁股坐在了岩石上。其实，罐头应有尽有，是可以随时拿出来往嘴里送的，但此刻虽饿得厉害，他却没有胃口。到了国境内的第一站，他想换换口味。再说，带了那么多钱币，还没有派上用场，只是不知道这些钱币能不能在此流通。在这个死寂的县城里，又到了晚上，没有灯，没有人迹，到哪里寻找一家可供充饥的饭馆呢？

"到前面看看去。这里是城郊结合部，往前走一定会找到馆子的。到了国内，怎么着也要尝尝中国口味。"

"走遍天下路，还是中国菜好吃。今日进了国门，该享享口福了。"

弟兄们拖着疲软的身体沿着古旧的街道向前走去。一条坑坑洼洼的街道，通入黑暗的虚空。这里似乎什么都没有，只剩下断壁颓垣。然而，这一队人却下定决心要找到点什么。不知走了多久，终于瞅见了一个烛火摇曳的木房子，是一家面馆，一个黑影正要关门闭户。

"找到了，找到了！"滕周健喜滋滋地说，仿佛一切不会出他所料，

“我估摸定了，一定会找到的，果然找到了。”众人大呼小叫地招呼道：“生意好啊，店家！”一个苍凉的声音传了过来：“这年头，有啥生意喽！”

“老伯，我们是从印度回来的远征军，来到宝地，想弄点吃的。”滕周健说，抵近了黑影子，“请问，还有吃的吗？”李响亮说：“老伯，你有什么吃的，都拿出来吧。放心，我们有纪律的，会付钱的。”

滕周健拿出了一叠卢比问：“老伯，这种钱币在这里流通吗？”老伯摇了摇头。望着老伯的神情，大家惋惜地“咿呀”了一声。

老伯看出了众人的心思，说：“其实，钱不钱的不要紧，你们是英雄，咱老汉犒劳你们一顿又何妨，只是饭菜没了，只剩下了几包麦面、几根油条，分量少，只能凑合十多人吃。”

众人散去，滕周健没有同大伙儿一起离开，而是和老人攀谈起来：“老伯，你是我一路上见到的第一个中国人，看着分外亲切。请问老伯，这一带村庄里有参加远征军的吗？”

“多了去了。你想啊，三丁抽一,五丁抽二。”老伯说，浑浊的眼里射出幽幽的光，“先去的完了，坟上长了茶缸粗的榆树。后去的也完了，坟上长出一人高的茅草了。”

滕周健的心脏零零落落地颤动着，再也说不出话来。夜愈发深黑，月色满地，有薄薄的雾气弥散开来。他就在这雾气里往回走。

天明时，雾没有散去，反而更加浓了。远远的鸡啼狗吠穿云破雾而来。滕周健从吊床上下来，伸了个懒腰，左走走，右走走，呼吸着清新的空气，心情舒畅了一些。

李响亮睁开蒙眬的睡眼对他说：“今天下午，我们到飞机场，就可以和广西前线的人办交接了。”滕周健问：“就在飞机场卸车？”李响亮回答说：“是的，昨晚廖长官告诉我的，要我转告你，你那时还在和面馆的老头说话。”滕周健欣喜地说：“好啊，我们总算熬到头了。第一次远征，十万将士，有超过半数长眠在了异国的土地上，只有四万人回到祖国和印度。为了这条史迪威公路和输油管，又有数万驻印军、中美工兵、中印缅民工负伤或长眠在了公路沿线。对比一下，我们都是幸运的人啊！”

车队没有多久就经过了老汉的面馆，有几个戴斗笠的百姓坐在板凳上吃面条和油条。老汉一看见车队，就放下活计，从面摊后面走出来，吃面条的百姓也端着碗走出来。只听见老汉朗声对食客说：“看，驻印远征军班师回国啰！”有人边吃面条边叫喊道：“他们回来了，广西就有救了，有救了！”

有一大群人站在路旁观看车队驶过。突然从眼皮底下冒出这么长的军车队伍，车内军人个个穿着美式军服，精神饱满，意气风发，这还是头一遭。他们喜形于色，叫好、顿脚、鼓掌，发出一片响声。弟兄们向他们挥手，他们也挥手应和。

太阳将金色的光线打在车窗玻璃上时，雾气渐渐散开，远山、近旁的山洼子里，天光澄澈，一片空灵，民居瓦房炊烟四起。满山轰轰烈烈地开着杜鹃花，那灼灼的红色，组成了鲜艳的背景。一丛丛人流，一丛丛笑脸，在这艳丽的色彩里迎接远方来客。

第八节

三三两两的村妇，正挑着空篓踏上归程。“终于见到女人了。”弟兄们用目光传递着内心的隐私。他们掌握方向盘，余光好像照相机的镜头，始终不离这些且走且私语的妇女。她们有几位在一棵苍翠的橄榄树下，停下脚步，嘴上微笑着，明亮的眼睛眨巴着，长时间看着他们。弟兄们都感觉到女人别致的风韵了。

接着，“照相机”的镜头里变为一辆辆黄包车，扎着灰布头巾、一身短打扮的车夫，拉着客人在人群中窜行飞奔，一路滴沥着汗珠。

在这个镜头里，人们挤在大街上，挤在林立的各色店铺里，挤在摇摇晃晃的公共汽车上，或干脆攀上行道树的枝丫，望着远征军车队驶来，驶进记忆的深处。

人们的影子、店铺的影子、公共汽车的影子以及树影，斜斜地躺卧在太阳的影子里，与车队的长龙的影子融为一体。一片光与影的海。

男女老幼都拿着三角小旗，频频挥动着。

一片旗帜的海。

人们都张大嘴巴，大声欢呼道：

“热烈欢迎远征军凯旋！”

“远征军万岁！”

“抗战必胜！”

一片激情的海。

在各样店铺门前，鞭炮噼噼啪啪地炸响，团团烟雾翻滚缭绕，人们在烟雾中掩耳缩头，蹦跳闪躲。

一片烟雾的海。

“咚咚锵，咚咚锵，咚锵咚咚锵！”披红挂绿的狮子踩着鼓点喧腾翻覆，条条银光在空气中流泻泼洒。在烟瘴昏暗的驾驶室里，滕周健的润泽的脸庞上，眉梢口鼻的轮廓上，都镀上了一层银光。

一片欢庆的海。

车轮在“海”中徐徐停了下来。

“车子不能前行了，”滕周健对李响亮说，“我下车站一会儿，权当休息。”

一个老者逮住这个机会，找他攀谈：“小兄弟，这车上装得鼓鼓囊囊的，是些什么呀？”老者面貌清癯，下巴上留着长长的灰胡子，黑色的长衫过了膝盖，足蹬千层底广口布鞋。滕周健回答说：“新式枪炮，应有尽有。”老者掀起油布的一角探看，哎哟，全是机枪；又掀起油布的另一角检视，哎哟，全是炮弹。他眼里淌出一滴清泪来，哽咽地说：“好啊，有了这些新式武器，日本鬼子覆亡有日了——啊，中国有希望了！”

滕周健似乎被触动了某种回忆，顿住了口，说不下去了，只是点头、点头、再点头。

这时候，路两旁，从第一辆车到最后一辆车周围，涌出来无数人流，伸出来无数双手，狠命拍着，组成了一道人手的城墙。一杯杯茶水端起来，一枚枚熟鸡蛋举起来，组成了一首波澜壮阔的诗篇。

直到傍晚，百姓们自发欢迎远征军凯旋的盛大仪式才告结束。车队继续向终点开进。

当汽车经过一片柳树掩映的城墙时，李响亮忽然说：“不对劲啊，这气氛不对啊，你看你看——”指着墙壁上用白石灰写的标语——“‘龙主席万岁’‘拥护龙主席’。”滕周健轻描淡写地说：“错一字，笔误。”李响亮反驳说：“怎么会是笔误？你不相信，再看看，再看看吧！”李响亮的判断没错，在后来经过的旅馆、教堂、餐厅和酒吧，抑或五金店、裁缝店、绸缎店和香蕉店，从城的这一头到那一头，全是拥护云南王的条幅、标语和口号。李响亮说：“这下你信了吧。”滕周健笑着说：“不瞒你说，三年前，我从这里登机出国时，就发现了这些‘猫腻’，云南根本不像内地。”李响亮说：“龙云这个土皇帝，太露骨了，太露骨了！”

两人边行车边谈笑，至日色西斜，夜幕低垂，终于抵达了飞机场，结束了一千八百多公里的漫长行程。

三年前，从这里出发；三年后，兜了一圈之后，回到了原点。世上的事，总有一些不可思议之处。

到达飞机场，陡然觉得天地一宽。天是静寂的，地是静寂的。心思可以信马由缰，有无限多的人生感慨系于心头，然而毕竟有如箭到了终点，精力再旺盛，体力也会不济的。滕周健感到疲乏到了极点，弟兄们也感到同样疲劳。

在机场灰色的地面上，五十辆加长吉姆西列成了一个方阵，四辆车一排，共十二排，还有一辆打头，一辆殿后。吊床固定在车和车之间，两人紧邻而睡。

天黑下来了，一切都变得影影绰绰的。那与天相接的飘带样的灰色跑道，那两排供飞行人员和保障人员居住的青砖灰瓦的平房，那机场外凄清的街道，以及远处的村庄、田野、河流，都变成了诡异的混沌的一片，失去了层次感。已经过了午夜，一阵凉幽幽的风从第一排车刮到了最后一排。当这阵风将殿后的那辆车旁边的落叶，卷起来抛入半空时，响起了一声清脆的枪声。

滕周健睁开眼睛，恍惚之间，乌云扭动，挪开一个空隙，月亮缓缓地从云里钻出来了，向地上投送过来一线亮光。他用脚蹬了蹬李响亮，然后轻轻拉开车门，摸出了那挺冲锋枪，敏捷地攀上了车顶。与此同时，李响亮也提着机枪趴在了油布上。两人居高临下完成了战斗准备。

机场上是无底洞一般的深黑色，仿佛是指示目标似的，从洞中传过来狰狞的喊话声："车上的人听着，我们是龙主席的部队，只要你们不发动汽车，放下武器，举手投降，就保证不伤害你们！"

天上是令人汗毛倒竖的明月，地上是窸窸窣窣的脚步声。滕周健扣紧扳机，扳机发出了轻微的脆响，好像是在遥远的地方发出来的响声。他趴在那里，不觉得自己是在现实中，而是觉得在刚才的梦中。

这真是一件棘手的事情，枪一响，负伤流血的以及毙命的，可都是中国人啊！但武器弹药是抗日物资，是要舍命保卫的，如有闪失，被掳掠了去，前功尽弃，就不单是威风扫地，还会军法从事。另一方面，龙云获得这批物资，无疑就是据为己有，岂会用于抗日？情势所迫，只有撕破脸皮兵戎相见了。只是龙云太高估了自己的实力，怎么脑袋里不多转几个弯？对手是国军精锐中的精锐，在缅北见过大风大浪，怎么会在小阴沟里翻船？和这支叱咤风云的军队较量，不是以卵击石吗？不是自寻死路吗？

脚步声越来越近了，粗重的喘气声，是死寂中的一声哭闹……

枪一响，倒下的都是中国人啊！滕周健咬了咬嘴唇，再次惶恐地想。管不得那么多了！

信号弹猝然在空中升起，就在那一瞬间，戛戛戛戛、噗噗噗噗，天空中突如其来癫狂地下起了暴风雨，雷电交织，黑暗中枪声噼里啪啦，龙云的部队顶不住远征军的火力，惊惶逃遁了。雨哗哗下着，碧青的闪电，好像跋扈的五步蛇吐出的信子。

雨仿佛停了好一会儿了，滕周健还趴在那里没有动。他感觉浑身酸软无力，好像也是被一盆水浇透了，肠内翻江倒海，身心却燥热，手上出了汗，其实后半夜的天已经变冷了。

多年以后，当滕周健回忆起这次匪夷所思的战斗时，仍然觉得很不是滋味。枪是用于抗日杀敌的，没想到用在了兄弟相残上。

龙云毕竟是个地头蛇，忠于他的部队有多少？几千还是几万？茫然四顾，哪里才是一百多位官兵、五十辆吉姆西的立锥之地？战斗一结束，队伍就从机场撤了出去。

鬼魅的月亮躲进了云里，流泻出细丝样的光影。灰色的夜里旁逸斜出一栋栋灰色的房屋，以及通向黑暗深处的灰色街道。街道两旁，灰色的树，一棵接一棵，静静地立在那里，丧魂落魄，一改白日的雀跃喜庆。

车队连夜向广西前线开去。

第八章

你要我等多久，我就等多久

/战车少尉/

“这个收发报机真高级，我从来没有见过这么有档次的东西……”

“队长，我……我这儿，”何惠珍说，沉默了一会儿，好像是鼓足了勇气，“有……有你一封信。”

在昆明，滕周健和战友们的工作任务是向广西前线运送弹药，直至日本投降为止。工作之余，他接待了罗和睦的妹妹，又去了西南联大讲演，但大部分时间他还是和何惠珍在一起，叙写不一般的恋情。

最后，她向他和盘托出此前从未说出的秘密。

第一节

从广西前线回到昆明，滕周健所在的三分队奉命进驻昆明通信兵学校。

“她们稚气未脱，都还是一些做着好梦的孩子啊。”初来乍到的滕周健这样评价昆明通信兵学校的女学员。他认为她们的懵懂，是因为她们远离战争。

选择这所学校作为驻地，是费了一番心思的，充分考虑了安全问题。首先，学校位于郊区，在龙云的势力范围之外；其次，这所学校为中央军所办，与地方部队无关；还有，在学校旁边驻扎了中央军的一个独立团，是一支经历过恶仗、硬仗的部队。

校方提供了一栋两层旧楼房作为官兵宿舍。这栋两层小楼是学校里条件最好的楼房，泥地、砖墙、木楼、瓦房。本来是用作办公用房的，校长因为对他们血洒异域的壮烈事迹敬仰之至，慷慨许之。校长还说，改善办公条件，他日再徐徐图之，当务之急，应该安置这些远道而来的英雄。

得益于学员们的宣传，时间不长，学校的教职工和几乎所有的学员，都知晓了学校里驻扎着三十多名回国的驻印军官兵。自从这批官兵到来后，很多学员改变了平日的作息习惯，三五成群地聚集到官兵宿舍楼外看稀奇，好像这里安装了一块吸引她们的大磁铁。驻印军官兵的神秘性，在她们看来不亚于天外来客。她们在楼外叽叽喳喳，顾盼神飞，让这些官兵羞得手足无措。这些男人在战场上个个骁勇，顶天立地，但一经她们天真无邪的目光直视，脸庞立即就涨得通红。

“她们的眼睛像锥子，”他们说，在房间的角落里指点着楼下的女学员，“好像一辈子没见过男人似的。”

三年的时间里，他们没有见过多少女人，一回国，却一下子深陷女人窝里，一时无法适应是自然的。官兵们见到女学员表现得不自在，还有一个原因，他们觉得自己形象不佳。回国伊始，他们头发胡子老长，军装又脏又臭。没有修理边幅，一是手头没有钱，好在这事已经得到了解决，他们的印度钱币可以兑换成法币流通了；二是没有时间，自从那天夜里从机场仓皇撤出后，他们就一直在昆明和百色之间往返奔波，马不停蹄地抢运武器弹药。后来，熟悉了路况，又有兄弟部队沿路担任警戒，一辆车只需派出一个司机就够了，这样，就有差不多一半人可以在家休息。时间变得充裕起来，官兵们终于可以对仪表和衣着进行精耕细作了。

这天上午，太阳明晃晃的，天气晴好。滕周健决定让留守的官兵一起去河里洗澡，并将所有不成样儿的脏衣服彻底洗净，以改换面貌。他们从背包里找出了那件从没有穿过的簇新的军装，再将所有脏衣服放进背包，拎着洗涮用的铁桶，鱼贯着走出校舍，向河边走去。在河岸上的柳树下，有一排石凳，阴凉宜人，与河水远隔，是一个放置簇新军装的好地方，既不会被杂物弄脏，又不会在太阳下直晒。放好干净衣服，一行人再走过长长的河滩，来到河边。

他们在浅水里一丝不苟地搓洗着身体，从头到脚，再从头到脚，一遍又一遍，洗去征途的疲惫，洗掉心灵的创痛。水微凉，直往心里钻。有人在水中游泳，身子在水中忽闪，每一个细节都显出刚劲。后来，游泳的人少了，在岸上洗衣服的人多了，洗完后，大家把衣服晾晒在洁净的沙滩上。

这时，一名弟兄跑过来说：“滕队长（他继续担任三分队队长），不好了。”滕周健猛地一惊，问：“快说，出了什么事？”队长反应如此激烈，他倒是有些意外，连忙解释说：“没什么大事，衣服不见了。”滕周健说：“走，看看去……”

来到柳树下一看，石凳上的衣服果真不见踪影。“找找看，是不是被风吹走了？”其实找也是白找，柳树下的草坡平坦如镜，一览无余。难道长了翅膀，飞到天上去了？

众弟兄向空中仰望，眼帘中跳出了数个姑娘的脸庞，从楼上的木窗户里伸出，笑盈盈的，在太阳下流光溢彩。

“大哥，找什么呢？”一阵风送来充满挑逗和魅惑的声音，好像电台里女播音员在广播，“喂，大哥，是找衣服吧？不用找了，在这儿呢。”一根长竹竿挑出一件上衣，在窗户外晃荡着。

“接住！”竹竿的尖端划了一条弧线，上衣像断了线的风筝飘了下来，一位弟兄伸出两手，不但没有接住，还摔了一跤，一屁股坐在草坡上。看到士兵的狼狈样，楼上发出肆无忌惮的笑声，摇撼着窗户嘭嘭作响。

那名弟兄脸涨得通红，眼睛里燃烧着火苗，指着窗户，结结巴巴地说：“你……你们，别以为我们好欺负，我……我们可不是吃素……吃素的。”

“哈哈哈哈，”窗户里的笑声越发放肆了，她们指着自己的鼻子高声说，“我们……我们也不是吃豆腐的，哈哈哈哈……”

同时，有几根长竹竿伸了出来，竿头的衣服飘飘荡荡，有如天女散花一般，笼罩着士兵们头上的天空。屋内闹翻天了，她们吆天喝地，手舞足蹈，木楼板被踩得咚咚响。这些姑娘野起来，真是不得了。

当衣服从高空掼下来落到地上时，气氛到达了高潮。弟兄们望着这巨浪劈头盖下，呆呆地站住，无可奈何干瞪眼。

那名摔倒的弟兄生气地说："真是一群疯丫头！"有人劝他说："好男不跟女斗，计较啥呢，由她们闹去。"有人火烧火燎地说："若尽她们折腾，不知何时能了，我们还要去理发呢！"李响亮说："队长，你劝劝她们吧。"滕周健忐忑地说："这……这有点棘手，'秀才遇到兵，有理说不清'——我们当兵的，今天错了位，变成秀才了。"众弟兄怂恿说："队长，你试试吧，试试吧。"

"好吧，恭敬不如从命，我就赶鸭子上架一回，"滕周健上前一步，手拢着嘴，仰头大声说，"喂，姑娘们，听我说一句，游戏到此结束，好不好？剩下的衣服，再不要丢下来了，用个袋子装着，我们派个人来取，可以吗？"

楼上的喧哗戛然而止，一个粉脸探出来，锐声问道："你是谁？"旁边的弟兄回答说："是我们队长！"

"哦，是队长啊。队长，你终于现身了。……好吧，我和我们老大商量一下。不过，派人来取肯定是不行的喔，想……想吃我们的豆腐呀？"说完，那些姑娘一起笑起来，声震屋宇。

有弟兄问："喂，姑娘们，你们老大是谁呀？"

先前说话的那个粉脸又发声了："想认识我们老大？嚯，这主意不错。老大，喂，何老大——"过一会儿，又听到她拖长声调说，"何——老——大，何——班——长，你惹的事，你自己来收场吧。"

千呼万唤之后，何班长被粉脸推搡着，来到窗前露面了，可惜一块红布遮住了脸庞，没有人看清是什么模样。她偏了偏头，好像使了一个眼色，只见一个鼓胀的大网兜成抛物线从窗口中飞出来，犹如一颗未引爆的炮弹，砸在了滕周健面前的草地上。

一直在说话的那个粉脸，上半身伸出窗外，笑盈盈地说："嗨，游戏结束了，再见！"说完，隐身于房间内，不再现身了。那个神秘的何班长头探出窗外，向窗下挥了挥手，也扭身走了。

第二节

这天完成运输弹药的任务归来，吃过晚饭，滕周健和李响亮听起收发报机打发时光。收发报机先播出了一段广西战事。两人屏息聆听着喇叭里发出来的颤音。连日来，中国军队获得大胜，日军节节退却，兵败如山倒。

李响亮问："这消息可靠吗？有没有吹嘘的成分？"滕周健想了想说："也许有，每战必胜不太可能，而且是大胜。不过，这样播报，能满足民众的求胜心理。"李响亮点头称是，说："抗战进行了这么多年，政府和民众都付出了浩大的代价，是到了看到胜利曙光的时候了。"

播完战事，转而播送说书《鲁提辖拳打镇关西》，灯光明亮的房间里热热闹闹，高扬着抑扬顿挫的声音。

听到兴头上，有人敲门。门半开着，两个人见房间里的人注意到了，就慢慢地踱进来了。其中一个人印象深刻，是白天那个粉脸。人一进门，脆生生的话音就进了门："请问，滕队长住这儿吗？滕队长在家吗？哟，滕队长在啊，稳坐钓鱼台呢。"她连珠炮似的自问自答，一脸烂漫山花般的笑容。

滕周健有如遇到了敌情，双脚点地，从床上一跃而起。这个夸张的动作，差点让他与粉脸身后的女学员撞个满怀。两人都有点窘，那个姑娘立即后退了一大步，滕周健也后退了一小步。女学员羞红了脸。滕周健只觉得芬芳四溢，不敢直视来人，斜刺里瞧见门口的那把旧电扇，便扭头对李响亮说："李响亮，怎么停了？开着吧，让客人凉快凉快。"李响亮正要上前，粉脸拦住了他，说："不用了，谢谢，留着热的时候用吧。"李响亮说："那好吧，主随客便，两位就喝杯水吧。"说罢给她们一人倒了一杯开水，又让出凳子让她们坐下。

滕周健望着粉脸问："我要是没有猜错的话，我们的衣服，就是你悄悄拿走的吧？"粉脸急忙摇着手说："不……不是，滕队长，你冤枉好人了，我不过是……不过是，原原本本地执行了我们老大的指示而已。”她指着正在喝水的姑娘说：“她就是我们老大，何老大，何班长。她说，不和你们玩个游戏，怎么和你们认识啊！这就叫不‘打’不相识。是这个意思吧，何班长？”粉脸一面说，一面哈哈大笑起来。

何班长扭头看了她一眼，点了点头，又目不转睛地望着滕周健问：“滕队长，今儿个我们俩登门拜访，不觉得唐突吧？”滕周健客气地说：“哪里，哪里，认识你们，是我们的荣幸。”何班长解释说：“上午的事，是我们刻意弄出的一个小插曲。”粉脸接着说：“滕队长，你们几年来征战异域，迎击日寇。在我们心中，你们是中华儿女中的佼佼者，是一群铁打的汉子，也是一群神秘的人。实话对你说吧，滕队长，我们班长倾慕你们很久了，从你们进驻我校那天起，就想找机会认识你们。是不是啊，何班长？”说完发出银铃般的笑声。

这姑娘鬼精灵，用的是“你们”而不是“你”，不过何班长脸上还是泛起了红晕，挺不自在的。她羞怯地瞄了粉脸一眼，粉脸得意地向她做了一个鬼脸。

滕周健笑着对粉脸说：“瞧你伶牙俐齿的，我们哪有那么高大。大敌当前，我们只是做了应该做的事情罢了。不过，你的话我听着心里挺舒服的。”粉脸不好意思地说：“滕队长过奖了。”

滕周健打量着两位姑娘，除了脸形之外，看不出有什么分别，都是白脸长身，发梢齐肩，灰布军服，腰系皮带，腿扎绑腿。细细一瞧，何班长是精致的鹅蛋脸，双眼皮，眼睛大而闪亮；她的同学是银盆脸，眼睛小而秀气，戴着黑框眼镜。突然“空降”了两位容颜如花的年轻漂亮的女子，毫无疑问，滕周健产生了渴望。

粉脸看出了滕周健的意思，她抛过去一个动人的媚笑说：“滕队长，我的姓名就免了吧，大家都叫我玲姑娘，你也这样叫好了。我们班长叫何惠珍，你可要记住她的名字噢。”说完，她甜甜地笑了。滕周健和李响亮也哈哈大笑起来，笑声盖过了无线电播报的声音。

玲姑娘扫视着滕周健，又用手摸了一下他的衣服，啧啧称赞说：“这身军服穿在身上，真是英俊极了，哪像我们这身，土里土气。”何惠珍也羡慕地说：“天壤之别，既奢侈又华丽，让我们开了眼界。”

玲姑娘将杯中的水一饮而尽，笑着说：“我说班长，时候不早啦，该回去啦，人家还要听广播呢。一回生，二回熟，明天再来玩吧。”滕周健说：“明天呀，我没有时间，轮到我出车。但李响亮在家，就由他陪你们吧。”玲姑娘问：“什么时候回？”滕周健说：“说不好，短则一两天，长则十来天，要看领的是什么任务。”玲姑娘说：“那好吧，我们也有自己的事，说不定，明天也来不了——班长，咱们走吧。”何惠珍站起身来，笑着说：“打扰了，抱歉得很。”

两位清新靓丽的女学员好像一阵风似的飞走了。

两人走后，李响亮问：“队长，你说她们来这儿，有什么事吗？”滕周健蛮有把握地说：“还能有什么目的？来串串门，拉拉话呗。”李响亮说：“口口声声说我们很神秘，我觉得她们也神秘兮兮的。”

第三节

又一天，滕周健前脚进门，何惠珍和玲姑娘后脚也步入了房间。

“二位姑娘消息如此灵通，知道我回来了？”滕周健惊讶地问。何惠珍笑着说：“滕队长，我们装有千里眼、顺风耳呢！”又问，“你那个搭档呢？”滕周健说：“他到贵阳去了，要晚几天才能回来。”何惠珍说：“不巧啊，我本来想给他介绍一个对象的。”滕周健问：“哦，谁看上他了？这家伙一到昆明就走桃花运了。”何惠珍指着玲姑娘说：“远在天边，近在眼前。”说完扑哧笑了。玲姑娘哈哈大笑起来，说：“哎哟，何班长，你把我‘卖’了！”

两人一唱一和，滕周健脸上泛起了红晕，变得不自在起来。他忙乱地抱起热水瓶摇了摇，瓶里咕咚作响，倒出来，只有贴底的凉水，只好抱歉地说：“贵客来了，水却没有了。”玲姑娘见状，接过热水瓶，自告奋勇地说：“我去打水。”没等他说谢谢，就一溜烟地跑了。

滕周健又忙乱地将风扇开了，对着何惠珍吹。随着吱呀吱呀的嘶叫，电灯光像是有人打着拍子一般一明一暗。他问：“热吗？”何惠珍摇头。关了电扇，房间有些冷清，他又忙乱地拧开了收发报机，里面正在播放着昆曲《游园》。何惠珍说：“我喜欢，就听这个吧。”何惠珍倒是沉得住气，跟着收发报机哼唱起来，滕周健却觉得浑身不自在，站也不是，坐也不是，在房间里踱步，听她咿咿呀呀地唱下去。

何惠珍在昆曲中流连忘返，滕周健已经手足无措地踱了十多个来回了。她捕捉到了这种氛围，止住哼唱，问：“滕队长，有事吗？”滕周健停住脚，指了指自己，不自然地说：“看我这身汗臭——我得赶紧冲个凉去。”何惠珍撩了一下头发，俏皮地说：“哦，去吧，本姑娘批准你了。”

滕周健的心狂跳着，在收拾衣服时，眼光不时掠过她。他小跑着进了浴室，把全身细细地洗干净，再到小卖部里买了一瓶香水，对着头部和军服喷洒，连空气中也溢满了香味。然后，他带着一股青春的坚毅之气，迈开大步走回房间。

玲姑娘已经回到房间了，她和何惠珍凑在收发报机前，调节着旋钮，小声谈论着什么。滕周健扶着门框站着，走廊上的黯黄的灯光投射在他的身上，半个房间暗了下去。

玲姑娘扭头眯了他一眼说：“咦，滕队长，你像换了一个人似的。”滕周健反问：“是吗？”光线衬托下，他分外高大挺拔，嘴唇饱满刚毅，下巴和颧骨也一样刚毅。

何惠珍很专注地望着他，两眼泛着潮湿的光。“滕队长，请教你一个问题。”她向他招了招手。

滕周健走了进来，挨近她俩坐下，“你说，不必客气。”

伟岸的阴影退去，走廊和房间的灯光流泻在她们身上，仿佛她们处在舞台中央，何惠珍是瞩目的焦点，玲姑娘则是在烘云托月。

“这个收发报机真高级，我从来没有见过这么有档次的东西，做工讲究，功能强大，声音洪亮，这是你们分队的联络设备吗？”

“不是。回国后，分队内部和分队之间不再需要无线联系，有线联系就可以了，口头通知也行。”

“那么，这是你缴获的战利品啰？”

“也不是。战利品要上交的，不能据为私有。你看看这铭牌上的文字，不是日语，是英语，正宗的美国货，怎么会是战利品呢？”

何惠珍哎哟一声说：“我这笨脑袋，两岁孩子的智商。”玲姑娘摩挲着收发报机说：“啧啧，真是个稀罕之物，我们用的破玩意儿和这个比起来有天壤之别。”又望着何惠珍说，“这个珍品的拥有者，一定不是一般的人。”

滕周健只是笑，没有作声。

何惠珍看了一下手表说：“滕队长，还没吃饭吧？”滕周健说：“吃了，我们跑运输的，每餐都要吃得饱饱的，少一餐也不行。”何惠珍说：“我很想犒劳一下队长，以尽地主之谊，一直没有找着机会。今天见到了，未曾想你吃过饭了。”

她沉吟片刻，诚恳地说：“这样吧，队长赏个脸，我请你吃夜宵去。”滕周健说：“行，不过，我请二位姑娘。”说着站起身来。何惠珍坚持说：“不行，我请！”玲姑娘伸了一个懒腰说：“班长，你们二位去吧，我还有点事，就不奉陪了。”转身欲走。

何惠珍一把拉住她的衣袖，嗔道："你这个鬼丫头，谁不知道你啥事没有。听我的，一起去！"玲姑娘见脱不了身，只好说声"遵命"。

三人下楼。正值黄昏，楼下有一亭，灯光下熠熠生辉，柳荫斜铺石板路，应是良辰美景。何惠珍犹如蜻蜓点水，在亭子的长凳上挨了一下屁股，又弹跳起来说："队长，我们去吃过桥米线吧！马路对面就有一家。"滕周健说："好吧。"

店内灯光暗黄，食客甚众。三人挑了座位坐下。何惠珍扫视了一圈店内的烟火男女，对滕周健说："过桥米线是这儿的名吃，没有吃过，枉到昆明。"滕周健说："是不错，汤好，片料讲究，嫩香爽口。"

米线端上桌，滕周健用筷子搅和着，不急于喂进嘴里。何惠珍问："怎么不吃啊？"他笑着说："你以为我不知道——汤上浮有一层鸡油，看起来没有热气，其实油温不下一百摄氏度。不懂这个，要吃大亏，李响亮就上过当，他喝了一小口，舌头当即烫出了燎泡。"

玲姑娘低头品尝米线，不时拿眼睃着两人。他们谈得火热，似乎忘记了她的存在。

何惠珍忽然问："队长，父母为你物色娘子了吗？"滕周健俏皮地回答说："报告班长，没有。"玲姑娘插嘴说："哦，对，是不是有这种可能，他们已经物色好了，只是保了密，为的是给队长一个惊喜。"何惠珍说："这样好，队长只需回去完婚就是啰！"滕周健笑着说："他们才不管我的事呢，也没有那份闲心。他们都是农民，一天到晚只知道干农活，笃信'人一生下来就要干活，一直干到死的那天为止'。他们相信命运，认为万事都由天定。把子女放出去，由他们去闯荡，闯成什么样就是什么样。我出来早，十五岁就出来了。先在重庆给人帮工，后来参加远征军到了印度——哪有什么娘子？"

他有意隐瞒了当宪兵的经历。

何惠珍说："你真了不起！在异域为民族而战，在炮火硝烟中舍生取义，实乃国之栋梁也。"滕周健说："拔高了，拔高了。"

她盯着滕周健，话锋一转说："队长，抗战接近尾声，快和平了，到了考虑个人问题的时候了。据我所知，咱们学校有不少女学员，非常倾慕回国的英雄们。"玲姑娘见状笑嘻嘻地说："班长，你们俩慢慢聊，我去付账。"滕周健说："我去吧。"玲姑娘用眼神止住了他。

两人都望着玲姑娘的背影看，又低头漫不经心地吃米线。玲姑娘付完账，一蹦一跳地回来了。何惠珍指着她问："队长，你觉得玲姑娘怎么样？"玲姑娘的粉脸一下子涨得通红，嚷道："哎呀，班长，你这是什么话？"何惠珍笑着说："我说玲小姐，你也到了嫁人的年龄，有啥害臊的呢？"玲姑娘发出银铃般的笑声："班长，你是'司马昭之心路人皆知'，还好意思往我身上推。"又凑在何惠珍耳边添了一句，"你就别掩耳盗铃了吧！"

何惠珍赶忙捂住了她的嘴。

第四节

一天早晨，滕周健将醒未醒之际，听得有人"咚咚"敲门。他翻身起床，将门拉开了两指的宽度。是一张瓷质的鹅蛋脸，一双大而闪亮的眼睛。

"有什么事吗？"他问。

"没什么事。"她说，歉意地笑笑，"没有睡醒？那就继续睡吧。我不打扰你了，我走了。"后退一步，伸出纤纤细手想把门拉紧。

不料，滕周健先了一步，有力地拉开了门，说："进来吧，我已经睡好了。"

门打开，他这才看清，何惠珍一改往日的军容，穿着一身素雅的织锦缎无袖低领双襟旗袍，上面印着梅兰竹菊，亭亭玉立，姿态柔媚。胳膊整个儿露在外面。他想，女人竟是如此优雅婉约的仙灵。

“坐吧，坐吧。”他说，手忙脚乱地拿杯子，又去拿热水瓶，“我给你倒杯水。”

她接过水杯，抿了一口，偏着头，目光直视着他，笑吟吟地问：“这身衣服，好看吗？”他的心狂跳起来，血液在体内奔突翻卷，连连说：“好看，好看，像一朵花。”她问：“什么花？”他想了想说：“白……白兰花。”想掩饰什么，又赶紧问，“玲姑娘怎么没有来？她回答说：“她有点事。怎么，我不能一个人来吗？”滕周健笑着说：“她不是看上李响亮了吗？他快回来了。”何惠珍轻描淡写地说：“她这个人，阴晴不定。”

滕周健狐疑地看了她一眼。何惠珍眨着眼睛，欲言又止，脸颊上飞起一团红晕。

滕周健问：“怎么了，班长？”何惠珍不自然地说：“队长，我……我这儿，”何惠珍说，沉默了一会儿，好像是鼓足了勇气，“有……有你一封信。”滕周健问：“有一封信？我的信？”何惠珍轻轻地问：“你觉得奇怪吗？”滕周健说：“奇怪。怎么会在你的手里？”何惠珍回答说：“我昨晚在信件柜里，取我们班的信，看到你有一封，就一起收了。”滕周健笑着说：“太谢谢你了！劳烦你跑了一趟，专程送给我。”何惠珍得意地笑着说：“怎么感谢我？”滕周健问：“看电影，咋样？”何惠珍说：“好啊，我喜欢看电影，不过，我今天没空，改天吧。”滕周健说：“好吧——信呢？”何惠珍说：“在我包里。你猜猜看，谁写的？”滕周健搔搔头说：“我猜，是我的父亲。”

何惠珍摇头。

滕周健仰着头说：“我一个战友的妹妹，我猜，最有可能。”何惠珍拧紧眉头问：“战友的妹妹？她怎么会给你写信？”滕周健解释说：“是这样的。我有一个战友叫罗和睦，和我关系特别好。不幸的是，他在回国的路上牺牲了，遵照我和他的约定，我把他火化了，骨灰带回来了，半月前从这里寄回了他的老家。计算时间，应该收到了。这封信是他妹妹的回信。但，我觉得没有这么快。”何惠珍问：“你怎么知道是他的妹妹，而不是他的爸爸妈妈……”滕周健说：“他的爸爸妈妈都是文盲，他妹妹却是一个大学生。”

何惠珍眼睛红红的，轻嘘一口气说：“哦。”有片刻的沉默。

滕周健问：“猜中了吗？”她又摇头。滕周健说：“我猜不出了。”

“好吧，我公布答案算了。不过，我有一个条件，你得答应我，闭上眼睛，”她说，“我走后，出了这个房门，下了楼梯，你才能看这封信，听到了吗？”说着，用手触摸了一下他紧闭的眼皮——他感觉就像触电似的一阵酥麻。他感知着她的鼻息，顺从地说：“听到了。”

只听得一阵风声，何惠珍快捷地将信放在了他的手上，拍了一下他的肩膀。接着，门开了又哐当一声关上了。她在门外说了一声“你休息着”，就蹦跳着下了木楼梯。

有谁会写信给他？他想不起来，也不愿想下去了。管他是谁，反正信已经到手了。他不打算立即睁眼得到答案，而是眼皮耷拉着，躺在床上养神，心里掠过一些乱七八糟的东西，竟然不知不觉睡去了。经过何惠珍一闹腾，他无疑兴奋得过了头，因此困倦才无以复加。

醒来一看，那封信已经掉落到床下去了，他赶忙拾起，翻过来覆过去反复检视，信封上只有“滕周健收”几个字，随即明白了八九分。将信抽出，薄薄的，只有一张纸，三折，从反面看过去，字体很娟秀，“字如其人”这话不假。他没去打开它，而是手捏信纸端坐着，恍惚中觉得秦玉华走了进来，乌溜溜的眼睛，对他盈盈笑着。他弄不明白，怎么她的影子无论如何都挥之不去。唉，见到她就会泛起一种悲哀，虽然淡，但滋味难受。他又迷迷糊糊地睡着了。

过了一会儿，一阵“嘭嘭”的敲门声惊醒了他，开门看是李响亮。

“回来了？”

“回来了。”

“一身泥？”

“路上遇上了大雨。”说完，李响亮拿着衣服往浴室去了。

滕周健攥起那页纸，小心翼翼地展开，只有一小段话：

有人的地方便有生活，

有生活的地方就有青春，

有青春就有爱情……

一会儿，李响亮回来了，见到他手里的信纸，问：“来信了？”滕周健说：“没有，我自己写的，还没完工。”李响亮问写给谁的，回答是写给父母。

“这些年，日本兵在中国闹得天翻地覆，如今差不多气数尽了，广西，你看广西……”李响亮发着感叹，躺在床上和衣而卧，点了一根骆驼牌香烟，火苗一闪，一团烟雾从嘴里、鼻孔里窜了出来，又袅袅盘旋着上了头顶。

滕周健瞥了他一眼，说：“要抽，把门开着吧。”李响亮嘻嘻一笑说：“抽烟可以提神，不是虚的，刚才还昏昏欲睡呢。特别是晚上行车，没这个东西，还真不行。”

滕周健坐起身子，问李响亮：“一个正经事，敌人马上就要完蛋了，我们当兵的，快到了解甲归田的时候，该为自己的事操心了。”

李响亮听着一头雾水。

滕周健解释说：“想过讨媳妇没有？”李响亮摆摆手说：“我还小，不懂事，不忙，不忙。”滕周健不死心，又问：“比如通信兵学校，女孩多了去了，近水楼台先得月。过了这个村，就没这个店了。玲姑娘这样的人……”

这是何惠珍和玲姑娘唱的对手戏，他复述出来，有点见风就是雨的味道。

李响亮摇头轻声说：“她呀，刀子嘴，有火药味，受不了，受不了啊！”滕周健说：“刀子嘴，或许是豆腐心。”

李响亮拦住他，不让他说下去，转而岔开这个话题，说起运输路上弟兄们谈论的一件事：不少士兵滞留缅甸，没有随部队回国。

滕周健问：“他们为什么不回来？”

“有的是不愿意打内战，有的是国内没有亲人，有的是别的回不来的原因。”

滕周健心里感叹，打内战不就是兄弟相残吗？

第五节

“有个姑娘找你，说是从四川来的。”这天下午，滕周健执行完任务返回通信兵学校，正往木楼上走，一名弟兄跑过来喊住了他。她叫罗婉君，罗和睦的妹妹。

她一见到滕周健就滔滔不绝地说：“我感觉是在梦中。怎么这么快就见到你了，该不是做梦吧。只要你在这里，我就会找到你。你不在这里了，我也会打听到你。我是抱定了一定要和你相见的决心，才到这儿来的。爸爸妈妈非常支持我，他们要我当面感谢你。带着他们的嘱托踏上路途，我感觉负担好重，好像肩上挑了千钧重负。多亏了上苍庇佑，我一路顺风顺水，见到你也没费什么周折。”

说到后来，她眼睛放光，语无伦次。一张稚气的白皙清丽的脸，很洋气的烫发，高挑身材，旗袍倒是素淡，外面罩着一件绒线衫，脚上穿着一双米色半高跟皮鞋，鞋面上有一个精巧的蝴蝶结。

她与他轻轻松松地说笑着，言谈之间有一种温存。

“你和你哥哥很像噢。”他笑着说。

“是啊，”她目不转睛地望着他，内心里充满着一种热望，“街坊们都说，我俩是一个模子倒出来的，我显得比他高，实际上高度差不多。女人嘛，看起来总要高一些的。”

“你大学毕业了吧？你哥说起你来一脸荣耀，说你聪明，悟性好，将来大有出息。”

“唉，见笑了，要让哥哥失望了——毕业了，在家闲着，托人在重庆找事，还没有眉目。”

“你哥特别健谈，这一点也像你。自从在鸳鸯桥认识了他，三年来差不多一直形影不离，一起从重庆赴昆明，一起经驼峰航线到印度，一起在兰姆伽训练，学汽车、学战车同在一个班，又一起赴缅甸作战大半年，后来，又一起开车从陆路回国。这样的感情，我觉得人世少有，可以说是生死情谊。”顿了顿，滕周健又说，“谁也没想到，他在路上出了状况。”

“我们也没想到。”她哽声说，低下了头。

看到她伤感，滕周健最初的反应是不能说下去，然而停住了，他心里憋得难受，心脏有一个地方像针刺了一下，锐痛，因此，他选择说下去：“你哥，还有一名战友，坐在同一辆车上，同时牺牲了。那名战友也是我的铁哥儿们，比不上你哥善于言辞。那一刻，我感觉天要塌下来了，那天的太阳很诡异，简直就是末日的太阳。……我和你哥有个约定，无论谁死，都由对方火化，将骨灰寄回。另外那位言语不多的战友，遵照他生前的愿望，就地埋了，他老家没有亲人了。”

说完了这个过程，他如释重负。罗婉君抽噎起来，幽暗的黄色灯光下，她背着亮光坐在斜对面的凳子上，从他这里只能看到她的侧影，眼窝有点凹陷，有憔悴的阴影。

“我妈妈看到骨灰盒，一下子瘫倒在地上，‘娃儿呀，娃儿呀’地哭得死去活来。当时那个场面，我虽不在面前，想着都让人心碎。邻居亲友一个劲地劝，后来，劝住了，不呼天抢地了，眼泪却无声地流，一眨眼流一长串，一眨眼流一长串。

“‘儿行千里母担忧’，何况是出国，是作战。母亲日盼夜盼，等待生龙活虎的儿子归来，不料，却等到一个冰凉的骨灰盒。”

说着说着，罗婉君的眼泪流下来了。滕周健竭力忍着，但忍不住，一大滴一大滴的泪珠，掉了好几大滴。他们坐在那里没有动，没有说话，都在若有所思，气氛是难堪的沉默。屋内没有动静，门是虚掩的，灯光黄黄地照着，两个人影映照在墙上。

门外的弟兄们不由得不动容。有个弟兄端着一盘巧克力糖果进去，放在罗婉君身旁，说了一句“嫂子，吃糖果”后，悄然走了。

“他叫我‘嫂子’！”罗婉君破涕为笑。

木楼梯上传来高跟皮鞋声。滕周健知道是谁来了。一会儿，高跟皮鞋声远去了，而且压低了声音。

“你一个弱女子，孤身一人几千里颠簸，而且是在战时，要冒多大的风险？你置自己的安危于不顾，就为了和我见一面？”

“困难是困难，可你是一个有情有义的人，我这一趟来得值！”她说完，从凳子上起身，踱到大圆镜子前，用手帕擦拭脸上的泪痕。

罗婉君在镜子面前端详良久，又问：“我漂亮吗？”他回答说：“漂亮，有倾国倾城之美。”她莞尔一笑，说：“你真会抬举我。”坐下来用指尖剥掉红色的糖纸，往口里喂了一个糖果，说了两个“好吃”之后，又喂了一个。滕周健也凑上来吃。二人一声不言语，把一盘糖果快吃光了。看她狼吞虎咽的样子，他这才想起她可能腹内空空，忙问：“你饿了吧？”她回答说：“有一点，不过吃了糖果后好多了。”

“我请你吃米线。”一忽儿又催她说：“快走吧！”

两人快速下楼，穿过柳树的阴影，走出校门，来到马路对面的米线馆，里面闹哄哄的，人影憧憧。这次他们来到了楼上，找了一个火车座坐下。点了几个风味小吃，两碗米线。他看着她拿着点心往嘴里送，轻轻咀嚼着，力图不发出一点声音，这富有女人味的做派，让他心里起了一阵波澜。

“在兰姆伽训练营，我们天天吃给养，营养丰富是不假，但长时间吃是会吃腻的。”他回忆起了在印度的岁月，“后来，我们吃腻了。想着，盼望着，要是有中国菜吃，就好了。”

她抬起头来问：“有吗？有中国菜吃吗？”

“有，镇上有好几家华侨餐馆，徐老板是一家，我、你哥、那个一同牺牲的陈安道，还有一个女兵——她是指挥部的翻译官，隔几天就到徐老板那里去吃。徐老板是山东人，人挺好的，一来二往就熟了。他发现我们喜欢吃豆腐脑，就派伙计往我们的营房送豆腐脑，送了好几个月。这好像是昨天发生的事啊。”他说，长叹了一口气，“唉！如今人都已经去了，就只剩下我了。”

她问：“怎么，那个女兵也牺牲了？”

“是的，她也死了。她不是死在敌人手里，而是死在自己人手里，说她勾引美国军人，‘有丧国体’。”

她唏嘘了一声。

“她最不该死，却死了。她诡异地死在我效命疆场的第一天。从战场上归来后，听到这个消息，战车营的弟兄们都感到非常震惊。她长得那样美，又非常善良。你哥给她起了个外号，叫军花。她死后，你哥的性情变了，因为有所忌惮，直爽的性格收敛了，不再快人快语了。”

不知不觉，她的眼泪又流下来了，没有来得及用手去擦，滴在了桌子上。他见状，眼睛里也有些刺痛。

他安慰她说："你可要节哀啊！日子是要继续过下去的。"

罗婉君机械地点了点头。

两人默默地吃着米线。她不时抬头看他，他也好奇地望着她。她揉了一下眼睛说："抗战胜利后，你准备干什么去？"他当然不会告诉她要参加三国共管，只是说："我还没想好。"

半晌，她像是下定了决心似的，因为声调轻快得异样。她笑着说："不如回到重庆，开个车行，找个老婆，安安稳稳地过日子。"他说："如此甚好，可我不是重庆人，顶多只能算半个，人生地不熟，老婆不容易找啊。"她盯着他说："现成的，就有啊。"他有些不解地问："你说什么？"她涨着通红的脸反问："你不明白吗？"

他听得轰的一声，好像一枚炸弹在他面前爆炸，耳朵里发出嗡嗡的震响，身子瘫软着要倒下去，好在双肘在桌上撑住了。她却像什么事都没有发生一样，或者是风暴已经过去了，喝了一口汤，平静地说："我来你这儿，是带了任务的，是爸爸妈妈的意思。爸爸说，'你哥哥那个战友和你哥交情不错，就像是自家兄弟。人品嘛，我看也应不错。你和他见个面，再心里琢磨琢磨，相中了，就大胆地去追求'。"

滕周健盯着她看，看到她的嘴唇在颤抖——这当然是风暴的余韵。她的表白有些突兀，他却暗暗佩服她的勇气。他觉得自己找不出丝毫的理由拒绝这位具有恳切坦率态度和开诚相见精神的姑娘。

可是现在，已经插进了一个何惠珍。这如何是好？他的喉咙堵住了。他一面听着周围的人声，一面寻找着措辞。他像是有一种预感似的，感知到何惠珍就在人群中。果然，他埋头品咂一块鸡肉，再一抬头，她已像一只蝴蝶，翩然飞到了他们俩的桌前。

"咦，队长，你在这儿？"何惠珍说，好像才发现了他，又对罗婉君瞧着，"哟，有客人？"滕周健镇定了一下情绪，向她介绍说："这是我妹妹。”她笑盈盈地说：“队长的妹妹来了？你的妹妹，不也是我的妹妹吗？干吗不告诉我一声，一起陪陪咱们的妹妹。”他问：“要不，一起吃点？”何惠珍笑着说：“不了，我和玲姑娘已经吃过了。”指着靠窗户的一个座位——玲姑娘向这边挥了一下手，“不打扰你们了。你们兄妹俩慢慢谈吧——好久没有见面了吧？”

“蝴蝶”回到窗户边的座位上了。

本来，他预料她一来就会炸锅的，会弄得场面很尴尬，比如盘问这女的是谁？和他什么关系？他也准备跟她解释，让她消散醋意，结果什么也没有发生。何惠珍离开后，罗婉君也没有向他打听她，只在那儿静坐着，好像没对这只“蝴蝶”上心。

看着她走远，滕周健对罗婉君说：“我和你哥哥的战友情，很珍贵，要我说，甚至超过了兄弟情分。你说你爸爸把我当成他儿子了，我非常赞同。既然如此，你不就是我的妹妹吗？”

她哽咽着点了点头。

他说：“妹妹快吃，菜都凉了。要不，让堂倌端下去过下火吧。”

她说：“不用了，已经吃饱了。”

付账时，被告知已付。两人瞅见窗户边的座位空着，匆匆下楼，走过霓虹灯照着的一片马路，来到校门边。昏暗中，一个女声锐声叫着“队长”。循声望去，是何惠珍和玲姑娘站在那儿等他们。

“今天还早着呢，”何惠珍走上来对滕周健说，“我们到南屏电影院看电影去吧。”黄包车已经叫好了，就停在路边，两人一辆。何惠珍登上去时说：“我和玲姑娘先去买票，待会儿电影院见。”

看完电影，何惠珍和玲姑娘先回去了。他们俩又逛了一会儿街，欣赏昆明的夜景，回到宿舍时已是深夜了。罗婉君告诉他明天要回去了，滕周健连忙拿出在印度和缅甸同她哥哥拍的照片给她看，她一张一张很仔细地端详，仿佛要把这些场景刻印在心里，他让她选了几张带回去留作纪念。

“哥，我们明天去照相馆也拍一张吧！”她请求说。

“也许没有空，我们随时会接到去广西的任务。”他这样搪塞道。

其实，他是担心何惠珍耿耿于怀。他意识到她整天像个影子似的不离左右，是有良苦用心的。罗婉君也对这个女学员和他不一般的关系心知肚明，知道他婉拒她事出有因，就没有再三要求。后来，滕周健非常后悔没有答应她，即使那天有任务，也是可以挤出时间照相的；再说，何惠珍的气量还没有狭窄到如此地步——一切源于他太迂执。

那晚，在回到自己房间之前，她没有说一句话，只是等着他说话。

滕周健说：“妹妹，我不能答应你了。”

她知道他说的是真话……

火车哐嘁哐嘁进了站，他松开了手，从口袋里掏出一沓钞票，塞进罗婉君的手提包里。她发觉了，又拿了出来，他又塞了进去，如是者三。

何惠珍在旁说了一句：“哥给你的，收下吧。”眼神中是满满的情谊。罗婉君望了何惠珍一眼，滴下一滴泪珠，将钱放进包里。

火车开了，轰隆轰隆地离开了这个古城，载着深情厚谊走了。

第六节

滕周健送走罗婉君后没几天，西南联大训导处找上了门。“幸会幸会，队长好年轻噢。”这个相貌堂堂的中年男人带着渴慕的口吻说，同时迅速走上前，紧紧地握住滕周健的手，“我是联大训导处的工作人员，一同来的这位是学生讲演会的钟同学。”钟同学在他身后灿烂地笑着，眼睛笑成了月牙。她长发及肩，相貌秀丽，穿的是浅灰色大衣，脚上是一双漆皮鞋。穿着朴素，颜色却有一种温雅之感。

听完介绍，滕周健笑着说："哦，你们是无事不登三宝殿的，请进来坐吧。"遂将来客让进屋内，给两人各倒了一杯茶水。

中年男人接过茶水喝了一口，开门见山道出来意："队长，是这么个意思，敝校闻知你们从国外凯旋，准备开一个欢迎会隆重欢迎你们。在这个会上，想请你以远征军归国代表的名义发个言，向同学们介绍你们在国外训练及作战的情况。"钟同学接着说："是啊，是啊！同学们听说校方邀请你们参加欢迎会，群情振奋，奔走相告，就像炸开了锅。我想，你们是国家的功臣，亲临学校现身说法，同学们听过后一定会受到鼓舞的。"

滕周健为热情所感染，心里热乎乎的。说心里话，他对自己能否胜任有点担心。他紧张地说："我是个粗人，不知道讲得中听不中听。"中年男人说："队长谦虚了，只要把你的戎马经历说出来就可以了，不需要引经据典涂饰润色的。"滕周健舒了一口气，应承下来说："好吧，一言为定。我尽力而为。不过今天去不了了，人员还未聚齐。"

约好第二天过去，问需要作何准备，需要多少桌椅板凳。滕周健回答说："不需要桌椅板凳——我们开车来，车上有坐的地方。"那个干练的中年男人再次握住他的手说："一定一定，队长是个爽快人，先谢了，明天见。"一杯茶没有喝完，就和钟同学一起告辞了。

晚上何惠珍来，滕周健告诉她，明天分队要去西南联大参加欢迎会。她要求同去，他不同意。她问为什么？他笑着说："你是去看我的笑话呀？"她认真地说："我去了，你的底气就更足了，更不会闹笑话了。"他问："明天不上课了？"她回答说："就要毕业了，课程已经上完了，进入总复习阶段了，老师不管我们，挺自由的。"又反问，"这些，我没有跟你说吗？"他不作声了。

不知为什么，他发现自己有点怕她了，见拗不过她，只好说：“咱们明天同去好了。”

次日，何惠珍坐在车上随行。她纯洁甜美，犹如天外仙女，魅惑极了。她的脸是任何情况下都美丽的那种，无论什么都无法破坏她那精美的椭圆形，那古典的线条，那纤美的眉毛和黑色的大眼睛。弟兄们被她这道独特的风景所感染，个个脸上都是喜气洋洋的。

车在操场上停下。大家麻利地拧下车厢两边栏杆的螺丝，将其放倒，栏杆就变成了座椅。弟兄们端正地坐在上面，纹丝不动，军容严整。好的开端等于成功的一半。何惠珍也看出了这一点。她感觉到队长已经是胸有成竹、胜券在握了。她没有留在车上，而是搬了一把凳子，悄悄藏身在学生队伍里，就像掩在树丛里窥探的一只小花猫。

黑压压的学生队伍漫过操场，流泻到车前的草地上。校方领导作了一番热情洋溢的开场白，接下来，现场师生的目光就都集中到了站在车厢里英气扑面的队长身上。滕周健敬了一个标准的军礼，感谢校方的盛情相邀，然后就滔滔不绝地说开了，一大堆往事风起云涌，奔流到他面前了。他从参加远征军教导第一团讲起，讲到巫家坝机场那次近乎屈辱的体检，讲到驼峰航线上的生死航程，讲到兰姆伽的魔鬼训练，讲到缅北烽烟中与美英盟军并肩作战，讲到回国路上的艰难坎坷。一腔热血沸腾时，万里汪洋起波澜。学生们为他陈述的鲜活故事所吸引、所震撼，热烈地欢呼，掌声雷动。何惠珍把手掌都拍红了，简直为之癫狂。

结束演说时，滕周健言犹未尽，于是走到师生们中间，询问他们有什么问题要问。对于提出来的方方面面的问题，他逐一答复。

有人问：“有人说日本鬼子力大无比，能够以一当十，甚至以一敌百。既然如此，你们在缅甸战场上是怎么战胜他们的？”

他答道：“这个不难。首先，在战略上要藐视他们，不被他们嚣张的气焰所吓倒。其次，在战术上要重视他们，他们能够以一当十，我们就用一百个人打；他们能够以一敌百，我们就用一千个人打。即使他们力大无比，也有筋疲力尽的时候。另外，实话告诉你们吧，我们战车兵是受到了层层保护的。我们是坐在战车里面应敌的，有铁甲护身；还有，战车部队是精锐部队，在战场上是作为突击力量使用的，所以上峰很看重我们，为减少或避免损失，不准我们孤车突进，由步兵保护我们攻击前进。”

滕周健见学生们专注地听着，继续说了下去：“我开始以为自己是英雄，后来，这样的观念渐渐淡化。我明白自己就是一个普通士兵，我的那些一个个倒下的战友才是真正的英雄。我之所以能活下来，就是因为他们在默默保护着我。”

有人问：“在国外，你最难忘的事情是什么？”他回答说：“难忘的事情有很多，最难忘的事情莫过于日本投降，这意味着多年的浴血抗战取得了胜利。这场战争只有取得胜利，才能告慰长眠在异国他乡的将士的英灵。”

有人问：“广西战况如何，还要持续多久？”他回答说：“战况很激烈，种种迹象表明，敌人在做垂死挣扎，但胜利是迟早的事。”

作为压轴戏，弟兄们纷纷来到操场上，拿出在国外拍摄的受训或作战的照片，让师生们传观。一张张照片作为媒介物，就像打开的一扇扇天窗，让他们洞见了国外那片遥远的广袤的土地，那贫瘠的河谷和原始的丛林，那挥洒汗水的训练场和流淌热血的战场。

很多学生打开灰绿色的布夹子，请弟兄们在白纸上签名。滕周健为师生们签名时放眼观察发现，两种不同的人群——冲锋陷阵的人群和激扬文字的人群，在特定的时间和空间叠加在一起，是那么地契合。

“队长，你知道吗？很多同学从心底里喜欢你的演说，”钟同学对滕周健表达心里的感受，“因为你是现身说话，说的是内心话，不矫揉造作——”何惠珍插话说：“我也有同感，去掉了雕饰的朴实无华的话，容易引起听者的共鸣。”又指着近旁的房子——“看，你们的房舍，不是也具有朴素的特点吗？教室的屋顶是铁皮做的，地面是泥土压的，窗户没有玻璃。”钟同学说：“是啊，咱们校长说过，‘大学者，非谓有大楼之谓也，有大师之谓也’。”

滕周健心里想，我们当兵的已经很奢侈了。他嘴上说：“贵校师生在物质上俭省，在精神上却很强大，讥评世事，唤起民众救国；不仅如此，很多学生还响应国家号召，加入远征军，主动投奔到抗战第一线，实属可歌可泣。”钟同学说：“是的。他们大多成了远征军的汽车兵。这一个月来，有许多西南联大的同学相继开着汽车回到昆明，其中有的已经脱离部队，回校复课了。”滕周健说：“哦，他们回来了？我知道我的演说讨人喜欢的原因了，原来是一家人重逢了。”

在回去的路上，何惠珍忽然问滕周健，为什么联大的学生参加远征军后，没有成为作战部队，只是当了汽车兵？滕周健回答说：“因为他们是高素质的青年，政府爱惜他们，避免他们牺牲在战场上吧。”何惠珍摇头说：“不是，政府是不放心他们。”他问：“为什么不放心？”她回答说：“因为无论是教授还是学生，都崇尚自由民主，对‘党国’之争讳莫如深。”他问：“你怎么知道的？”

何惠珍笑而不答，眼神意味深长。

第七节

近日，路上运载弹药的军车猛然增加了好几倍，烟尘滚滚，遮天蔽日。因道路的负荷增加，加上道路因数月碾压不堪重负，遭受严重损毁，车行其上，有如醉酒之人摇摇摆摆，晃晃悠悠。

在百色顺利卸车后，返回到友山镇时，天已经擦黑。滕周健决定让全队在镇上歇一晚再走。

滕周健在镇上唯一的马路上慢慢地走着。街道上没有一个行人，昭示这条马路是很荒凉的。但对他来说，这里却能够驰骋自己的心思，回忆这几年中经历的许多事情，思考攸关未来的大问题。

巴河的一条支流从镇外流过，水流清澈。最大的那家旅馆干净整洁，最关键的是，说也奇怪，恰好能够满足全队三十多号人入住，便于警戒和管理。那天看中了这家旅馆后，他就把它包了下来。兵荒马乱的岁月，有这样一拨客源，老板求之不得，欣然同意。弟兄们和往常一样，吃过饭后，就在河里洗澡、洗衣，然后在旅馆歇息。

晚风吹过来凉爽宜人，滕周健在街上踽踽独行，忽然想起今天在百色听到的消息，思绪翻滚。一队弟兄跟着他们的长官从铁门里走出来，他们密密匝匝地把长官团团围住，每双眼睛都盯着他，你一言我一语地说个不停。他蹲在那儿聆听，看到其中几位弟兄吞吐着骆驼牌香烟——一看就知道他们是从印度回来的。开始他一头雾水，一点儿也听不懂他们那连珠炮似的话，后来渐渐听明白了。

原来，好多弟兄闻知要回国，就连人带枪消失在缅甸的丛林里了。他们拒绝回国的动机，是怕打内战。从李响亮那里听到的消息，今天终于得到证实了。这些弟兄焦躁地谈论着，在为自己的前途和命运担心。滕周健也不免受到触动，面色凝重。他的心中装满了刚刚在百色拾取的事情，激荡着许多大开大合的情感，混合着痛苦的感觉。在长达数年的戎马岁月中，他今天是第一次真正意义上感到疲乏。而多年以来，无论发生什么，即使损伤了他的身体，也没有损伤他的精神。他一步一步从容不迫地走过来了。

到了镇上，他决计一个人走走，心里不断翻腾着一些隐秘的想法。抗日战争很快就会打完的，他是决心不再参与内战的，因为他再也无法承受战争的辛劳，所以，他想退役。以后，他想找一个女人，和她一起过一种安安静静的生活。因为感到一种不可抗拒的强烈冲动，所以走了一段路以后，他身上渐渐发散出热气来了。

他抬眼看了在静静的小河边洗衣的弟兄们一眼，继续往前走，却差点与迎面走来的何惠珍撞个满怀。他猛地收住脚，先是“哎呀”一声，接着把她的手握在胸前。

“你怎么在这里？昨天你还在——”

她笑着解释说：“我搭早班车来的，我的姨夫住在这里。不是快毕业了嘛，我托他找份像样的工作。”他说：“哦，你姨夫——”她接着说：“姨夫是镇上的税务局局长，所以在广西各地有一些人脉，或许可以帮忙。”她的目光清亮宁静，犹如夏夜的星空，那么行云流水，那么亲切可人。

他不解地问：“你毕业后应在军队服役，有找工作的必要吗？”她想了想说：“我是这样考虑的，日本战败只在旦夕之间，抗战胜利后，我就无须为军队服务了，不如趁早退出以图长远。”他又问：“你是担心打内战吗？”她毫不避讳地说：“有这方面的考虑。”

两人一同回到旅馆二楼，行军床已经安置好了，李响亮正在看一张报纸，看见他们进来，放下报纸去倒水，又问开不开无线电。滕周健说算了。何惠珍笑着问：“你们随身带着它呀？”李响亮回答说：“是呀，队长一刻也离不开它。当初从印度回来，他就带了两样东西，一样是霍提甩夫手枪，另一样就是这个话匣子。”她“哦”了一声，问：“队长，响亮哥说的是实话吧？”他点了点头。她笑着说：“既然是你的心爱之物，恐怕不肯轻易送人啰？”李响亮说：“那要看送给谁了。”她一本正经地说：“我！”李响亮笑着说：“没问题！”滕周健只当是玩笑话，没有作声。

三人围坐着谈天。何惠珍拿起报纸瞅了瞅，指着副刊上的一首小诗说：“猜，谁写的？”滕周健笑着说：“猜谜语？不是我的强项，还是公布答案吧。”将她捂着名字的手拿开，“何为”二字赫然入目。他问：“何为是谁？”她指着自己说：“我，何为是我的笔名。”

那天晚上，他送她下楼。她欲说还休，飞快地瞟了他一眼后，掏出一封厚重的信递给他。他将信放进口袋，又用手按了按，看着她消失在了一条地势下倾的小巷尽头。

第二天，何惠珍如约早早来到旅馆，搭乘他们的十轮大卡车返回昆明。李响亮本是坐在副驾驶室里的，何惠珍坐上来后，他悄悄挤到后面的车上去了。滕周健回头望，见他坐在后面那辆车的驾驶座上，向他晃着脑袋笑。何惠珍忍住笑说：“队长，你那助手，挺有意思的。”他笑着说：“是有意思。”她望了他一会儿，又凝视前面的路，脸上一会儿红一会儿白。他问：“想什么呢？”她莞尔一笑说：“我在想，看你少言寡语的，口才倒还不赖。”他问：“何以见得？”她说：“你在联大的演讲，难道忘了？”他说：“没忘。”她说：“你不但有口才，还有文才——那个演说词记录下来，是一篇不错的文章呢。”

公路右旁隔着水，远远望见一带黛青的群山，映着那淡蓝的天。车行了一会儿，她想起了什么似的，说：“我喜欢写点文章，在昆明《中正日报》上登过不少文章呢。”他笑着说：“那首通信兵抒怀的诗，写得好，没有卖弄辞藻，没有雕琢之句，想不到，你是个深藏不露的才女。”何惠珍不好意思地说：“过奖了。我喜欢淳朴风格的，不喜欢华美靡丽的。有一本书里说，‘真实的情感既不是赤裸裸的拙劣，也不是戏剧里泛滥的矫情’。所以，我会注意……”他问：“你还发表过其他体裁的文章吗？”她回答说：“有散文，还有蹩脚的小说。”

他看了她一眼——他感觉到她对自己的作品无比热爱，因而她的瞳孔里现出了闪闪发光的东西——说：“你干吗不当作家呢？”她脸红了，难为情地说：“瞧你说的，我哪有那本事？我只是表达一些感想，涂涂鸦罢了。能上报纸，也是全靠哥哥帮忙，他在报社当编辑。”他说：“哥哥兴许会帮妹妹，但妹妹的东西也要拿得出手才行嘛。今天幸逢才女，我在缅北几个月，也写了一首诗，我念出来，你给评价评价。”她笑着说：“好啊，你念出来，我洗耳恭听。”

他念道：

战车驾云荡缅北，敢为祖国破倭贼。
兰姆饮马磨长剑，驼峰破云逐日月。
将士公墓接天宇，绝域苍茫铸死节。
铁甲远征何其苦，一寸山河一寸血。

她听后脱口而出道：“写得好！有一股悲壮的英雄气在诗里回荡。”

她觉得与他的心贴得更紧了，踌躇了一会儿，轻声问：“那封信，看了么？”他老实回答说：“还没有，但我一有空就会看的。”又笑道：“昨天是被你的诗吸引了，才没空看你的信的。”她笑得用拳在他背上嗵嗵敲着。

等到过了一个缓坡，行驶在开阔的路面上时，他扭过头对她说：“你说奇怪不奇怪，我在联大说广西之敌会有最后的疯狂，果不其然，我的话立即就应验了——敌人跳出了封锁线。”她咯咯笑着说：“你……你，赛过了半仙。”他说：“敌人这样扑腾，说明他们的末日快到了，可以说进入倒计时了。可是这就苦了我们运输部队了，至少这一个来月会昼夜兼程地奔跑在运输线上。这样一来，我就回不了你们学校了。”她点点头说：“是啊，这是免不了的事实。”

她的话没有机趣，也没有花言巧语，语不惊人，却总是让他感到欢欣；她的话质朴到什么程度，就令他陶醉到什么程度。这些话是她满溢着的对他的赞赏之情的自然流露。

以前，他们毕竟交情还浅，这回他们算是第一次尝到离别的滋味。他见她半天不说话，知道她是在那儿担心他一时半会儿不会回来，便说：“战事一有转机，我就会回来的。”

敌人大势已去，一垮下来就无法收拾。但滕周健回到学校驻地，却是一个月以后的事了。

见到生命的七彩幻美，生命的礼赞又回到他心里。他们俩谈情的场所，已经从宿舍转移到一片婀娜多姿的柳树下了，清澈的月光照得满地清晰。

“周健君，我……”

“惠珍君，你……”

他紧紧拥抱着她，说：“你的信我看了，你在报纸上登载的那些文章，我也一一找出来看了，写得真好。从字里行间就知道，你是个慧心柔情的女孩。”

她微笑着，用风吹柳絮的声音说：“你同我接触时间长了，会看清我这人老实本分，是可靠的。我知道你或许要说，时间尚早，还没有到说这种话的时候。”

他连忙否认：“不是，不是！因为……因为我是个军人，考虑这个问题，有很多羁绊。”

他有六年没回家了，家里是个什么样子不得而知，父亲也不知病成啥样了。再说，前途迷茫，何去何从是个未知数，虽有随波逐流得过且过的意思，但有一点是肯定的，那就是坚决不参与内战，李响亮也是，他等敌人完蛋后就回老家开车行。还有，这是一份美丽的邂逅吗？是在对的时间遇上了对的人吗？

他仿佛觉得，她来到他身边这事，要么是多年前就发生在他身上了，要么是根本没有发生在他身上，总之好像是一个梦，他还没有从梦中醒来。但这一切怎么好对她说呢？不是越说越说不清吗？

她摸不清他的心思，将目光投向河面，面颊贴在他的胸前，幽幽地说：“我会等下去的，你要我等多久，我就等多久。可是……可是，有人说，女人的年纪一过了春季就开始到了冬季，所以，我希望你能早点告诉我你的选择。”

他抚摸着她的一绺秀发，在心里说，爱是人世间最美丽的事情，是生命的巅峰，是极乐天堂。

有时候，他俩不知不觉地一直待到半夜，要不是那座挂在学校门口的时钟提醒，他们真不知道快要到凌晨时分了。他不断地对她诉说他心底里的由她带给他的这份特别的快乐，他感觉这样的快乐用语言来描述实在是太贫乏了。晚餐是带在小挎包里的一块面包或者糕点，可是谁又能感觉得到这种晚餐的迷人之处呢？友谊的滋养啊，灵魂的依靠啊，这些调料是多么鲜美可口啊！

虽然没有明了态度，已在为之战栗。

第八节

滕周健和弟兄们继续行进在运输线上，然而那种紧张忙碌却一去不复返，不用说，敌人的气数已如微弱的火苗，徐徐轻风就可以将它化为一缕烟尘。一天晚上，车停在一个叫铁仪的小镇上稍作休息。这时候，一个卖报的小孩走了过来，不停地喊“号外、号外”。他买了一张报纸，一看，大字标题——日本投降了！他向李响亮竖起了大拇指，说了句“天遂人愿”，就猛跑进剃头屋了。他刮光了胡子，脸上每一根线条都很明晰，轮廓分明。

李响亮举着报纸向弟兄们大喊道：“抗战胜利了！”

弟兄们都蹦跳着欢呼。

呐喊声打破了山野的宁静。

不用防空，大家开亮大灯，将路面照得如同白昼，一路欢畅地返回了昆明。

那天早晨，何惠珍在校门口迎接逶迤的车队。滕周健跳下来，她靠着他，那么轻盈，像一朵娇嫩的百合花，大眼睛里潋滟着欢快之光。她笑着说："敌人投降的消息，你知道了吧？"他也笑着说："知道了，报纸上登了。我们中国人，终于可以直起腰杆做人了！"又说，"你这个诗人，又会有感而发了吧。"她说："是的，可是，这来之不易的胜利，这错综复杂的情感，无论怎样表达都太苍白了！"

河水安静地流动着，柔柳的枝条轻轻地摇曳，阳光和美，一切都是很惬意的样子。在柳树下，两人手挽着手漫步，经过一排石凳，就在上面坐了。她凝望河面，云淡风轻地问："你向往的生活是怎样的？"滕周健想了想说："我因为受到战火的洗礼，浪漫幻想的年纪已经过去了，心里以英雄自负的虚荣正在随风飘散，没有留下什么，但我有一个希望，就是过一种天仙配样的无拘无束的生活。"何惠珍说："这也是一个美好的愿望啊！"

"我过去的经历使我如惊弓之鸟，我需要这样的生活来安抚和愉悦我的心。"他说，觉得言犹未尽，又补充道，"我深切地感受到自己需要安顿下来休息，渴望那种我非常向往的身心的静谧，把自己关在仿佛为此而生、有限而又平静的生活空间里，远离灾祸或迫害。"

"我也渴望那种令人欢欣的闲适生活。"她说，紧紧地偎依着他，"我有一个好消息要告诉你。"他笑着问："什么好消息？"她莞尔一笑说："我的工作找好了，在一所中学里教书。"他问："教书？在哪里教书？"她回答说："广西南宁华侨中学。"他品咂着校名说："听校名，是个不错的学校。你的前途算是有了着落了。"她握着他的手说："过几天，我俩一起去那儿看看吧。"他想抗战已经胜利，部队进入暂时休整状态，一时半会儿不会有什么任务，就爽快地答应了。

滕周健到何惠珍的宿舍去找她，准备一同去广西。何惠珍正在对着镜子擦胭脂。她刚洗过脸，潮湿的娇颜，飘荡的头发，像天外世界的精灵。她的音容笑貌和每一个姿态、动作，对他来说已是相当熟悉了，是他这几个月来梦中时时萦绕着的。所以，他不觉得是第一次来她的宿舍，不觉得是第一次看见她把胭脂涂抹在脸颊上。但正是因为在现实与梦境中频繁闪回她的面容，他又觉得有一种缥缈虚幻之感。

那天，他们先坐火车，再坐汽车，又是火车，又是汽车。到达时，她未来工作的学校已很深地沉入暮色之中。学校的一个大姐很是热情周到，替他们各准备了一个房间。

他们在其中一个房间里待到深夜。她向他和盘托出此前从未说出的秘密。她说她是一名中共地下党员，之所以来这里工作，是因为组织和桂系的交情不错。她说自己受组织的委派和他接近，目的就是获得那台收发报机。这台机器在他回国后不久就已经被情报站侦测到了，到手后，这台机器将通过交通站运往延安，用于共产党军队的作战指挥。她说玲姑娘也是地下党员，已经另派任务，不在昆明了。她还说，她在执行此项任务的过程中，对他产生的爱情是真的，只要两厢情愿，组织上批准他们的婚姻是不成问题的。

滕周健听过这些话后，倒不觉得十分意外，他已预感到她的神秘性了。他说将收发报机交给她带走，不会有大的困难，有关方面他会周旋妥帖，总会找到适当的借口的。在感情方面，他目光视而不见地掠过她说，她人不错，也是适合自己的类型，但身为军人，除非有正当理由脱离军队，断不可考虑个人问题，否则军法严厉，后果严重。他说，军法就像魔咒，令他震颤，使他心惊肉跳。听完他的说辞，她两脚交叉地坐在那里，两手扣在肚子上，抿紧了嘴，后来很勉强地微笑着，快快不乐。

回到昆明后，他仍然和她保持紧密的关系。两人成双入对地进出这个城市的大街小巷，放松身心，赏玩风景。

就凭着“因为有你”这句话，她认为他对她是有真情在的。所以，她让哥哥打来电话，劝说他娶了她。然而事情却发生了意料之外的变化。三人坐在石凳上，一直谈到月色阑珊，当她哥哥说“光明的前途，理想中的妻，虽然不容易获得，但在他妹妹那里可以得到”时，他拿出他父亲托人连写的三封信，给他兄妹俩看。

白纸黑字说得明明白白，他父亲已经病入膏肓，再不回来见他，恐怕就再也见不到了。他说自己不能做不孝之子，要马上请假回家尽孝，如果子欲孝而亲不在，悔之晚矣。那折磨着他的忧郁，流泻于嘴上、眼睛里和眉毛上的线条里。

何惠珍的哥哥好半天没有说话。何惠珍眼泪汪汪地说：“你的父亲也就是我的父亲，我可以和你一起回去看望咱们的父亲呀！”他婉言谢绝，说：“我的家乡在湘西的一座大山中，那里是个土匪窝，你一个女孩子，兼有特殊身份，去了有诸多不便。”

一阵难堪的沉默之后，她说：“你家里的地址我还不知道呢。”然后拿出纸笔来。他说：“不必了，我一到家就给你写信，地址就在信的末尾。”她说：“还是写一个吧。”在她的坚持下，他只好接过纸笔，趴在石凳上写下来。她也留了华侨中学的地址给他。两人都将纸条就着路灯看，心里都有一种凄惶的况味。

第二天晚上，他站在街灯下，送她乘火车赴南宁，收发报机给她包得严严实实的。头天和她商量好了的，为防备他走后她在昆明的安全遭受威胁，她要比他先走。他也告好了假，携带着两支枪，一支手枪，另一支就是霍提甩夫。枪是允许带的，只是回乡后要到乡军官委员会登记一下。

当她离开昆明数小时后，他在城市的另一头也匆忙地上了去长沙的火车，踏上了回家的征途。

尾 声

滕周健回到家没几天，父亲就安然去世了。

自从他踏上了回家的征途后，因为不愿意打内战，就再也没有返回到先前的部队里。

从那以后，他先后在慈州、长沙、澧州、津州和湖北的安州辗转流离，九死一生。他佩戴着那把霍提甩夫手枪和各种势力周旋，在环生的险象中自保下来。最后，他决定在津州成家安居。一是因为这里交通便利，三面环水，有一个繁忙的水运码头；二是因为离家近，便于照顾家里；三是因为袁生梅在这里工作。

1949 年，津州解放。袁生梅奉命调往长沙工作。

送走袁生梅的那天晚上，成千上万的津州市民走上街头欢庆胜利，欢送解放军进军大西南。那个跟随他多年的高志军，也就是曾经在慈州救护队工作过的高志军，参加了解放军。那支好枪，滕周健自己已经不需要了，交给他带走了。

至此，他从国外回来携带的收发报机、霍提甩夫手枪已经易主，只有镌刻着姓名和军阶的美国战车学校配发的高级手表还带在身上，他像宝贝一样珍藏着它。

津州市民喜气洋洋地敲锣打鼓，燃放烟花爆竹，整个城市如同白昼。

滕周健站在窗前，望着盛景出神。他觉得远处的一切都在颤动。大西南，这个方向就像望远镜一般，指向他的过去。他受到眼前盛景的刺激，不知不觉间开启了回忆的闸门。

他想起自己当宪兵的岁月，在军政部工作的岁月，在印度训练的岁月，在缅甸征战的岁月，在广西运输线上的岁月，等等。

他忆起很多人，航警曹云胜，帮助过他的刘将军，亲密的战友罗和睦、陈安道、秦玉华，昆明通信兵学校的何惠珍，等等。他回忆他们的时候，他们的举手投足、一颦一笑都不放过。

他的记忆一复苏，以前的一切就都回来了。他经历过空前的苦厄，经历过惊心动魄的险遇和奔波，经历过悲壮的历史回声后，终于回归到了平稳的生活，这种他多年来梦寐以求的生活。

早在缅甸战事结束时，他就对战友说过，仗打完了，他想找个老婆成个家，生一窝孩子，种几亩薄田，淡逸安适地过日子。

在昆明，他曾对何惠珍说，因为受到战火的洗礼，浪漫幻想的年纪已经过去了，心里以英雄自负的虚荣的烟云正在随风飘散，没有留下什么，但他有一个希望，就是过一种天仙配样的无拘无束的生活。人们看到他闲暇地过日子，也不会打扰这份宁静。

尽管他所表达的过一种简单日子的愿望是强烈的，但当祖国有可能召唤他时，他又表示愿意为国奉献才智。他有一个秘密，至今没有告诉家人。那就是，他梦想有一天，解放军方面刘政委兑现承诺，让他当上坦克部队的教官，为国尽一份绵薄之力。他祈盼国家早日解放，祈盼当上教官的这一天早日来到。

他才 25 岁，但看两鬓染上的银丝和脸上的皱纹，好像已经 50 岁了。悠悠岁月不饶人，更有战争催人老。从 1939 年他弃学从军到现在，已经十年了。十年时间内，他似乎一下就跨过了数十年。

不过，他坚信，两鬓的银丝和脸上的皱纹，这一切老态，会随着生活的恬静和有序渐渐褪去，往后岁月的年轮会还给他青春焕发、风采动人。

思绪平静下来后，他坐下来，准备为妻子代收的来自广西的还没有拆开的六封信写回信。

他所住的窗下有数株桂花树，香气扑面，沁人心脾。

他沐浴着桂花香，铺开信纸，旋开笔头……